Dämmerung

Der letzte Teil der Trilogie

Jay Kenshaw

1. Auflage November 2007
Coverdesign and Graphics by Agnieszka Szuba
www.the-butterfly-within.com

Autorenseite: www.the-damned.de

ISBN 978-3-86608-085-0

Ubooks Verlag
Dieselstr. 1
86420 Diedorf
www.ubooks.de

Ich bin.
Indem ich werde, was du wünschst,
dass ich sei.

1

Feuer überall. Um mich herum versank die Welt in ein heißes Chaos. Ich saß am Boden der großen Fabrikhalle, beide Hände immer noch um den Griff des Messers gekrallt und voller Blut. Es steckte bis zum Heft in der Brust eines Jungen, der es nicht einmal geschafft hatte, ein Vierteljahrhundert auf dieser Welt zu verbringen. Weil ich sein Leben beendet hatte. Stephen.

Ich hörte Leylahs Stimme, weit weg. Und die Stimme von Aaron. Das Keuchen und Röcheln von Marten, irgendwo neben mir.

Dann stand ich schwankend auf. Weg! Ich musste weg hier!

Ich griff nach den Geräuschen neben mir, bekam eine Schulter zu packen und zog daran. Folgte dem Rufen irgendwo im Inferno vor mir und lief los. Hinter mir herziehend eine reglose Gestalt, schwer wie Blei. Marten.

Da war ein Loch im Boden vor mir und zwei Hände, die sich mir daraus entgegenstreckten. Wieder Leylahs Stimme, diesmal ganz nah. Ich kletterte in den engen Schacht und zog das Bündel namens Marten hinter mir her.

Dunkelheit, Enge, Rauch.

Ich musste husten. Robbte auf den Knien vorwärts. Sank zusammen und drehte mich auf den Rücken. Etwas fiel auf mich, brannte sich heiß und versengend in meine Brust. Ich hörte ein Rufen, wollte ihm folgen. Doch ich konnte nichts sehen. Bis zwei Hände auch mich packten und durch den Schacht zogen, während ich mit meinem Leben endgültig abschloss.

Es wurde dunkel um mich herum. Dann hörte ich eine andere Stimme. Ganz nah, direkt in meinem Kopf. Vertraut und doch unmöglich. Ein Gesicht schälte sich vor mir aus dem Dunkel. Gerade als es fassbar, erkennbar werden sollte, entschwand es wieder und ich hörte ein leises Lachen.

† † †

London, im November

Ashe fuhr im Bett hoch und keuchte. Seine Augen versuchten, das Dunkel zu durchbohren, sich zu orientieren. Eine Hand legte sich auf seinen Rücken, dann ging das Licht an.

«Ruhig, du hast nur wieder geträumt», flüsterte Leylah. Sie hatte die Nachttischlampe angeschaltet und sah ihn besorgt an. Ihr langes, dunkles Haar war zerzaust, und die zart bläulich schimmernden Ränder unter ihren Augen sagten ihm, dass auch sie schlecht geschlafen hatte.

Ihre Finger strichen behutsam über die im warmen Licht rötlich schimmernden, langen Narben auf seiner Brust. Dort, wo vor drei Jahren im Kabelschacht unter der brennenden Fabrikhalle sich von der Hitze geschmolzene Kabelisolierungen in seine Haut gebrannt hatten.

Ashes Heilkräfte hatten es bisher nicht geschafft, sie verschwinden zu lassen. Weder die Narben waren verschwunden noch die Träume, die ihn seit einigen Tagen wieder heimsuchten.

Leylah sah ihn an und berührte die Haut seiner Schulter. Dort hatte sich ein Tattoo befunden, im Nacken ein weiteres. Er hatte sie entfernen lassen, doch davon waren keine Narben geblieben. Es war, als wären sie niemals da gewesen. Ashe hatten sie nichts mehr bedeutet.

Leylah stand auf und griff nach den schweren, schwarzen Vorhängen, um sie ein Stück weit zu öffnen. Die Abenddämmerung schimmerte herein, obwohl es erst halb fünf Uhr nachmittags war.

«Zeit zum Aufstehen», murmelte sie müde und sah Ashe mit ihren außergewöhnlichen, türkisfarbenen Augen an.

Der schwang seine Beine, die in einer schwarzen Schlafanzughose steckten, aus dem Bett. Er fuhr sich mit den Fingern durch die verschwitzten, schwarzen Haare und sah sie an.

«Irgendetwas wird geschehen ...», sagte er mit leiser Stimme und sah durch den Spalt des Vorhangs nach draußen, «warum sonst nach so langer Zeit diese Träume.»

Leylah, gekleidet in einen roten Seidenpyjama, zuckte mit den Schultern und setzte sich neben ihn.

«Es muss doch einen Grund dafür geben», sprach Ashe weiter.

Leylah wusste, was er mit dem Wort ‹dafür› meinte. Seit einigen Monaten veränderte er sich. Seine Fähigkeit, die Gedanken und Gefühle anderer zu lesen, wurde immer ausgeprägter. Aus diesem Grund und wegen der Vorfälle damals in Deutschland hatte sich aber auch sein Innerstes gewandelt. Er war anderen gegenüber kompromissloser und kälter geworden. Beide, auch Leylah, schotteten sich größtenteils von der Welt ab, lebten in einer Art Kokon, den sie nur durchbrachen, wenn sie auf Jagd gingen und damit jemanden näher an sich herankommen lassen mussten.

Leylah schmiegte sich an Ashes Körper. Er legte einen Arm um ihre Taille und zog sie fester an sich, schnüffelte an ihren Haaren und schnurrte: «Ich habe Hunger!»

Sie sah ihn an und lächelte. «Welchen Hunger?», fragte sie gespielt unschuldig. Ashe grinste zurück. «Den Hunger», antwortete er heiser, und beide lachten.

Er griff nach seinen Kleidern, die auf dem Boden neben dem Bett lagen, stand auf und sah auf seine Geliebte herab: «Mein Herz, lass uns duschen gehen und ... was jagen.»

† † †

Er saß an der schummrigen Bar inmitten des Lärms und schien weit fort mit den Gedanken zu sein. Aber das täuschte. Seine halb geschlossenen Augen sondierten die Lage, durchmaßen den Raum und blieben hin und wieder für kurze Zeit an der einen oder anderen Person hängen. Dabei war er es selbst, der am meisten Aufmerksamkeit in dieser Lokalität erregte.

Die Musik hämmerte und schmerzte in seinen empfindlichen Ohren. Er hatte nie verstanden, was die Menschen an diesem Lärm fanden. Er dachte an Khadi, die er allein im Hotelzimmer mitten in London gelassen hatte. Sie würde schlafen, wie immer, wenn er nicht da war. Sie war ein sehr vernünftiges Kind.

Heute würde er alleine um des Tötens willen missratenes Material auslöschen. Und jenes Material sah nun zu ihm herüber und runzelte leicht die Stirn.

Er – in diesem Leben hatte er sich den Namen Jordan gegeben – konnte dessen Gedanken lesen wie ein aufgeschlagenes Buch. Daher wusste Jordan, wie er auf Menschen wirkte: dunkel.

Allen, die ihn sahen, schoss dieser Begriff auf Anhieb durch den Kopf. Und das lag nicht nur an der schwarzen Kleidung und den schwarzen Haaren.

Aber es schmeichelte ihm. Er wusste, dass ihn dieses Dunkle wie eine Aura umgab. Das, was er ausströmte, wirkte absolut endgültig und unfassbar. Es löste in den meisten Menschen, die ihn sahen, großes Unbehagen aus. Nun, das sollte es auch, denn nichts an ihm – abgesehen vom groben Äußeren – war menschlich.

Der Proband, den er sich ausgesucht hatte, war bemüht, ihn krampfhaft zu ignorieren. Es war ein Mann mittleren Alters in einem langen Ledermantel. Er legte den Arm um seine jüngere Begleiterin und fummelte mit der anderen Hand an ihrem Hals herum.

Jordans Informationen zufolge hätte der Kerl einer seiner Rasse sein sollen. In Wirklichkeit jedoch hielt er sich nur für einen Vampir. Jordan spürte sofort, dass er nur ein gewöhnlicher Mensch mit Komplexen war. Egal. Das spielte nun keine Rolle mehr.

Der unechte Vampir war sich seines Zuschauers sicher und begann nun, sein Programm abzuspulen.

Jordan lächelte breit. Seine weiten Nasenflügel blähten sich leicht.

Der Typ ließ vom Hals seiner Freundin ab. Er fummelte in der Manteltasche herum und brachte schließlich ein kleines Kästchen zum Vorschein, aus dem er eine Rasierklinge klaubte.

Jordan stieß ein leises, verächtliches Schnauben aus. Mr. Ledermantel, wie er ihn in Gedanken spöttisch titulierte, begann nun mit betont romantischen, kitschigen Gesten an seiner Freundin herumzufummeln und kratzte ihr leicht mit der Rasierklinge über den Arm. Sie zuckte kurz und sah selig lächelnd zu ihm auf. Es war nur ein winziger Kratzer, gerade mal zwei winzige Tröpfchen hellen Blutes formten sich mühsam über der Stelle.

Mr. Ledermantel beugte sich über die Wunde und begann mit verdrehten Augen dramatisch daran herumzusaugen. Jordan tat desinteressiert, doch in Wirklichkeit nahm er jedes Geräusch, den Geruch und die Gedanken wahr, als würde er dicht bei den beiden stehen und nicht zehn Meter von ihnen entfernt.

Er sah, wie sich die Erregung unter der eng anliegenden Lederhose von Mr. Ledermantel formte, und roch seine Lust. Jordan war zufrieden, denn er wusste, was als Nächstes kommen würde. Es dauerte keine zwei Minuten und Mr. Ledermantel entschuldigte sich kurz bei seiner Begleiterin. Dann verschwand er in Richtung Toilette.

Darauf hatte Jordan gewartet. Mit einer fließenden Bewegung stand er vom Barhocker auf und folgte ihm wie ein Schatten. Er sah sein Opfer in der Herrentoilette verschwinden und folgte mit kurzem Abstand. Der Kerl musste eine der Kabinen aufgesucht haben, denn der Raum mit den Pissoirs war, bis auf zwei Jungs in schnallenübersäter Gothic-Kleidung, leer.

Die beiden starrten Jordan an, als er den Raum betrat. «Verwindet!», zischte er. «Aber schnell!» Die Jungs nickten nur verdutzt und machten, dass sie wegkamen.

Als die Tür hinter ihnen zugefallen war, ging er lautlos die Kabinen ab und prüfte, welche verschlossen war. Nur eine war besetzt. Und ihr Gast war zu sehr beschäftigt damit, sich einen runterzuholen, um Jordan zu bemerken.

Mit einem kräftigen Tritt gegen die Kabinentür verschaffte er sich Zugang.

Mr. Ledermantel starrte ihn erschrocken an, die Hand noch im Schritt versenkt.

Jordan grinste angewidert. «Hallo, Vampir!», knurrte er abfällig und fletschte sein Raubtiergebiss.

Mr. Ledermantel gaffte ihn ungläubig an, unfähig zu reagieren. Jordan packte ihn am Hals und schob ihn einen Meter an der Kabinenwand hoch.

«Keine Angst, du dummes Menschenlein», sagte er alles andere als besänftigend, «ich werde dir nicht die Kehle aufreißen. Ganz im Gegenteil. Ich werde deiner romantischen Ader nachkommen und dich stilgerecht verarzten, wie du es als Vampir» – Jordan spie das Wort regelrecht aus – «der du sein willst, verdienst.»

† † †

Aaron stand am Fenster und sah hinaus in die Nacht. Sein Gesicht war sehr blass und die Hakennase stach daraus noch prägnanter hervor als sonst. Sein Kiefer mahlte. Bei ihm ein Zeichen nervöser Anspannung.

Er fuhr sich mit den Fingern durch das kurze, glatte Haar. Vor einer halben Stunde hatte er einen Anruf von einem Freund erhalten. Dieser hatte ihm in knappen Worten berichtet, dass Carsten von Hagens, der durchgeknallte Patriarch einer fehlgeleiteten Vampirsippe, samt Schwester und mehreren anderen Mitgliedern seiner Sippschaft regelrecht abgeschlachtet worden war.

Der Freund konnte Aaron keine weiteren Details mitteilen, da vollkommen im Dunkeln lag, wer dafür verantwortlich sein könnte.

Drei Jahre nach den Ereignissen mit den Engländern lag natürlich die Vermutung nahe, dass diese sich grausam an Carsten gerächt hatten. Aber offiziell waren Ashe und Marten tot, und niemand außer Aaron, Isabella und Nicolas konnten wissen, dass die beiden überlebt hatten und unbeschadet in England weilten.

Aaron traute seinen Freunden eine solche Tat nicht zu. Sie wären vorsichtiger vorgegangen, wenn sie es darauf angelegt hätten.

Er rang mit sich, ob er Ashe anrufen und ihm davon berichten sollte. Sie hatten zuletzt vor einem Jahr miteinander geredet, und Aaron wollte keine alten Wunden aufreißen.

Isabella, die faszinierende Frau an Aarons Seite, betrat das Arbeitszimmer und kam auf ihn zu. Sie legte von hinten ihre Arme um seine Taille.

«Und», fragte sie, «wirst du die Engländer informieren über die Sache?»

Aaron zuckte mit den Schultern und seufzte. «Nein, erst mal noch nicht. Hat Nicolas schon mehr herausgefunden?» Er drehte sich zu Isabella um und sah in ihre großen, jadefarbenen Augen.

Sie schüttelte leicht den Kopf. Dabei fiel ihr eine der beiden schmalen, grauen Strähnen ins Gesicht, die nach den Ereignissen damals in ihrem schwarzen Haar aufgetaucht waren. «Aber er sucht weiter», fügte sie hinzu.

Isabella dachte an den ernsten jungen Mann, der im oberen Geschoss des Hauses in seinem Zimmer vor dem Computer saß. In diesem Moment suchte er im Internet nach weiteren Informationen zu den Vorfällen bezüglich derer von Hagens. Nach dem Tod von Stephen, seinem besten Freund und Ashes Zögling damals, hatte er sich komplett zurückgezogen und surfte meist stundenlang im Netz. Nicolas hatte dort ein paar neue Freunde kennen gelernt. In erster Linie Menschen, die zumindest vorgaben, ihn zu verstehen, auch wenn sie seine wahre Natur nicht einmal erahnen konnten. Es tröstete ihn ein Stück weit, und Aaron und Isabella war es nur recht, wenn er Ablenkung hatte.

«Nun gut», seufzte Aaron und setzte sich in seinen Sessel, «ich warte noch ein paar Tage, vielleicht wissen wir bis dahin mehr.» Sein Gesicht wurde sehr ernst und verschlossen.

† † †

Das Hotelzimmer war billig – und dementsprechend eingerichtet. Der pastellgelbe Anstrich der Wände in dem dennoch großzügigen Raum war mehr als unpassend und die weiße Bettwäsche auf dem großen Doppelbett längst nicht mehr so blütenrein wie zu Anfang, als sie mit ihrem Opfer im Schlepptau das Zimmer betreten hatten.

Nun lag der junge Mann, nur noch mit einer Anzughose bekleidet und halb bewusstlos, auf eben dieser Bettwäsche, und rote Sprenkel um ihn herum bezeugten eindringlich, weshalb er sich in diesem Zustand befand.

Gerade ließ Leylah mit blutverschmierten Lippen von seiner Halsbeuge ab und sah mich verklärt an. «Komm her, du musst ihn einfach probieren», säuselte sie verzückt und krabbelte spinnengleich von ihrem Opfer weg.

Ich erhob mich lächelnd aus dem Korbstuhl, in dem ich bis dahin gesessen hatte, ging aufs Bett zu und sah auf den Jungen hinab, der nichts mehr um sich herum wahrzunehmen schien. «Dann haben wir diesmal wohl ein gutes Händchen gehabt?», fragte ich mehr mich selbst als an Leylah gewandt. Ich strich mit dem Finger ein wenig Blut von ihren Lippen und leckte daran.

Leylah begann sich mit einem Taschentuch notdürftig sauber zu machen. Für mich sah sie dabei aus wie eine satte Katze, die sich putzte. Viele, vor allem männliche Opfer, schmeckten in diesen Tagen eher fad, und ihr Blut enthielt kaum so viel Substanz, dass es uns sättigen konnte. Zumindest nicht für längere Zeit.

Ich lächelte und ließ mich neben dem Jungen nieder. Dieser sah auf und stöhnte etwas Zusammenhangloses. Ich legte ihm gleichgültig die Hand auf den Mund, drückte seinen Oberkörper zurück aufs Bett und versenkte meine Zähne in der Haut seiner Schulter. Mein Kiefer spannte sich ob des enormen Drucks, den ich dafür aufwenden musste. Unbeeindruckt von seinem Gezappel – es musste sehr schmerzhaft für ihn sein – begann ich das herausquellende Blut zu trinken. Und die Gegenwehr des Jungen ließ schnell nach, als mein Knie sich in seine Magengrube bohrte.

Nach etwa zehn Minuten ließ ich von ihm ab.

«Zieh dich an», befahl ich trocken, «und verschwinde!»

Taumelnd kam der Junge auf die Beine, das halblange, schwarz gefärbte Haar wirr vom Kopf abstehend. Fahrig suchte er die restlichen Teile seines Anzugs zusammen.

«Meldet ihr euch morgen bei mir?», wagte er schüchtern zu fragen.

Ich fläzte mich grinsend auf dem eingesauten Bett und überließ Leylah eine Antwort darauf.

«Machen wir!», rief sie dem Kleinen zu. «Du hast uns ja die Nummer gegeben.»

Der Junge lächelte scheu und trollte sich.

Als die Tür hinter ihm zufiel, angelte ich nach Leylah.

«Na! Du wirst doch nicht ...», setzte sie an, kam aber nicht dazu, den Satz zu vollenden. Denn ich hatte sie schon zu mir aufs Bett gezogen.

«Du wirst mir unheimlich. Du solltest dich beim Trinken sehen, Raubtier!», tadelte sie mich halbherzig.

Ich zuckte unbekümmert die Schultern und begann sie zu entkleiden.

«Dann lösche wenigstens das Licht!», beschwerte sie sich zwischen zwei langen Küssen.

Meine Hand fegte brutal die kleine Lampe vom Nachttisch, sodass die Glühbirne am Boden zerschellte.

«Ausgelöscht!», knurrte ich. «Jetzt zufrieden?»

Nun sahen wir uns nur noch als vage Schatten in der Dunkelheit. Leylah gurrte leise. Sie schälte mir das langärmelige, schwarze Shirt vom Oberkörper und machte sich gleich darauf an meiner Hose zu schaffen. Als auch diese auf dem Boden bei den anderen Sachen gelandet war, zog ich sie auf meinen Schoß.

Ich roch das trocknende Blut an ihrem Mund, sie schmeckte das Salz auf meiner Haut. Wie eine Katze begann sie mich abzulecken.

Ich legte sie zurück aufs Bett und ließ mich an ihrem Körper entlang nach unten gleiten. Dabei strichen meine Hände sanft über ihre weiche, heiße Haut und hinterließen eine leichte Gänsehaut. Meine Lippen drückten sich auf ihren Bauchnabel, und ich ließ spielerisch meine Zungenspitze darum kreisen.

Leylahs Hände griffen nach unten in mein Haar und zerwühlten es leidenschaftlich. Ich glitt tiefer bis zum dunklen, weichen Dreieck ihrer Scham und zupfte neckisch an den Locken, quälte sie und ihre Lust auf diebische Weise. Die Gedanken, die sie mir sandte, wurden drängender, verlangender. Ich lachte dunkel, während sich meine lange, spitze Zunge einen wärmeren Spielplatz suchte und Leylah zum Stöhnen brachte. Nun nicht mehr so sanft zog sie mich an den Haaren zu sich nach oben. Ihre Hand glitt an meinen Körper hinab und entlockte mir ein Keuchen.

Mit brutaler Gewalt fuhr sie hoch und warf mich zurück, stieg auf mich und zog meinen Oberkörper fest an sich.

Leylah fühlte meine Erregung an ihren Schenkeln.

Sie hob sich leicht auf die Knie, um sich gleich darauf auf sie hinabzusenken und ihn in sich aufzunehmen.

Ich stöhnte auf vor Lust. Umfasste ihre Taille mit meinen Händen, während sie sich lasziv auf mir bewegte. Ich saugte mich an ihrem Hals fest, sie kratze mit den Fingernägeln über meinen Rücken.

Nun begann auch ich meine Hüften zu bewegen, hob Leylah leicht an, um gleich darauf wieder tief in sie hineinzugleiten.

Sie keuchte und bewegte sich schneller, aber ich stoppte sie, indem ich mich wieder etwas zurückzog und ihr damit einen enttäuschten Laut entlockte.

«Du Schuft! Du Quäler!», schimpfte sie empört und stieß mich von sich.

Rückwärts kroch sie von mir weg und lachte leise. Ich ließ mich wie sie auf alle viere nieder, kroch ihr knurrend hinterher, bekam sie am Bettende zu fassen und warf mich auf sie.

Leylah kam auf dem Rücken unter mir zu liegen, und ich versenkte meine harte, fleischgewordene Lust wieder langsam und tief in ihrem engen, heißen Fleisch.

Ich hatte das Gefühl, immer tiefer in dieses wundervolle Wesen einzutauchen, drang in ihr Innerstes vor und wollte nie wieder diese Wärme verlassen.

Sie umschloss mich liebevoll, versengte meinen Verstand mit ihrer Hitze. So liebten wir uns für Stunden. Spielten Sieger und Besiegter, quälten uns abwechselnd mit Überfall und Rückzug. Brachten uns gegenseitig zum Schreien, während uns der Schweiß von den Körpern floss und sich auf dem Bett mit dem Blut unseres Opfers mischte.

Irgendwann lagen wir vollkommen erschöpft, vollkommen ausgefüllt von der Liebe zueinander auf dem Bett, eng aneinander geschmiegt und auf den Anbruch des Morgens wartend. Wir flüsterten uns leise Liebesschwüre zu, streichelten sanft den Körper des anderen ... und schliefen schließlich ein.

Einige Zeit später erwachte ich plötzlich. Leylah fuhr neben mir im Bett hoch. Im dämmrigen Licht, das durch die gelben Vorhänge der breiten Fensterfront fiel, saß sie da und starrte die Wand gegenüber an. Ihr Blick war vollkommen abwesend und etwas darin sah aus wie Panik.

Ich schüttelte sie leicht, doch sie reagierte nicht. Schließlich sank ihr Körper wieder zurück und sie schlief weiter, ohne ein Wort gesprochen zu haben.

Ich runzelte die Stirn. Was war mit ihr los gewesen? Behutsam strich ich über ihre makellose Haut und fiel in einen unruhigen Schlaf.

† † †

Im Raum hinter der Wand, die Leylah angestarrt hatte, hatte sich zwei Stunden zuvor ein dreijähriges Mädchen von ihrem Bett erhoben und war, ohne Licht zu machen, vorsichtig auf die besagte Wand zugetrippelt.

Sie legte das Ohr daran und lauschte. Dabei musste sie sich keineswegs anstrengen, um die Geräusche dahinter zu hören. Ja, sie konnte sogar die beiden Wesen riechen und sah vor ihrem geistigen Auge, was sie gerade taten. Sie verstand es nicht wirklich, aber etwas in ihr sagte ihr, dass sie dem uralten Spiel des Lebens beiwohnte.

Eine Stimme in ihr gab ihr diese Information, als wäre sie schon ewig in ihrem Inneren abgespeichert gewesen. Doch ihr Gehirn konnte noch nichts damit anfangen.

Sie ging zurück zum Bett und setzte sich im Schneidersitz darauf. Ihre kleinen, sehr langen Finger spielten mit ihrem braunen Haar, während sie mit einem angespannten Ausdruck in ihrem kindlich runden Gesicht dasaß und weiterhin den Geräuschen lauschte. Ihre großen, dunklen Augen schimmerten in der Dunkelheit.

Irgendwann schloss sie die Lider und ein Beben lief durch ihren kleinen Körper. Genau in dem Moment, als durch die Wand gegenüber zwei leise Schreie drangen.

Das Mädchen rollte sich wie ein Embryo auf dem Bett zusammen und schlief ein.

Zwei Stunden später wurde die Tür zu ihrem Zimmer aufgeschlossen und ein großer, dunkler Schatten huschte zu ihr ans Bett. Er beugte sich über sie.

«Khadi ...», flüsterte er entzückt, «meine süße Khadi.» Genau im selben Augenblick fuhr Leylah hinter der Wand im Schlaf auf.

2

Nicolas rauchte Kette. Er hatte es sich damals nach Stephens Tod angewöhnt und wollte nicht mehr damit aufhören. Besonders, wenn er nervös war, zündete er einen Glimmstängel nach dem anderen an. Wie gerade in diesem Moment.

Er war nicht nur nervös, sondern hatte regelrecht Panik. Ihm war schlecht. Das Display seines Laptops erleuchtete in einem ungesunden Blauton sein Gesicht und ließ es noch hagerer wirken, als es ohnehin schon war.

Als die Mordserie an Wesen seiner Art in Deutschland begann, hatte Aaron ihm und Isabella Flugtickets nach Kanada in die Hand gedrückt und sie persönlich, nur mit dem Nötigsten an Gepäck, zum Flughafen gefahren.

Aaron war noch ein paar Tage in Deutschland geblieben, um den gesamten Hausstand aufzulösen und ihre Spuren zu verwischen.

Nun war seit einigen Tagen ein kleines, aber gemütliches Haus in einem Vorort von Toronto ihre neue Heimat.

Aaron war gestern nachgekommen. Er wirkte besorgt und war sehr schweigsam. Das und die Schlagzeilen, die Nicolas gerade gelesen hatte, ließen diese Übelkeit in ihm aufsteigen.

Er öffnete mit zitternden Fingern eine Schreibtischschublade und klaubte ein einfaches Gummiband heraus. Mit diesem band er sich die hellbraunen Haare zu einem Zopf zurück. Er hatte sie damals Stephen zuliebe schwarz gefärbt, doch nach dessen Tod seine natürliche Haarfarbe wieder nachwachsen lassen. Nun zierte auch ein dünnes Bärtchen seine Oberlippe, was ihn älter wirken ließ.

In Nicolas reifte ein Entschluss heran. Wenn schon sein Ziehvater Aaron nicht handeln wollte und lieber vor der Gefahr flüchtete, so wollte wenigstens er etwas tun. Noch einmal mit ansehen zu müssen, wie Freunde von ihm starben, konnte er nicht ertragen.

Aaron hatte ihm halbherzig erklärt, warum es wichtig war, sich herauszuhalten. Aber sein Ziehvater wusste nicht, was aktuell geschehen war. Noch nicht. Bevor Nicolas es ihm mitteilen würde, musste er noch einen Anruf tätigen.

Er griff zu seinem Handy und rief eine Nummer aus dem internen Speicher ab. Es klingelte viermal, fünfmal, dann meldete sich eine neutrale Stimme am anderen Ende mit: «Ja?»

Nicolas räusperte sich, bevor er antwortete. «Ashe? Hier ist Nicolas. Wir müssen reden.»

Auf der anderen Seite bleib es kurz still. Nicolas konnte spüren, wie es in Ashe arbeitete, als er seine Stimme nach so langer Zeit wieder hörte.

«Hi Nic. Wie geht es dir?», fragte Ashe schließlich zögernd.

«Den Umständen entsprechend», antwortete Nicolas. Dann erzählte er Ashe von den Morden, die unlängst geschehen waren. Fast alle Wesen ihrer Art in Deutschland waren innerhalb weniger Tage ermordet worden. Man hatte sie blutleer mit aufgeschlitzten Kehlen aufgefunden. Die Polizei war ratlos und ging von irgendwelchen Sektenumtrieben oder Ritualmorden aus. Es konnte sich auch um interne Fehden unter Familien handeln. Was aber dagegen sprach, war die Tatsache, dass es inzwischen keine deutsche Vampirfamilie mehr gab. Alle waren dem unbekannten Killer zum Opfer gefallen. Alle, außer sie, Nicolas, Aaron und Isabella – und das hatten sie Aarons schnellem Handeln zu verdanken.

Nicolas legte eine Sprechpause ein und hörte Ashe am anderen Ende tief durchatmen.

«Wieso hat Aaron mich nicht schon früher benachrichtigt?», fragte er schließlich. «Und warum rufst du erst jetzt an?» Seine Stimme klang unüberhörbar besorgt.

Nicolas zögerte einen Moment, bevor er antwortete. «Weil ... weil Aaron es mir verboten hat. Er benimmt sich seltsam seit einiger Zeit, so, als wüsste er etwas.»

Am anderen Ende der Leitung war es still, bis Ashe schließlich mit rauer Stimme fragte: «Und warum rufst du jetzt an? Ich weiß, dass du mir Stephens Tod lange nicht verzeihen konntest. Kannst du es jetzt?»

Nicolas holte tief Luft: «Ashe, ich habe dich gehasst. So sehr. Aber ich bin nicht dumm. Ich weiß, dass es keine andere Lösung gab, und ich bin darüber hinweg. Bitte nimm es mir nicht übel, aber ich brauchte Zeit. Stephen hat mir sehr viel bedeutet, ich habe ihn geliebt in der kurzen Zeit, die wir miteinander verbrachten. Aber ich weiß auch, dass er dich liebte und du alles für ihn warst, darum bedeutest du auch mir etwas. Und Aaron sowieso.

Der Grund, warum ich anrufe, ist, dass der oder die Killer jetzt in England sind und ihr Werk fortführen. Zwar haben er oder sie bislang nur einen Menschen umgebracht, aber ich kannte das Opfer. Es war jemand, der sich als Vampir ausgab, und ich bin sicher, er musste deswegen sterben. Man fand ihn in einem Club auf der Toilette, mit einem Stück Heizungsrohr gepfählt und einer Rolle Toilettenpapier im Mund.

Nichts deutet auf eine Verbindung zu den Morden in Deutschland hin, aber ich spüre, dass es derselbe oder dieselben Täter waren. Es soll eine Verhöhnung sein und eine Ankündigung. Da hat jemand einen radikalen Kreuzzug vor und ihr in England sollt die Nächsten sein.» Nicolas hielt erschöpft inne. So viel hatte er schon seit längerem nicht mehr geredet.

Am anderen Ende der Leitung war es still.

«Ashe», fragte Nicolas zögernd, «bist du noch dran?» Er hörte ein Atmen, dann wieder Ashes Stimme.

«Ja, Nicolas. Und ich danke dir, auch wenn ich nicht verstehe, dass du mit mir darüber redest und nicht Aaron. Ich werde überlegen, was zu tun ist. Inzwischen möchte ich, dass du Aaron von diesem Gespräch erzählst. Alles Weitere dann in nächster Zeit. Ich melde mich bei euch. Pass auf dich auf, hörst du?»

Nicolas nickte. Doch dann fiel ihm ein, dass Ashe es nicht sehen konnte. «Ja, mach ich», entgegnete er und legte auf.

† † †

Ein neuer Morgen brach an.

Nachdem der November die letzten Tage eher wie ein frühlingshafter Mai angemutet hatte, war der Himmel an diesem Tag bedeckt. Die Sonne hatte keine Chance, die Luft so aufzuheizen, wie sie es auf ungewöhnliche Weise zu dieser Jahreszeit bisher getan hatte.

Alle sprachen von Klimaerwärmung, aber keiner wollte wahrhaben, dass sie tatsächlich die Ursache sein sollte. Denn dann würde man sich eingestehen müssen, dass es mit dem Planeten Erde bergab ging. Es war eine Krankheit der Menschheit, die Auswirkungen ihrer Fehler zu ignorieren und weiterzuleben, als würde es noch Tausende von Jahren gut gehen.

Manchmal wünschte auch ich mir, so ignorant zu sein, so dumm und unwissend. Es würde so vielleicht weniger schwer sein, das Leben unter den Menschen zu ertragen.

Leben – ich spürte, dass meines im Begriff war, sich zu verändern. Meine Gedächtnislücken wurden immer mehr. Manchmal fragte ich mich, ob ich wirklich schon so lange körperlich auf dieser Erde weilte, oder ob es nicht doch nur Erinnerungen anderer waren, deren Leben ich genommen, getrunken hatte.

Ich war im Grunde kein Grübler, der sich in philosophischen Selbstdiagnosen erging. Aber gerade in letzter Zeit kamen immer häufiger Fragen in mir auf. Fragen nach dem Sinn meiner Existenz, warum ich war, was ich war und wohin mein Weg noch führen mochte. Vielleicht wurde ich auch nur endlich mal so etwas wie alt. So wie Alex in den Monaten, bevor er starb. Die Momente, in denen ich ihn im Nachhinein darum beneidete, häuften sich.

Aber dann sah ich in Leylahs wunderschönes, jugendliches Gesicht, und meine Liebe zu ihr schwemmte alle trüben Gedanken davon.

Sie war noch so jung in diesem Leben, aber kannte ich ihr wahres Alter? War sie tatsächlich Mia, in neuem Körper, weitergewandert? Und schon seit vielen Ewigkeiten auf dieser Welt? So wie ich? Ich hatte Leylah erst vor drei Jahren erweckt, aber es fühlte sich an, als würden wir uns seit Äonen kennen.

Ich weigerte mich vehement, den Gedanken weiterzuspinnen, und nahm stattdessen einen Schluck heißen Tee. Meine Finger, mit denen ich die Tasse umschloss, wirkten erstaunlich lang und sehnig. Ein wenig wie Spinnenfinger.

Eine ganze Weile saß ich am Tisch in der Küche und beobachtete die Katzen, wie sie gierig ihre Futterportionen verspeisten. Sie wirkten so vertieft und zufrieden in ihrem einfachen Tun, dass ich fast neidisch wurde.

Leylah und ich liebten Katzen. Deshalb hatten wir nach dem Ableben des Katers Raphael seine fehlende Präsenz durch diese drei Fellknäuel ersetzt. Gewöhnliche Hauskatzen aus Tierheimen, aber jede für sich so individuell und charaktervoll wie Wesen unserer Art.

Leylah schlief tief und fest im Schlafzimmer nebenan. Sie war sofort darin verschwunden, nachdem wir vor wenigen Stunden aus dem Hotel nach Hause gekommen waren. Sie konnte sich nicht daran erinnern, im Hotel zwischendurch noch einmal aufgewacht zu sein, als ich sie danach fragte.

Wie so oft zuvor sah ich mich in unserem neuen Heim um. Als wir damals nach den dramatischen Ereignissen in Deutschland hierher zurück nach England gekommen waren, hatte ich etwas getan, was sehr schmerzhaft gewesen war. Ich hatte das Haus von Alex und Mia verkauft, für Marten. Er hatte kein Geld mehr gehabt, da er damals das Erbe der beiden durch seinen aufwendigen Lebensstil schnell verbraucht hatte und seinen Beruf als Anwalt nicht länger ausüben konnte.

Wir besorgten Marten und seiner schwangeren Freundin Celine von dem Erlös eine Wohnung in einem ruhigen Londoner Vorort. Für Leylah und mich hatte ich ein Appartement in der Nähe besorgt, von wo aus wir die Londoner Innenstadt in einer halben Autostunde erreichen konnten.

Wir hatten keine Geldsorgen, da ich schon lang genug unter den Menschen weilte, um zu wissen, wie sie tickten und welche Trends sich bei ihnen durchsetzen würden.

Aus diesem Grund hatte ich Anfang der achtziger Jahre des letzten Jahrhunderts ein paar Anteile eines aufstrebenden Konzerns für Computertechnologie gekauft, welche im Wert bis dato um ein Vielfaches gestiegen waren und uns die nächsten Jahre über Wasser halten würden. Diese Methode war wesentlich entspannender, als sich – wie ich es in den Jahrhunderten zuvor praktiziert hatte – reiche Opfer zu suchen und ihnen das Geld abzujagen.

Ab und zu fuhren wir in die City zum Shoppen. Und zum Jagen. Wobei das Jagen an sich immer schwieriger wurde.

In Zeiten, wo sogar Kinder vor Gericht gezerrt wurden, nur weil sie im Nachbargarten ein paar Äpfel gestohlen hatten, war es für Wesen unserer Art dreifach gefährlich geworden, einfach jemanden anzufallen. Eine Anzeige wegen Körperverletzung wäre vorprogrammiert. Ganz zu schweigen davon, was einem blühte, wenn man jemanden umbrachte. Was ich manchmal sehr bedauerte, allerdings auch nur in seltensten Fällen nötig war. Leylah und ich setzten auf Taktik. Wir wählten unsere Opfer mit Bedacht, meist aus einer bestimmten Szene stammend. Gothics, Schwarzträger, die ohnehin ein Faible für Vampire besaßen. Und da dies allgemein bekannt war, wirkten sie unglaubwürdig, wenn sie tatsächlich mal nicht unserer Anziehungskraft erlagen und auf die Idee kamen, uns nach dem Saugen anzuzeigen. Daher auch die Hotelzimmer. Anonym und praktisch. Keine Namen, keine Adressen.

Ich streckte die Beine unter dem Tisch aus. Nicolas' Anruf vor einer halben Stunde hatte mich ziemlich ratlos zurückgelassen. Ich überlegte hin und her, was zu tun war. Zunächst kam mir nur eines in den Sinn, und spontan beschloss ich, zu dieser für mich frühen Stunde jemanden zu besuchen, den ich schon länger nicht gesehen hatte: Marten.

† † †

Der Raum war groß und glich eher einer Halle. Durch großflächige Fensterfronten fiel das trübe Tageslicht auf die wenigen Möbel.

In einer Ecke, den Fenstern abgewandt, stand ein niedriges Futonbett in Schwarz. Alle Wände waren grau gestrichen, keine Bilder zierten sie.

In der Ecke dem Bett gegenüber standen einige Trainingsgeräte und Hanteln. Alles in allem wirkte der Raum spartanisch und zweckmäßig. Und in seiner Mitte saß ein kahlköpfiger Mann in einem schwarzen japanischen Seidenanzug und meditierte, bis ihn ein Klingeln von der Eingangstür her jäh aus diesem Zustand riss.

Geschmeidig erhob er sich in eine stehende Position, schlenderte mit gerunzelter Stirn zur Tür und betätigte den Knopf auf dem Display, das an der Wand angebracht war. Ein kleiner Monitor zeigte ihm, wer draußen stand und Einlass begehrte.

Ein überraschter Laut entfuhr seinen Lippen. «Du?», murmelte er verwundert und drückte den Öffnungsmechanismus.

Nur wenige Augenblicke später betrat ein Mann in schwarzer Jeans und Mantel den Loft.

«Hi», sagte Ashe leise. Sie umarmten sich kurz, dann löste Marten sich von ihm.

«Komm herein, mein Freund», antwortete Marten erfreut. «Wir haben uns lange nicht gesehen.»

Er bot Ashe einen Platz auf einem mitten im Raum stehenden, dunkelgrauen Sofa an, das eher schick als bequem wirkte.

«Oder ...», fügte Marten lächelnd hinzu, «wir zelebrieren die standesgemäße Begrüßung.» Er fuhr sich kurz über seinen kahlen Schädel, kratzte sich anschließend den gestutzten, dunklen Bart, der seinen Mund umrahmte, und grinste breit.

Ashe beobachtete amüsiert diese Gesten. Nach all der Zeit, die Marten schon diese ‹Frisur› trug, schien er sich noch immer nicht daran gewöhnt zu haben.

Bei dem Brand in der Fabrikhalle damals in Deutschland, bei dem er fast ums Leben gekommen war, hatte er seine langen Haare eingebüßt – und seitdem nicht mehr nachwachsen lassen. Es gefiel ihm so, wie es war.

Und es stand ihm sehr gut, dachte Ashe bei sich.

«Standesgemäße Begrüßung ...», seufzte er und zog sich den Mantel aus, denn er wusste genau, was Marten damit meinte. Er warf den Mantel aufs Sofa und stellte sich Marten gegenüber auf.

«Du weißt, was ich von diesem Karatezeug halte, oder?», murmelte Ashe gespielt genervt.

Marten zwinkerte ihm zu. «Na klar, deswegen fordere ich dich ja immer wieder heraus.» Er grinste und ging in die Kamae, die Karate-Grundstellung. Ashe verzichtete darauf.

Marten deutete den Stil an, den er kämpfen wollte, und sein Gegenüber verdrehte die Augen.

«Komm zur Sache», seufzte Ashe, «damit wir reden können.»

Marten vollführte ein paar komplizierte Bewegungen in der Luft, und ehe Ashe sich versah, lag er auf dem Boden.

Sein Gegner stand triumphierend über ihm.

«So viel dazu.» Er lachte, bot Ashe die Hand an und half ihm beim Aufstehen.

«Ich muss erst warmlaufen. Es ist noch zu früh für mich.»

«Im Ernstfall», Marten zwinkerte erneut, «könnte das peinlich werden.»

Sie gingen zurück in die Grundstellung und verbeugten sich. Ehe sich Marten wieder aufrichten konnte, knallte Ashes Fuß bereits gegen seine Brust und ließ ihn mehrere Meter weit zurücktaumeln.

Marten fing sich wieder und schnaubte entrüstet. Ashe aber grinste nur. «He, ich hab mit Regeln nichts am Hut.»

«Das merkt man.» Marten nickte.

Und so kämpften sie eine Zeit lang weiter. Jeder von beiden küsste immer wieder mal den Boden, bis sie sich schließlich als ebenbürtige Gegner voreinander verneigten und den Kampf beendeten.

Verschwitzt und im Schneidersitz saßen sie sich dann gegenüber.

«Also, was treibt dich nach langer Zeit und zu so früher Stunde wieder zu mir? Du willst doch nicht behaupten, dass du mich vermisst hast?», stichelte Marten verschmitzt und spielte auf ihre einstige Feindschaft an.

Ashe hatte ihm damals in der Fabrikhalle das Leben gerettet, nachdem sein Zögling Stephen ihm bei einem Kampf auf Leben und Tod ein Messer in die Lunge gerammt hatte.

Ashe und Leylah hatten Marten so weit gesund gepflegt, dass er wieder geradeaus gehen konnte, und schließlich der Obhut seiner schwangeren Freundin Celine überlassen.

Nach der Geburt von Martens Tochter vor drei Jahren war Celine eines Tages spurlos mitsamt dem Kind verschwunden.

Für Marten war eine Welt zerbrochen, denn es war eine ganz seltene Begebenheit, dass er als Wesen seiner Art auf natürlichem Weg ein Kind hatte zeugen können. Wenn es denn tatsächlich von ihm gewesen war. Er hatte nicht die Zeit gehabt herauszufinden, ob ihn Celine diesbezüglich damals belogen hatte. Aber er konnte es nicht glauben.

Er hatte seine Tochter vom ersten Augenblick an geliebt, Celine hingegen nicht. Ihr eigenes Kind schien ihr fremd und sie lehnte es mehr oder weniger ab. Marten hielt es für eine postnatale Depression und dachte, es würde sich schon wieder einrenken.

Doch dann waren Mutter und Kind eines Tages, als er aufwachte, einfach fort. Marten nutzte noch ein paar alte Kontakte aus seiner Zeit als Anwalt, um nach ihnen zu suchen, aber sie waren wie vom Erdboden verschluckt.

«Wenn es nur das wäre ...», antwortete Ashe auf Martens Frage und massierte sich die Augenwinkel.

Marten beobachtete ihn. Ashe wirkte angespannt, müde und verändert. Etwas Lauerndes war in seinem Blick. Marten kannte es aus früheren Zeiten, als Ausdruck von Wut.

Was damals geschehen war, hatte alle Beteiligten verändert, aber Ashe ganz besonders.

Marten sah seinen Freund prüfend an. «Du musst deine Mitte finden», sagte er.

Ashe schnaubte. «Lass den Yogi-Shit.»

«Okay.» Marten lächelte gutmütig. «Dann Tacheles. Was ist los?» Ashe sah aus dem Fenster und begann von Nicolas' Anruf zu erzählen.

Marten lauschte mit gerunzelter Stirn und unterbrach ihn nicht. Schließlich, als Ashe geendet hatte, war es für mehrere Minuten still.

Irgendwann stand Marten auf und ging langsam zum Fenster hinüber. Eine Zeit lang sah er hinaus.

«Damals», begann er schließlich, «als wir diesem ganzen Scheiß entkamen, schwor ich Rache. An Carsten, an diesem ganzen Vampirpack. Ich wollte Vergeltung. Ich war blind vor Wut, ich vernachlässigte sogar meine Tochter und Celine, ja merkte kaum, dass sie irgendwann weg waren. Und dann war es zu spät. Glaube mir, hätte Nicolas dies, was er dir heute erzählt hat, schon vor drei Jahren erzählt, hättest du dir sicher sein können, dass ich der Killer gewesen wäre.

Aber ich war klug genug zu warten. Und die Zeit heilte meine Wunden. Nicht ganz und nicht für immer, aber weit genug, um letzten Endes

Milde walten zu lassen. Und Vernunft. Aber trotzdem tut es mir nicht Leid um all die, die bisher sterben mussten. Es erfüllt mich mit einer stillen Befriedigung, zugegeben. Und ich würde dich einen Lügner nennen, wenn du behaupten würdest, dass es dir bis zu einem gewissen Grad nicht genauso geht, oder?»

Marten drehte sich um und blickte Ashe forschend an. Dieser sah zur Seite. Er wusste, dass Marten die Wahrheit in seinen Augen lesen konnte wie in einem offenen Buch. Er war einer der wenigen, die das vermochten.

Marten nickte wissend, faltete seine Hände zu einem Zelt und tippte mit den Fingerspitzen an die Lippen. Eine Geste der Nachdenklichkeit, die er sich bei Ashe abgeschaut hatte. Ashe, dessen Blut auch in seinen Adern zirkulierte.

«Wir beide», sagte Marten irgendwann, «wir hätten damals zurückgehen und die Sache erledigen sollen. Auf unsere Art. Dass uns jetzt jemand die Arbeit abgenommen hat, stimmt mich etwas besorgt. Nicht wegen der Toten, sondern weil er hier weitermacht – er oder sie, oder wer auch immer es sein mag. Was meinst du, sollen wir tun?»

Ashe stand auf und kam auf Marten zu. Neben ihm blieb er stehen und sah hinaus, auf die kahlen Bäume, den grauen Himmel. Sein Gesicht wirkte fahl und fremd im trüben Tageslicht.

Er kniff die Augen zusammen und steckte die Hände in die Hosentaschen. Dann kam eine Hand wieder hervor, mit einem leicht zerknautschten, mit blauglänzendem Papier umwickelten Kaubonbon. Bedächtig packte er es aus und steckte es in den Mund. Eine Weile kaute er sinnierend darauf herum, dann antwortete er: «Gar nichts. Wir warten. Denn irgendwann werden wir an die Reihe kommen. Dann werden wir handeln.»

Marten nickte. Es erleichterte ihn zu sehen, dass Ashe trotz seiner Andersartigkeit noch immer ein Stück weit Gewohnheitstier war. Zumindest, was seine alte Vorliebe für Süßigkeiten anging.

† † †

Vor drei Tagen waren sie nach London gekommen und Jordan war der Meinung, dass ihnen eine angemessenere Bleibe zustand als das vorherige Zimmer. Aus diesem Grund hatten sie an diesem Abend ein neues Hotelzimmer im Hilton bezogen. Es war zwar etwas teurer, aber ohnehin nur für einige Tage gedacht. Länger würden sie vermutlich nicht benötigen, um ihre Mission hier zu erfüllen und in das nächste Land weiterzuziehen.

Jordan hatte einen nützlichen Informanten in Frankreich aufgetrieben, der ihm ohne zu zögern sämtliche Adressen, die er brauchte, ausgehändigt hatte. Zumindest nachdem Jordan klar gemacht hatte, was er sonst mit ihm anstellen würde. Dummerweise für den Informanten hatte Jordan dies anschließend nachgeholt und ihn dennoch getötet.

Nun saß Khadi auf ihrem für sie viel zu großen Bett und blickte ihn erwartungsvoll an, während er ihre wenigen Habseligkeiten aus der Reisetasche in eine der Kommoden räumte.

Er wählte die untersten beiden Schubladen, damit Khadi bequem an ihre Sachen kam, wenn sie sie haben wollte: eine kleine Porzellanpuppe in einem dunkelroten Samtkleid, einige Kleidungsstücke, Unterwäsche und eine kleine, schwere Kugel aus Lapislazuli.

Jordan selbst hatte nur einige dunkle Kleidungsstücke. Ansonsten besaß er bis auf ein Notizbuch keine persönlichen Gegenstände.

Als er fertig war, blieb er mitten im Raum stehen und erwiderte Khadis Blick. Jordan verzog den Mund zu einem Lächeln. Khadi erwiderte es freudestrahlend.

«Warte einen Moment auf mich», flüsterte Jordan im Tonfall eines Verschwörers, und das kleine Mädchen nickte eifrig.

Er zog sich ins angrenzende Badezimmer zurück und schloss die Tür hinter sich. Dann stellte er sich vor den großen Spiegel aus Bleikristall und blickte lange hinein.

Jordan sah einen nach menschlichem Ermessen gut aussehenden Mann vor sich. Um die vierzig Jahre alt, einsfünfundsiebzig groß, kurzes schwarzes Haar und schwarzbraune Augen, die leicht golden schimmerten, je nachdem, wie das künstliche Licht darauf fiel.

Aber er war kein Mensch. Es war nur ein Körper, den er sah. Sein Wesen, sein Innerstes, war unfassbar. Nicht in eine Form pressbar.

Jordan dachte an die letzte Nacht. Er war ihm so nah gewesen und er hatte es vermutlich nicht einmal gespürt. Aber das war gut so. Jordan hatte geplant, gnadenlos vorzugehen. Selbst gegen seinen eigenen Sohn: Ashe.

Es waren viele Ewigkeiten vergangen, seit er ihn erweckt hatte. Wiedererweckt in einem neuen Körper. Ein Junge, der gerade das zweite Jahrzehnt seines neuen Lebens vollendet hatte und hilflos seiner eigentlichen Natur ausgeliefert gewesen war. Ein Junge, der zu zart und mädchenhaft erschien, um länger in diesen rauen Zeiten der Kelten überleben zu können.

Doch Jordan hatte ihm Zeit gegeben zu begreifen. Erst dann hatte er ihn zu sich genommen. Den Jungen kompromisslos und mit Gewalt, wie es ihm eigen war, zu dem erweckt, was er seit seiner Geburt und schon Zeiten davor gewesen war. Ein Geschöpf wie Jordan selbst. Ein Wesen, das den menschlichen Körper und Metabolismus nutzte, um auf dieser Welt zu leben und überleben zu können. Ein nichtmenschliches Wesen, das sich angepasst hatte bis zu einem bestimmten Grad. Und ein Wesen, das sich nähren musste. Von Blut.

Das hatten sie zumindest geglaubt, Jordan und die beiden anderen seiner Rasse, als sie vor Äonen auf diese Welt gekommen waren und scheinbar nur das Blut der Menschen ihnen genug Energie gab, um länger existieren zu können.

Aber das war ein Trugschluss gewesen. Jordan wusste es nun besser und würde dafür sorgen, dass eine neue Ära anbrach.

Er hatte sich ein Ziel gesetzt, und Khadi war sein Schlüssel zum Erfolg. Sein Kreuzzug hatte in Deutschland keinen seiner Art verschont. Nun waren er und Khadi dabei, das britische Königreich zu säubern.

«Ja ...», murmelte Jordan leise, «auch du stehst auf der Liste, mein Sohn.»

Und doch, es hatte ihn unerwartet getroffen, Ashe so schnell wiederzusehen.

Dieser wusste vermutlich nichts davon, dass Jordan ihn am Abend zuvor das Hotel hatte betreten sehen. Sein Sohn war in Begleitung eines gleichartigen Geschöpfes gewesen. Eine hübsche junge Frau mit langen, dunklen Haaren. Jordan erkannte auch dieses Wesen wieder, war es ihm doch so nah wie sein Sohn.

Und ein naiver Menschenjunge war den beiden wie ein Hund gefolgt.

Jordan war ein überrascht gewesen. Er hatte seine Präsenz, so gut es ging, vor den beiden abgeschirmt und es schien ihm gelungen zu sein. Sie hatten augenscheinlich nichts bemerkt, und am nächsten Tag, kurz bevor auch Jordan und Khadi auscheckten, hatte Ashe mit seiner Begleiterin das Hotel verlassen und vollkommen ahnungslos gewirkt.

Jordan hatte es einen Stich versetzt, seinen Sohn zu sehen. So viel hatte er mit ihm vorgehabt, damals, vor all den Jahrhunderten, zu anderen Zeiten. Aber man hatte Jordans menschliche Hülle zerstört, und Ashe war allein zurückgeblieben.

Vor drei Jahren hatte Jordan ihn zuletzt gesehen. Vor drei Jahren, als er die Geschicke in Deutschland zu lenken begann, um sein Ziel in Angriff zu nehmen.

Selbst zu diesem Zeitpunkt war ihm Ashe noch wie der Junge von damals erschienen. Der Junge, der einst vor der enthaupteten Leiche seines Vaters zusammengesunken war.

Für einige Momente hatte Jordan ihn damals durch die Augen seines sterbenden Körpers noch sehen können.

Vor drei Jahren war es ihm so erschienen, als wäre Ashe kaum gealtert seitdem. Doch gestern, im Hoteleingang, hatte Jordan einen jungen, reifen Mann Anfang dreißig erblickt, dem das Leid der vergangenen Jahre ins Gesicht geschrieben stand. Dessen Züge ernst gewesen waren und dessen Augen ihn an seine eigenen erinnert hatten. Kalt, berechnend und gnadenlos. Etwas hatte ihn einschneidend verändert.

Jordan wusste nur zu genau, was es gewesen war.

Khadis Stimme riss ihn aus seinen Gedanken.

«Jordan? Onkel Jordan?», rief ihre Kinderstimme aus dem angrenzenden Raum.

«Ich bin gleich bei dir, Kleines!», rief er zurück und drehte den Wasserhahn auf, um sich das Gesicht zu waschen. Er frottierte es mit dem grünen Hotelhandtuch ab und blickte in sein Spiegelbild, tauchte in seine eigenen Augen ein. Er grinste sich selbst zu, als ihm eine Idee durch den Kopf ging.

«Warum warten, mein Sohn?», flüsterte er seinem Spiegelbild zu. «Komm und suche nach mir, Ashe.»

Er bündelte diesen Gedanken und sandte ihn aus. Dann drehte er das Wasser ab.

«Und nun an unsere Arbeit, Khadi.»

3

Marten warf sich im Bett herum. Sein Körper war schweißnass und seine Augen fest geschlossen. Trotz der schon sehr kalten Novembernächte war ein großes Fenster an der Bettseite seines Lofts weit geöffnet und kühle Luft wehte herein, ohne ihn zu wecken.

Nach einer Weile lag er wieder still, und der Schweiß trocknete auf seinem nackten Körper. Er träumte. Und im Traum herrschte dunkles Dämmerlicht.

Er sah sich um. Vor ihm schritt ein kahlköpfiger Mann durch einen Innenhof. Auf dem Boden war Sand und über ihm erstreckte sich ein gewaltiger Nachthimmel voller unzähliger Sterne. Eine schmale Mondsichel warf ihr schwaches Licht auf die Erde und ließ den weißen Sand bläulich schimmern. Nun sah Marten etwas klarer. Er befand sich im offenen Innenhof irgendeines historischen Gebäudes. Jedenfalls mutete es so an, da es aus größeren und kleineren Sandsteinquadern gebaut und in Form einer geschlossenen Galerie angelegt war.

Er bemerkte einen flackernden Lichtschein, dessen Quelle sich irgendwo hinter ihm befand. Er wandte sich um und wurde von zwei, ebenfalls kahlköpfigen Männern angerempelt, die hinter ihm gegangen und nun abrupt von ihm gestoppt worden waren.

Marten strauchelte. Als er sich wieder gefangen hatte, fiel ihm auf, dass die beiden jemand hinter sich her schleiften. Das Gesicht der Person war nicht zu erkennen, da sie den Kopf nach unten hängen ließ und eine Strähne dunklen Haares zudem den Blick darauf verwehrte.

Zwei weitere Männer folgten mit brennenden Fackeln in den Händen. Auch sie hatten blanke Schädel, nackte Oberkörper und um ihre Hüften eine Art Rock geschlungen – weißes Leinen, soweit Marten es erkennen konnte.

Auf der Brust der Männer lag jeweils eine schwere Goldkette mit einem Symbol, das Marten bekannt vorkam. Doch er wusste nicht, woher. Es wirkte ägyptisch. Ebenso wie die Männer, deren leicht gebräunte Haut im Dämmerlicht bläulich schimmerte.

Marten drehte sich um und schloss wieder zu demjenigen auf, der vor ihm gelaufen und nach wenigen Schritten in der Mitte des Innenhofes stehen geblieben war. Kaum dass er ihn erreicht hatte, wandte sich dieser ihnen völlig unvermittelt zu.

Nun konnte Marten sehen, dass es sich um einen Mann mittleren Alters handelte. Die anderen hingegen waren eindeutig jünger. Er schien ihr Anführer zu sein, denn er erhob in gebieterischer Anmut die Arme. Sofort stoppte die Prozession.

Marten hörte hinter sich ein leises Keuchen. Der Anführer machte eine weitere herrische Geste, und die beiden jungen Männer, welche die Gestalt zwischen sich hielten, drängten an Marten vorbei und warfen ihre Last vor die Füße des Mannes in den Sand. Der Anführer – auf Marten wirkte er wie ein Hohepriester – verzog angewidert den Mund. Seine dunklen Augen sahen aus wie tiefe Höhlen, in denen ein gnadenloses Feuer loderte.

Er sah Marten mit einem Blick an, der diesem durch Mark und Bein ging. Jede Faser seines Körpers wurde von einer nie gekannten, unbeschreiblichen Furcht erfasst.

Der Hohepriester rief etwas mit lauter Stimme, in einer Sprache, die Marten vollkommen fremd war. Dennoch erschloss sich ihm der Sinn der Worte. Es ging um den am Boden Knienden. Der Priester sprach die Gestalt direkt an. Sie trug eine Art Tunika aus weißem Stoff, ihre schlanken Handgelenke waren von silbernen Armreifen umschlossen – und von einem dicken Seil, das sie fesselte.

Mit einem Mal konnte Marten die Worte des Priesters in aller Deutlichkeit verstehen.

«Sieh mich an, Ketzer, wenn ich mit dir spreche!»

Der Priester versetzte der Gestalt am Boden einen Tritt gegen die Schulter und gab Marten ein Zeichen, näherzukommen. Dieser gehorchte ohne zu zögern und stellte sich neben ihn.

«Mein Sohn, sieh ihn dir an, den großen Pharao. Wie er im Sand vor uns kriecht. So ergeht es allen, die den alten Göttern zürnen!»

Marten sah auf die Gestalt hinab. Und dann hob diese langsam den Kopf. Als er in das Gesicht von Ashe sah, traf es ihn wie ein Schlag! Er schüttelte den Kopf und wich einen Schritt zurück. Was ging hier vor? Wo war er und warum war Ashe hier?

Der Priester hielt ihn am Arm fest, und nun sah Marten das erste Mal an sich selbst hinab. Er war ebenso gekleidet wie die anderen Männer. Auch seine Brust zierte das ägyptische Symbol. Es erinnerte ihn an eine Sonne.

«Bleib, mein Sohn», sagte der Mann. «Fürchte ihn nicht, denn du bist dazu auserwählt, Akhenatons Richter und Henker zu sein. Du wirst unseren Göttern Genüge tun und die alte Ordnung wieder herstellen.»

Der als Akhenaton Betitelte versuchte sich aufzurappeln und kam, wenn auch schwankend, schließlich zum Stehen. Stolz hob er den Kopf, und Mondlicht fiel auf die feinen, blassen Gesichtszüge, auf große, dunkle Augen und eine gerade Nase.

Der Priester hielt Marten einen dicken Holzstock hin. Zögernd nahm er ihn entgegen. Marten sah, dass Akhenatons Knie unter dem Saum, der in der Taille lose zusammen gebundenen Tunika, zerschunden waren und Blut an seinen Beinen trocknete. Der junge Pharao begann mühsam zu sprechen. Es schien ihm sichtlich schwer zu fallen.

«Ihr Feiglinge! Ihr musstet mich erst betäuben, um euch an mich heranzuwagen. Ihr seid eine Schande für eure gefallenen Götter! Ihr könnt mich töten, aber nicht Nefertete. Sie wird mein Erbe weitertragen!»

Verzweifelt hob Akhenaton seinen Blick und sah zur Galerie. Auf einer Balustrade erkannte Marten eine Frau, die von zwei Kahlköpfen festgehalten wurde und sich wild in deren festem Griff wand.

Marten wurde zunehmend bewusst, dass er träumen musste. Alles war surreal, konnte niemals wirklich sein. Er schüttelte den Kopf und sah Akhenaton an. Oder Ashe?

Was ging hier vor sich?

«Töte ihn!», blaffte der Priester und schubste ihn auf den Gefangenen zu. Doch Marten konnte nicht. Er sah in die Augen der Gestalt vor ihm und erkannte etwas darin, was ihm noch mehr Angst einflößte als der Priester.

Er schüttelte den Kopf und ließ den Stock fallen. Sofort hob ihn der Priester wieder auf und zischte: «Mein eigener Sohn, dem Amun geweiht, ist ein elender Versager!»

Dann holte er aus und schlug mit aller Kraft gegen die Knie des Gefesselten.

Akhenaton schrie auf vor Schmerz, als ihm die Beine von der Wucht des Schlages unter dem Körper weggerissen und die Knie zertrümmert wurden.

Der Priester holte erneut aus, und Marten hörte von der Galerie her den Aufschrei der Frau, als der Stock auf den Kopf des Geschundenen niederfuhr.

Das Geräusch, das er beim Aufprall verursachte, würde Marten nie vergessen. Blut spritzte auf den schimmernden Sand unter Akhenaton.

Marten blickte auf ihn hinab, hörte ihn schwach stöhnen und sah, wie sich die gefesselten Hände in den Sand krallten.

Nun rückten die anderen Männer näher, in ihren Händen ebenfalls Stöcke.

Noch einmal hob Akhenaton mühsam den Kopf. Marten ging in die Knie, beugte sich zu ihm und hörte, wie er leise, aber mit klarer Stimme sprach: «Ich werde wiedererwachen ...» Mehr verstand Marten nicht, denn der Priester zerrte ihn wütend von dem Verletzten weg.

Gleich darauf begannen alle Männer gemeinsam auf den Wehrlosen einzuprügeln. Marten hörte nur noch das Krachen von Knochen, die unter den Schlägen brachen, und – weit weg – das Wimmern und Schreien der Frau. Dann fühlte er, wie ein dicker Tropfen Blut Akhenatons auf seinen Arm spritzte.

Er blickte darauf und ohne nachzudenken leckte er ihn ab.

Dann wurde es dunkel.

Als er nach einer Weile die Augen wieder öffnete, sah er die grau getünchte Decke über sich und seufzte erleichtert. Er war wieder im Hier und Jetzt.

Hastig schob das nassgeschwitzte Laken beiseite und setzte sich auf. Er fühlte etwas Feuchtes am Arm – und erkannte einen Tropfen roter Flüssigkeit, die auf seiner Haut schimmerte.

Marten blinzelte, und im nächsten Moment war nichts mehr zu sehen. Nur die Haut seines Armes und die braunen Härchen darauf.

Er sah zu dem geöffneten Fenster, durch das die Herbstsonne hereinschien. Marten hatte ihren Anblick noch nie so sehr gehasst wie in diesem Moment. Warum, konnte er sich jedoch nicht erklären.

† † †

Thomas war sauer. Seine Freundin hatte ihn versetzt. Das tat sie in letzter Zeit immer öfter, und ihm schwante, dass sie bald mit ihm Schluss machen würde.

Nach drei Jahren Beziehung wurde ihm klar, dass er ihr nichts mehr zu bieten hatte. Er war nur ein mittelmäßig aussehender Kerl von siebenundzwanzig Jahren, der sich einfach gerne dem Mainstream anpasste. Das hieß, er hörte dieselben angesagten Bands und trug dieselben Klamottenmarken wie der Großteil der Gothicszene. ‹Nicht zu auffällig, sondern gefällig›, war sein Motto.

Seine Freundin Sina fand das okay, bis sie vor ein paar Wochen anfing, von irgendwelchen anderen Typen zu schwärmen, die ihr in den einschlägigen Clubs über den Weg gelaufen waren.

Thomas war kein Kämpfer. Er hätte auch gar nicht gewusst, wie er es hätte anstellen sollen, die Nummer eins bei Sina zu bleiben.

Er sah sich die von ihr umschwärmten Typen also genauer an und versuchte – wie tausende Männer überall auf der Welt auch – auszumachen, was diese Kerle an sich hatten, das er nicht hatte.

Thomas fiel dabei auf, dass auch Sina einem Trend folgte. Denn seit einiger Zeit wurden die Typen immer femininer, was Aussehen und Verhalten anging. Das kam bei den Mädels gut an. Immer mehr männliche Szenegänger sahen inzwischen besser aus als ihre Begleiterinnen. Sie achteten auf ihr Äußeres, kleideten sich sexy und wirkten anmutig. Sie tanzten besser als Thomas und waren schlanker. Sie sahen aus wie feingliedrige Ähren im Wind, damit konnte Thomas nicht mithalten. Achtzig Kilo bei einszweiundachtzig Größe hatte er bei sich bisher immer okay gefunden, aber neben diesen männlichen Elfen wirkte er nur noch plump. Und dass er nicht gerne tanzte, hatte Sina schon immer gestört.

Sie hatten zwar guten Sex, doch leider schien das für Sina auch keine Rolle mehr zu spielen.

Thomas seufzte in sich hinein und schleppte sich wie ein alter, gebeugter Mann an die Bar, um noch ein Bier zu bestellen. Da Sina wohl nicht mehr kam, würde er wahrscheinlich mit dem Taxi nach Hause fahren müssen. Denn mit dem eigenen Wagen zu fahren, war nach den fünf bisher gekippten Flaschen Bier nicht mehr drin.

Also voll laufen lassen und Frust schieben, dachte er sich und ging, die neue Flasche wie einen Rettungsanker umklammernd, zu einem der wahllos aufgestellten Tische.

Er fand es ätzend hier, angesagter Club hin oder her. Die Musik war nicht sein Geschmack. Zu elektronisch. Es war ja auch Sinas Idee gewesen, hierher zu kommen, doch nun tauchte sie einfach nicht auf und er musste leiden.

Ich kann einfach nicht mit Frauen, dachte sich Thomas und sah zum Nebentisch hinüber, wo zwei dieser Exemplare gerade einen schon leicht angetrunkenen Gothic in der Mangel hatten. Unfreiwillig lauschte er trotz der dröhnenden Musik dem Gespräch der drei. Sie stellten sich dem jungen Typ gerade als Lisa und Pat vor. Diejenige, die sich Pat nannte, hatte markante Augen mit schön geschwungenen, hohen Brauen und langem, schwarzblond gesträhntem Haar. Die andere namens Lisa trug das schwarze Haar zu einem Zopf zurückgebunden und wenn sie lächelte, schimmerten ihre spitzen Eckzähne zwischen den Lippen hervor.

Der Typ in ihrer Mitte schien sehr angetan und begann sich regelrecht aufzuplustern. Wie ein Hahn in schwarzem Federkleid.

Thomas musste lächeln. So war er einst auch auf Sina hereingefallen. Sie hatte gelächelt und er war hin und weg gewesen. Nur wirkten diese beiden Frauen auf Thomas, als hätten sie an etwas ganz anderem Interesse. Nicht an einem freundschaftlichen Plausch. Sie wirkten irgendwie ... seltsam. Gefährlich. Etwas an ihrer Art, an ihren Bewegungen war merkwürdig, fand Thomas.

Während der Angetrunkene zwischen ihnen redete und gestikulierte, lauthals mit seiner Musikerkarriere prahlte, sahen sich die beiden Frauen an und schienen sich ohne Worte zu verständigen.

Schließlich nickte Pat und stand vom Tisch auf. Lisa folgte. Letztere trug eine Art Lackdress, bestehend aus enger Hose und ebenso engem Shirt. Ihre Freundin Pat war in eine eng anliegende Hose und ein dunkelrot schimmerndes Oberteil aus Samt gekleidet.

Beide hatten eine phantastische Figur, stellte Thomas fest. Was wollten sie nur von dem viel zu jungen Kerl? Sie hätten jeden anderen, gestandene Männer, in dem Laden um den Finger wickeln können, ihn selbst inklusive.

Thomas gluckste erheitert. Welch böser Gedanke, seiner Sina fremdgehen zu wollen.

Reines Wunschdenken ..., entschuldigte sich Thomas vor sich selbst.

Der Gothic war mittlerweile schwankend aufgestanden. Die beiden Frauen hakten sich links und rechts bei ihm unter, und zu dritt gingen sie auf den Bereich zu, der zum Ausgang des Clubs und zu den Toiletten führte. Thomas spürte Druck in seiner Blase und folgte dem Trio. Während die drei vor ihm nach links abbogen, zog es ihn nach rechts zum Männerklo.

Nachdem er sich in den stinkigen, voll gepissten Räumlichkeiten erleichtert hatte, strebte er wieder seinem Platz am Tisch zu. Dort angekommen, musste er feststellen, dass dieser inzwischen besetzt war und auch die anderen Tische keinen Platz mehr boten. Also beschloss er, nach Hause zu fahren.

Draußen standen immer ein paar Taxis herum, die auf Gäste warteten. Sein Auto würde er nach dem vielen Alkohol hier stehen lassen müssen und irgendwann am nächsten Tag mit einem Freund abholen. Seine Papiere wollte er aber noch aus dem Wagen holen.

Er schlenderte in der kalten Nachtluft an endlosen Wagenreihen vorbei bis hinter das Gebäude, wo er zwei Stunden zuvor sein Auto gerade noch in die letzte freie Parklücke gequetscht hatte. *Mann, der ist so zugeparkt, dass ich eh nicht rausgekommen wäre,* dachte er sich, als er sah, wie hoffnungslos eingekeilt sein Nissan zwischen den anderen Fahrzeugen stand.

Er wollte gerade die Tür aufschließen, als er ein Lachen aus der dunklen Ecke vor sich hörte. Dann ein schmerzhaftes Keuchen.

Thomas hielt kurz inne und lauschte. Er konnte in der Dunkelheit nichts erkennen.

Dann wieder ein Keuchen. Von einem Mann, wie es schien, und es klang gequält.

Thomas fragte sich, ob jemand verletzt war und Hilfe brauchte oder einfach nur einen Quickie mit ,ner Tussi schob. In ersterem Fall musste er vielleicht mal nachsehen, in zweiterem allerdings konnte das Ganze peinlich enden.

Er überlegte kurz und seine Feigheit siegte schließlich. Hinterher bekam er noch eins auf die Nase von dem Typ, weil er sie Gott weiß wobei überraschte.

Seine Bedenken wurden allerdings jäh über den Haufen geworfen, als ein leiser, panisch anmutender Schrei aus der Ecke kam.

«Ist alles in Ordnung? Brauchen Sie Hilfe?», rief Thomas unsicher ins Dunkel hinein.

Er bekam keine Antwort. Also steckte er den Autoschlüssel wieder ein und pirschte vorsichtig in jene Richtung, aus der die Geräusche gekommen waren.

Nun konnte er ein paar Schatten ausmachen, die sich bewegten. Er trat noch etwas näher und sah schließlich, wie sich das Trio, das vorhin den Club verlassen hatte, vor ihm aus der Dunkelheit schälte.

Sie schienen ihn nicht bemerkt zu haben. Pat und Lisa hatten den Gothic wieder zwischen sich. Dieser lehnte halb zusammengesackt und scheinbar nur noch von den beiden gehalten an der Wand und stöhnte leise vor sich hin, während die Frauen an ihm herumsaugten.

In diesem Moment parkte ein Wagen aus, und seine Scheinwerfer beleuchteten kurz die Szenerie vor Thomas. Nun sah er, dass der Typ halb ausgezogen war. Überall auf seinem Oberkörper verteilt waren tiefe

Schnitte zu erkennen, an denen die beiden Frauen abwechselnd saugten. Blut saugten!

Schlagartig wurde es wieder dunkel. Thomas taumelte ein paar Schritte zurück. Das war verrückt! Was sollte er jetzt tun? Hatte er überhaupt richtig gesehen oder war er schon im Delirium?

Auf einmal hörte er das Geräusch von Schritten neben sich. Zwei Gestalten näherten sich langsam der dunklen Ecke. Thomas konnte schemenhaft einen Mann erkennen, der etwas kleiner schien als er selbst, und an seiner Hand lief mit kleinen, trippelnden Schritten ein Kind. Es musste ein Mädchen sein, den langen Haaren nach.

Der Mann war jetzt fast neben Thomas, und dieser wurde zur Salzsäule. Der Kerl verströmte etwas, das Thomas Angst machte, etwas Unbegreifliches, Dunkles. Und das lag nicht nur an den schwarzen Sachen, die er trug. Ein wollener Gehrock umschmeichelte die schlanke Gestalt wie riesenhafte Flügel.

Plötzlich blieb er mit dem kleinen Mädchen, das eine Puppe an sich drückte und in ihrem kleinen Mäntelchen furchtbar winzig wirkte, neben Thomas stehen und sah interessiert in die Ecke, in der sich die drei Gestalten vergnügten. Dann sah er auf seine Begleiterin herab und nickte ihr lächelnd zu, bevor er auch Thomas direkt ansah und verschwörerisch einen Finger an die Lippen legte.

Das war unmissverständlich: Thomas sollte still sein und die anderen nicht warnen. Er nickte automatisch und war wie erstarrt.

Doch kaum dass der Mann mit dem Mädchen an der Hand wieder auf die drei in der Ecke zuhielt, fiel die Starre von Thomas ab. Ohne dass er es tatsächlich wollte, näherte auch er sich weiter dem Schauspiel, um mehr erkennen zu können. Alles in ihm schrie, er solle abhauen und vergessen, was er gesehen hatte, aber seine Beine gehorchten ihm nicht mehr.

Der Mann blieb stehen, und die beiden Frauen ließen von ihrem Opfer ab. Wie ein nasser Sack sank der Gothic zu Boden, noch immer mit dem Rücken gegen die Wand gelehnt und die Augen leer und abwesend.

Keiner sprach ein Wort, dann ging alles ganz schnell. Thomas hingegen kam es so vor, als würde sich das, was nun folgte, in Zeitlupe abspielen.

Der Mann ließ das Kind los und trat auf die beiden Frauen zu. Sie sahen ihn fassungslos an, scheinbar ohne reagieren zu können. Etwas Langes blitzte silbern an der Hand des Unheimlichen auf, und er vollführte einige unmenschlich schnell anmutende Bewegungen.

Thomas hörte zweimal ein Geräusch, als würde ein Reißverschluss aufgezogen. Die beiden Frauen gaben gurgelnde Geräusche von sich. Ihre Hände versuchten, die aufgeschlitzten Kehlen zusammenzuhalten, während dunkles Blut in großen Mengen zwischen ihren Fingern hervorquoll.

«Nein!», stöhnte Thomas und musste fassungslos mit ansehen, wie beide auf den Asphalt sanken und mit dem Tode rangen.

Der Mann jedoch drehte sich zu dem kleinen Mädchen um und sagte mit dunkler, liebevoller Stimme: «Komm Khadi, nähre dich.»

Das kleine Mädchen starrte auf die beiden verzweifelt zuckenden Leiber der Frauen und trat mit zierlichen Schritten näher. Dann gab sie ihre Puppe dem Mann und ließ sich neben Pat auf die Knie sinken. Gierig begann sie, das aus der offenen Kehle austretende Blut aufzulecken.

Thomas fühlte sich wie in einem Alptraum gefangen, aus dem er nicht erwachen konnte.

Der Körper des kleinen Mädchens begann leicht zu zucken und ging schließlich in eine Art ruckartiges Pumpen über. Sie hatte ihren kleinen Mund jetzt tief in die offene Kehle vergraben und trank in vollen Zügen, bis kein Blut mehr nachkam.

Thomas hatte das Gefühl, das Ganze dauerte eine kleine Ewigkeit.

Schließlich ließ das Mädchen von seinem Opfer ab und kroch wie ein Wesen aus einem Alptraum zu Lisa hinüber, um sein Werk dort fortzusetzen.

Thomas wollte schreien, doch seine Kehle war wie zugeschnürt. Er konnte nicht weglaufen, war einfach zum Zusehen verdammt.

Als auch bei der zweiten Frau der Blutstrom endgültig versiegt war, stand das Mädchen auf und trippelte zu ihrem Begleiter zurück. Dieser bückte sich und hob sie auf den Arm.

Thomas sah, dass ihr Mund blutverschmiert war, und ihre Augen wirkten, als hätte sich ein grünlicher, spiegelgleicher Schleier darübergelegt. Sie wirkten blind und grauenhaft groß.

Thomas riss mit aller Anstrengung seinen Blick davon los und spürte, wie ihm Tränen über die Wangen liefen. Eiseskälte kroch durch seine Kleidung in sein Inneres, und endlich konnte er wieder klar denken. Er sah noch, wie der Mann den Mund der Kleinen liebevoll mit einem Taschentuch abwischte, dann drehte er sich auf dem Absatz um und rannte wie noch nie in seinem Leben.

Er lief zur Straße und fand ein wartendes Taxi. Mit zittriger Stimme teilte er dem Fahrer seine Adresse mit und schwor sich, alles zu vergessen, was er gesehen hatte. Anderenfalls würde es ihn um den Verstand bringen.

† † †

Leylah erwachte am späten Nachmittag. Sie war mit Ashe am Vormittag zu Hause angekommen und hatte sich gleich schlafen gelegt, während ihr Partner noch aufbleiben wollte, um etwas zu erledigen.

Irgendwann später hatte sie dann gespürt, dass Ashe zurückgekehrt war und sich neben sie ins Bett gelegt hatte.

Nun sagten ihr die matt rot beleuchteten Digitalziffern des Weckers auf dem Nachttisch, dass es 16 Uhr am Nachmittag war. Sie hatte unruhig geschlafen und auch geträumt, konnte sich aber an keine Einzelheiten erinnern. Es mussten lebhafte Träume gewesen sein, denn ihre Bettseite war arg zerwühlt.

Ashe lag auf der anderen Seite, ihr den Rücken zugewandt, und schlief wie ein Toter. Jedenfalls konnte sie trotz genauen Hinhörens keine Geräusche von ihm wahrnehmen.

Sie schliefen beide viel in letzter Zeit. Ihre Körper verbrauchten Unmengen an Energie, und Schlaf schonte die Ressourcen.

Leylah war aufgefallen, wie sehr das Tageslicht, vor allem aber direktes Sonnenlicht ihren Liebsten schlauchte. Wenn er tagsüber unterwegs war, was er nur tat, wenn es wirklich wichtig war, konnte Leylah an einer Hand die Tage abzählen, wann bei ihm der Hunger wieder mit aller Macht hervorbrechen würde. In dieser Zeit veränderte er sich stark und sie musste immer all ihre Kraft und Vernunft aufbringen, um ihn zu zügeln, seine Opfer nicht zu sehr zu quälen oder gar ganz zu töten. Letzteres wäre fatal. Dennoch spürte sie, dass in Ashe etwas war, das immer mehr die Kontrolle übernahm.

Leylah seufzte, wischte die trüben Gedanken beiseite, stand leise auf und ging ins Arbeitszimmer. Sie sah, dass die Anzeige ihres Handys aufleuchtete, was bedeutete, dass gerade jemand anrief. Leylah hatte es auf stumm geschaltet, damit der Klingelton sie nicht aus dem Schlaf reißen konnte. Sie drückte den Abheben-Knopf und meldete sich leise. Am anderen Ende war die Stimme ihres letzten Opfers, der Jüngling, den sie am Vorabend ins Hotel abgeschleppt hatten. Er nannte sich selbst Raziel, ein Name, den er aus einem Rollenspiel übernommen hatte. Sein richtiger Name war Frank. Leylah hatte ihm ihre Telefonnummer gegeben, weil er bei ihr den Eindruck erweckt hatte, öfter gefahrlos ‹anzapfbar› zu sein.

Die Suche nach geeigneten Opfern wurde in der heutigen Zeit immer schwieriger und Leylah fand, man sollte sich die wenigen Opfer, die etwas taugten, warm halten.

Bevor Ashe sie vor drei Jahren erweckt hatte, hätte sie nie gedacht, dass sie einst zu einer Jägerin werden würde, die nach Menschenblut lechzte. Natürlich hatte sie sich für Vampire interessiert und viel darüber gelesen. Aber dass sie einmal selbst solch ein Wesen sein würde oder vielmehr schon immer gewesen war, hätte sie im Traum nicht gedacht. Aus teenagerhafter Schwärmerei und Hoffnung war harte Realität geworden.

Raziel am anderen Ende der Leitung schluchzte ihr etwas vor. Er habe schlimme Alpträume gehabt, Dinge, die er nicht verstehe, und er wollte, dass sie sich treffen. Zum Reden. Und ohne Ashe.

Leylah runzelte verärgert die Stirn und blaffte ihn an: «Hör auf zu jammern! Wenn du weiter meine Gunst genießen willst, dann wirst du dich gefälligst auch Ashe erkenntlich zeigen!»

Am anderen Ende wurde es kurz still, dann kam Raziels verschnupfte Stimme aus dem Lautsprecher: «Ich mag Ashe nicht. Er hat mir absichtlich wehgetan. Meine ganze Schulter schmerzt und ist entzündet.»

Leylah schnaufte verächtlich. «Erzähl keinen Mist, es kann nicht entzündet sein. Und du wusstest, worauf du dich einlässt.»

Aber Raziel ließ nicht locker, jammerte und quengelte weiter und schaffte es schließlich doch, dass Leylah sich mit ihm in einem Cafe verabredete. In einer Stunde.

Seufzend schaltete sie das Telefon aus und ging sich im Badezimmer ankleiden. Sie fragte sich, warum ein Teil in ihr noch immer nicht nein sagen konnte, wenn man sie um etwas bat. Sie schrieb Ashe einen Zettel, falls er aufwachen und nach ihr suchen sollte. Dann verließ sie die Wohnung. Mit ihrem Kleinwagen fuhr sie in Richtung Londoner City.

Es war erst kurz vor achtzehn Uhr und schon stockdunkel. Für Leylah kam die Zeitumstellung im Herbst jedes Mal irgendwie überraschend und sie brauchte Zeit, um sich daran zu gewöhnen.

Sie hatte das Cafe bald erreicht und fand auch gleich einen Parkplatz. Als sie den nur mäßig gefüllten Laden betrat, sah sie Raziel schon an einem der Tische am Fenster sitzen und nervös an einem Milchshake herumnuckeln. Wieder trug er einen dunklen Anzug mit Weste.

Leylah fand, dass das nicht zu ihm passte. Er war noch zu jungenhaft für Anzüge. Vielleicht wollte er dadurch auch nur älter und reifer wirken, was aber keinesfalls funktionierte.

Obwohl Leylah nach menschlicher Zeitrechnung erst achtundzwanzig war, fühlte sie sich im Vergleich zu dem zwanzigjährigen Jungen uralt. Seit ihrer Erweckung hatte sie das Gefühl, schon ewig auf dieser Welt zu sein.

Raziel sah sie hoffnungsfroh und leidend zugleich an, als sie sich ihm gegenüber an den Tisch setzte und bei der herbeigeeilten Bedienung einen Milchkaffee bestellte. Sie hatte sich die Haare hochgesteckt, sodass ihr schlanker Hals frei lag.

Raziel sah die feine weiße Narbe knapp neben der Halsschlagader auf ihrer zarten Haut.

«War das auch Ashe?», fragte er.

Leylah nickte. «Ja, im Gegensatz zu anderen Narben wird diese ewig bleiben. Sie ist etwas ganz Besonderes.» Sie wusste nicht, warum sie ihm das erzählte, obwohl es ihn nichts anging.

Raziel nickte und verzog gleich darauf weinerlich das Gesicht. «Bei mir wird auch auf ewig eine bleiben. Eine riesengroße! Und vielleicht krieg ich sogar eine Blutvergiftung –» Er konnte nicht weitersprechen, denn Leylah hatte sich zu ihm hinübergebeugt und mit einer schnellen Bewegung die Anzugjacke samt darunterliegendem Hemd ein Stück weggezogen, sodass sie seine nackte Schulter sehen konnte. «Ach herrje, das kleine bisschen!», rief sie belustigt aus und besah sich den kaum einen halben Finger langen, leicht aufklaffenden Schnitt auf seiner Haut. Von Entzündung keine Spur.

Pikiert zupfte sich Raziel die Sachen wieder zurecht und fauchte: «Das war ja auch von dir. Ashes Biss ist auf der anderen Seite!» Er schaute sich kurz um, ob keiner der Gäste hersah, und entblößte ein Stück der anderen Schulterseite.

Leylah traute ihren Augen nicht. Sie wusste zwar, dass Ashe entgegen seiner Gewohnheit tatsächlich fest zugebissen hatte, aber mit solchen Auswirkungen hatte sie nicht gerechnet.

In einer leicht angeschwollenen und rötlich entzündeten, halbmondförmigen Wunde sah man deutlich die beiden tieferen Löcher der beiden leicht hervorstehenden, spitzen Eckzähne von Ashe.

Normalerweise verhinderte der Speichel von Wesen ihrer Art eine Entzündung. Wie bei vielen Tieren wirkte er auch bei ihnen normalerweise keimtötend. Doch Raziels Wunde sah – verdammt noch mal – nach dem Gegenteil aus.

Leylah holte kurz Luft und antwortete dann beherrscht: «Okay, du gehst besser nicht zu einem Arzt, sondern kommst mit mir. Und keine

Angst, Ashe wird dir nichts tun, das verspreche ich dir. Er ist nicht so, wie du denkst.»

Raziel sah sie zweifelnd an, doch dann siegte sein Verlangen nach ihrer Nähe über die schmerzende Schmach an seiner Schulter und er willigte ein.

Leylah wusste, dass es ein Risiko war, ihn mit nach Hause zu nehmen, aber sie konnte nicht das noch größere Risiko eingehen, dass Raziel einen Arzt aufsuchte, der in der Wunde vielleicht etwas fand, das ihn zum Grübeln bringen würde.

Sie wartete ihren Milchkaffee erst gar nicht ab, sondern legte einfach drei Euro auf den Tisch und verließ mit Raziel das Cafe. Gemeinsam steuerten sie auf Leylahs Auto zu, auf dessen Windschutzscheibe ausgebreitet eine Zeitung lag. Leylah griff danach. In dicken schwarzen Lettern schrie ihr die Schlagzeile entgegen: ‹Wieder zwei Morde im Westend›.

Darunter war ein grobkörniges Schwarzweißbild zu sehen, auf dem zwei von weißen Laken bedeckte Körper auf dem Boden vor einer Mauernische lagen.

Leylah überflog den zugehörigen Artikel und runzelte die Stirn: Zwei Frauen waren brutal ermordet worden, man hatte ihnen die Kehlen aufgeschlitzt. Das war zwar grausam, aber nichts Außergewöhnliches. Bemerkenswert allerdings war, dass man, bis auf ein paar Spritzer am Boden und auf der Kleidung der Opfer, kein Blut in den Körpern gefunden hatte. Es war ihnen auf irgendeine Weise abgezapft worden.

Die Polizei stand vor einem Rätsel. Es gab zwar einen Zeugen, aber der hatte zum Zeitpunkt der Tat so stark unter Alkoholeinfluss gestanden, dass seine Aussage nichts taugte. Ganz abgesehen davon hatte sie ohnehin ziemlich abgefahren geklungen.

Leylah warf die Zeitung weg und dachte nach. Raziel stand hinter ihr und schaute ihr über die Schulter. Er hatte den Artikel ebenfalls gelesen und sah sie nun mit großen Augen an.

«Das waren nicht wir», beruhigte Leylah ihn und sah ihm fest in die Augen, «das klärt sich sicher bald auf.»

Raziel nickte abwesend.

† † †

«Suche nach mir ...», wehte eine Stimme durch meinen Kopf. Ich sprang auf und knallte gegen die tiefblau gestrichene Wand neben dem Bett. Verwirrt sah ich mich um. Ich war allein im Schlafzimmer, Leylahs

Bettseite leer. Und die Stimme hallte noch immer in meinem Kopf wider.

Diese Stimme – ich hatte sie seit Ewigkeiten nicht mehr gehört, denn derjenige, zu dem sie gehörte, war seit langem tot. Waren Jahrhunderte oder schon Jahrtausende vergangen?

Ich war vollkommen verwirrt und taumelte schlaftrunken ins Badezimmer. Vor dem quadratischen Spiegel über dem Waschbecken blieb ich stehen und sah hinein.

Meine kinnlangen Haare standen wirr nach allen Seiten ab. Tiefe Ränder lagen unter meinen Augen, die mir im kalten Licht der Deckenlampe aus dem Spiegel heraus entgegenblinzelten. Plötzlich verschwamm mein Abbild, und meine Augen änderten ihre Farbe. Sonst dunkelgrün wurden sie nun braungelb und starrten mich kalt an. Dann verzog sich der Mund zu einem spöttischen Lächeln und flüsterte die Worte: «Komm und suche nach mir, Ashe.»

Ich stolperte zurück. «Nein», stöhnte ich fassungslos, «das kann nicht sein!»

Das Gesicht meines Vaters blickte mir entgegen! Mein Vater, dessen Leiche ich vor Ewigkeiten im Schnee vor unserem Haus gefunden hatte. Mein Vater, der mich brutal in seine Welt gerissen und mir gezeigt hatte, was ich wirklich war!

Wieder veränderte sich das Gesicht im Spiegel und etwas Unfassbares schälte sich aus den Konturen hervor. Der Anblick ließ mein Herz zusammenkrampfen. Es war unbeschreiblich schön und grausam zugleich ... und so vertraut.

Ich schloss die Augen und Tränen schossen hervor, die mir salzig über die Lippen liefen. Ich wollte nichts mehr sehen, diese Stimme in meinem Kopf nicht mehr hören. Bilder tauchten vor mir auf. Ich sah auf meine Hände hinab. Sie krallten sich in warmen, schimmernden Sand, der sich klumpig mit dunklem Blut vermischte. Ich fühlte Schmerzen in meinem Kopf, die mich schier um den Verstand brachten. Meinem Mund entflohen Worte in einer fremden Sprache, mein Körper wurde wie von Schlägen durchgeschüttelt und ich fiel auf den kalten Badezimmerboden.

Wieder sah ich das Gesicht meines Vaters vor mir. Der breite, schmallippige Mund öffnete sich, und Worte in jener uralten Sprache kamen heraus.

Er sprach sie wieder und wieder, bis sich die Silben in meinem Kopf zusammenfügten: «Bringt seinen verfluchten Leib in die Wüste und lockt

Schakale mit Ködern, auf dass sie ihn auffressen zur Gänze!»

Ich versuchte mich am Waschbeckenrand hochzuziehen. «Warum?», stöhnte ich. «Was habe ich euch getan?» Die Worte flossen aus meinem Mund, obwohl niemand sie hören konnte.

Ich schaffte es wieder auf die Beine und zitterte am ganzen Körper. Im Spiegel vor mir war wieder mein eigenes Gesicht zu sehen, doch die Stimme in meinem Kopf meldete sich noch einmal: «Frag Nefertete ... Leylah.» Dann war es still.

Ich konnte wieder klar denken, drehte den Wasserhahn auf und spritzte mir kaltes Wasser ins Gesicht. Danach fühlte ich mich besser. Aber auch verwirrter denn je. Erst die Träume von dem Brand und jetzt diese Visionen. Und wie konnte es sein, dass ein Toter mich aufforderte, nach ihm zu suchen?

Ich hörte, dass die Wohnungstür aufgeschlossen wurde. Leylah und noch jemand kamen herein.

Fahrig und mit immer noch zitternden Fingern zupfte ich meine zerknitterte Kleidung zurecht – ich war zuvor einfach in Jeans und Hemd ins Bett gegangen – und fuhr mir mit den Fingern ordnend durch die Haare.

Leylah klopfte an die Badezimmertür und fragte: «Darling, bist du da drin?»

Ich holte tief Luft und antwortete so normal wie möglich: «Ja, ich komme sofort.» Und nach einem weiteren prüfenden Blick in den Spiegel öffnete ich die Tür.

Leylah starrte mich an. «Um Himmels willen, wie siehst du denn aus?»

Ich grinste schwach und winkte ab. «Hab nur schlecht geträumt vorhin.» Ein leiser Nachhall der Stimme spukte durch meinen Kopf: *Suche nach mir. Frag Nefertete ... Leylah.*

Ich musterte sie prüfend.

Leylah schüttelte verwirrt den Kopf. «Warum siehst du mich so an?»

Ich machte eine beschwichtigende Handbewegung. «Es ist nichts, mach dir keine Sorgen.»

Im nächsten Moment sah ich ein paar Schritte hinter Leylah, am Türrahmen lehnend, den Jungen vom Vorabend, unser Opfer.

Er lächelte mich unsicher an. Sofort spürte ich die Welle der Feindseligkeit, die mir von ihm entgegenschlug.

Etwas in mir klinkte aus. Ich ging auf ihn zu, packte ihn am Kragen und schrie ihm ins Gesicht: «Warum? Warum hasst ihr mich alle?»

Raziel war um die zehn Zentimeter größer als ich und fasste den Mut, diesen scheinbaren Vorteil auszuspielen, indem er sich losriss und mich von sich stieß. Das hätte er besser nicht getan!

Ich hörte noch Leylahs Ruf im Hintergrund: «Nein, Ashe! Tu's nicht!» Aber da stürmte ich schon auf ihn zu. Meine Hände legten sich um seinen Hals.

Schon so mancher hatte sie in früheren Zeiten dort zu spüren bekommen und es meistens nicht überlebt.

Auch jetzt drückte ich gnadenlos zu und sah, wie Raziels Gesicht rot anschwoll. Verzweifelt japste er nach Luft und versuchte, meine Finger wegzubiegen. Ich quittierte es mit noch festerem Zudrücken.

Leylah tauchte neben mir auf und schrie etwas in mein Ohr, aber ich ignorierte sie. Ich war wie von Sinnen. Wut und Verzweiflung rasten abwechselnd durch meinen Körper.

Plötzlich riss mich ein durchdringendes Miauen zurück in die Realität. Dann ein scharfes Stechen, als kleine, nadelspitze Krallen sich durch mein Hosenbein in die Haut bohrten.

Verdutzt sah ich nach unten und in das schwarzweiße, kleine Fellgesicht von Jeremy, unserem jüngsten Kater.

Meine Hände lösten sich von Raziels Hals, und der Junge sank nach Atem ringend in die Knie.

Und ich musste tatsächlich grinsen, als Jeremy mit forderndem Gesichtsausdruck ein unmissverständliches Miauen ausstieß. Die Situation war grotesk. Ich hörte, wie Leylah hinter mir in die Küche ging und ein Glas Wasser füllte. Wohl für Raziel.

Dieser fand seine Stimme wieder. «Du Irrer!», krächzte er mühsam. «Du Wahnsinniger!»

Ich beugte mich hinunter und hob Jeremy auf den Arm. Leylah kam wieder und reichte Raziel das Wasser. Auch sie musste grinsen, als sie sah, wie der Kater seine feuchte Schnauze an meiner Halsbeuge rieb und sich dabei die Seele aus dem Leib schnurrte.

Ich setzte ihn wieder auf den Boden und starrte Raziel sekundenlang an. Dann zog ich mein Portemonnaie aus der hinteren Hosentasche.

Raziels Blick wurde begehrlich, als er verfolgte, wie ich ein paar größere Geldscheine abzählte. Manche Menschen waren einfach zu durchschaubar.

Ich steckte ihm das Geld in die Brusttasche seines Sakkos und sah ihm in die Augen. «Vielleicht hast du Recht», sagte ich. «Vielleicht bin ich wahnsinnig. Umso mehr Grund für dich, einfach zu vergessen, was passiert ist. Wenn nicht, würdest du es sehr bereuen, glaub mir.»

Raziel schielte auf die Tasche mit dem Geld und nickte widerwillig. Dann rappelte er sich auf, zupfte seine Sachen zurecht und verschwand wortlos aus der Wohnung.

Leylah und ich lauschten seinen Schritten die Flurtreppe hinab, bis wir das Geräusch der zufallenden Haustür hörten.

Leylah sah mich durchdringend und ernst an. «Was ist los mit dir?», wollte sie wissen. «Was war das da vorhin? Du verwirrst mich.»

Ich fuhr mir durch die Haare und sah sie eine Weile an. Dann beschloss ich, ihr nichts zu erzählen. Warum, wusste ich nicht, aber etwas hielt mich zurück.

Und so antwortete ich nur: «Ich weiß nicht. Ich stehe wohl in letzter Zeit etwas unter Stress. Die Träume, der schlechte Schlaf ...» Ich sah zur Seite, damit sie die Notlüge nicht in meinen Augen lesen konnte.

Leylah nickte. «Wir müssen wohl warten, was kommt», meinte sie. «Was auch immer es ist, oder?»

Ich ging auf sie zu und nahm sie in den Arm. «Ja», flüsterte ich dicht an ihrem Ohr, «was immer auch kommt.»

† † †

Aaron hatte sich in seinen privaten Schlafraum zurückgezogen und damit begonnen, wahllos ein paar Kleidungsstücke in einen schwarzen Lederkoffer zu packen. Er war so vollkommen in Gedanken dabei, dass er nicht hörte, wie die Tür geöffnet wurde und Isabella den Raum betrat.

Eine Weile sah sie Aaron bei seiner Tätigkeit stumm zu, bevor sie ihn durch ein Räuspern auf sich aufmerksam machte.

Aaron drehte sich fahrig um. Er sah seine Gefährtin in der Mitte des Raumes stehen wie eine griechische Statue.

Isabella hatte sich die langen Locken zu einer klassischen Frisur hochgebunden und trug ein wallendes, schwarzes Gewand, das weich und warm aussah.

Ihr Blick blieb an dem Koffer hängen, und eine stumme Frage stand in ihr Gesicht geschrieben. Aaron schloss den Koffer und kam ihr entgegen. Als er vor ihr stand, sagte er: «Frag nicht. Ich könnte dir nur mit Ausreden antworten. Im Moment jedenfalls.»

Isabellas helle Augen suchten die Aarons und sanft entgegnete sie: «Du musst nichts sagen. Ich weiß, dass du nach England willst. Aber du wirst Ashe und den anderen nicht helfen können, das spüre ich. Denn sonst wäre ich längst selbst dorthin unterwegs.»

Aaron nahm Isabellas Gesicht in die Hände und sah sie lange an. Dann drehte er sich um und nahm seinen Mantel von dem Stuhl neben dem Bett.

«Ich fahre nicht ihretwegen», sagte er schließlich. «Tatsächlich weiß ich auch nicht, ob ich ihnen helfen kann, da hast du Recht. Aber ich muss mich Dingen stellen, die ich schon lange mit mir herumtrage und von denen ich dir nie erzählt habe. Ich hatte die Befürchtung gehabt, dass Ashe damals bei unserem Austausch in meinem Inneren lesen könnte, doch irgendetwas verhinderte das wohl. Ich ... habe gewisse Vermutungen, aber Gewissheit werde ich erst in England erlangen.»

Isabella kam auf ihn zu und umfasste seine Hände. «Artemis, mein Lieber», sprach sie ihn mit seinem ursprünglichen Namen an, «ich weiß mehr, als du denkst. Ich liebe dich und ich liebe Nicolas. Ich lese in euch wie in einem Buch. Und ich weiß von deinen Visionen. Ich weiß nicht, was sie bedeuten, doch ich denke, du bist dem schon näher gekommen. Sag mir einfach, dass du zu uns zurückkommen wirst, und ich werde beruhigt sein. Zumindest vorläufig.»

Aaron sah ihr lange in die Augen, bevor er flüsterte: «Ich weiß es nicht.»

Isabella nickte, dann verließ sie das Zimmer so leise, wie sie gekommen war.

Aaron zog sich an, nahm den Koffer und verließ das Haus. Draußen verstaute er seine Sachen in dem Leihwagen, den er tags zuvor für seine Fahrt zum Flughafen gemietet hatte.

Als er am Haus hinaufsah, erblickte er Nicolas' Gesicht hinter einer der Fensterscheiben. Er nickte ihm zu, und das Gesicht verschwand. Seufzend stieg Aaron in den Wagen und fuhr einer ungewissen Zukunft entgegen.

4

Jordan saß am Schreibtisch des Hotelzimmers und blätterte durch ein kleines, in dunkelrotes Leder gebundenes Buch. Seine Finger ertasteten die feinen Poren in dem Einband, und Informationen formten sich in seinem Geist.

Leder. Eingefärbte Menschenhaut.

Vor sich sah er Bilder, die einen Mann und seinen gewaltsamen Tod zeigten. Jemand zog ihm die Haut vom Fleisch, gerbte sie und bewahrte sie auf. Sie wurde weitervererbt, bis im Jahre 1995 ein begabter Buchbinder dieses kleine Notizbuch damit einband. Ein junger Franzose, von seiner Rasse abstammend, dem man nicht ansah, dass er schon weit über zweihundert Menschenjahre zählte, und der sein Leben zwischen Jordans Fingern ausgehaucht hatte, um von Khadi einverleibt zu werden.

Jordan schnaubte verächtlich. Seine Nachkommen auf diesem Planeten waren so schwach und verweichlicht geworden, dass es fast zu einfach war, sie auszumerzen.

Khadi lag im Zimmer nebenan auf ihrem Bett und erholte sich von der letzten Nacht. Sie hatte sehr viel getrunken und musste sich ausruhen. Bis zu ihrer nächsten Jagd.

Die Seiten des Buches raschelten zwischen Jordans Fingern, als er blätterte. Schließlich, beim nächsten Namen, der noch nicht durchgestrichen war, stoppte er.

Jordan las den Namen und schloss kurz die Augen, um sich zu konzentrieren. Vor seinem inneren Auge tauchte ein Bild auf. Ja, er kannte das Gesicht. Nur zu gut.

Vor drei Jahren in einem anderen Land hatte er diesen Mann gesehen und die Essenz seines Sohnes in ihm gefühlt. Er hatte die destruktiven, verwirrten Gedanken dieses Mannes ertastet und ihn wiedererkannt. Wiederum aus einer anderen Zeit. Einst war dieser Mann sein Spielball gewesen. Jordan hatte ihm eine Aufgabe übertragen, und er hatte kläglich versagt. An diese Aufgabe für alle Zeit gebunden, wurde der Mann immer wieder von seinen alten Gefühlen heimgesucht.

Jordan suchte mit Hilfe seiner geistigen Fühler weiter und drang in die Psyche dieses Mannes ein. Er fand eine ausgeglichene Persönlichkeit vor. Die Aufgabe war vergessen oder verdrängt worden. Und Jordan war erstaunt darüber, denn niemand hatte sich bisher seinem Einfluss widersetzen können, nicht einmal über Jahrtausende hinweg.

Er nahm sich vor, diesem Mann besondere Aufmerksamkeit zu schenken, bevor er ihn Khadi überlassen würde. Khadi, das Wesen, das sich von Vampiren nährte. Seine Tochter. Und die von dem Mann gesucht wurde, weil dieser annahm, sie sei sein Kind.

Sein Name war Mekhtep. Oder Marten, wie er sich in der heutigen Zeit nannte.

† † †

Leylah und Ashe waren die letzten beiden Nächte zu Hause geblieben.

Ashe war sehr schweigsam und in sich gekehrt, sodass Leylah sich in ihr Dachatelier zurückgezogen hatte, um zu malen. Malen war etwas, was ihr früher – bevor sie Ashe kennen lernte und noch ein Leben unter normalen Menschen führte – Trost gegeben und sie ausgefüllt hatte. Sie war eine sehr begabte Künstlerin gewesen, die vollkommen in ihren Werken aufgehen konnte. Doch nun stand sie seit langem wieder ratlos vor einer weißen Leinwand, einen Skizzierstift in der Hand, und wartete auf Inspiration. Aber da kam nichts. Ihre Gedanken wurden immer wieder abgelenkt. Sie sah oft aus dem großen, schrägen Dachfenster hinaus auf die Dächer der angrenzenden Häuser und die kahlen Kronen der Bäume. Und hinauf in den grauen Himmel.

Seufzend legte sie den Stift schließlich beiseite und begann aus diversen Farbtuben ein paar Ölfarben anzumischen, ohne einen wirklichen Plan zu haben, was daraus entstehen sollte.

Sie hörte, wie die Tür zum Dachboden leise geöffnet wurde und Ashe hereinkam. Er wirkte leicht zerzaust, was ihr zeigte, dass er wohl gerade erst wach geworden war. Leylah hingegen war etwas früher als gewohnt aufgestanden, um noch das Tageslicht zum Malen zu nutzen. Obwohl sie nichts geschafft hatte, musste ihr die Zeit davongelaufen sein. Der Abend war hereingebrochen, und weil sich ihre Augen angepasst hatten, hatte sie nicht bemerkt, wie dunkel es schon geworden war.

Ashe kam auf sie zu. «Hi, my heart», murmelte er und gab ihr einen flüchtigen Kuss auf die Stirn.

Leylah konnte noch den Schlaf in seinem Atem riechen. Sie umarmte seine Taille und fühlte, dass sein Shirt feucht an der Haut darunter klebte. Sie konnte keinen Schweiß an ihm riechen, wusste aber, dass er gerade in letzter Zeit im Schlaf fieberte und schwitzte. Sein Körper wurde zum Hochofen und verbrannte Unmengen an Energie.

Auch jetzt wirkte er ausgelaugt und zerschlagen, und doch lächelte er auf seine unnachahmliche Weise, die Leylah vermuten ließ, dass er etwas vorhatte.

«Okay, raus mit der Sprache!», sagte sie schelmisch drohend und kniff ihn in die Leiste.

Er zuckte zurück und drohte ihr seinerseits mit dem Finger. «Tu das nicht, sonst ...» Er lachte.

Leylah genoss es, ihn so ausgelassen zu hören. Ihr fiel auf, wie schön sein Lachen war und wie sehr sie es vermisst hatte. Man konnte ihn für einen unbekümmerten, jungen Mann halten.

«Lass uns ausgehen», sagte er bestimmt.

Leylah war verwundert, fragte ihn jedoch nicht nach seinem Sinneswandel. Erfreut nickte sie, bevor er es sich anders überlegte. Wie auch sie selbst konnte Ashe manchmal sehr launisch sein und seine Meinung dann im Minutentakt ändern.

Zwei Stunden später betraten Ashe und Leylah einen Club, den sie einmal im Monat besuchten. Nicht zum Jagen, sondern zum Ausgelassen-Sein und Tanzen. Was beide sehr gerne taten, wenn sie in Stimmung dazu waren, vor allem in fatalistischen Phasen. Zu diesen Gelegenheiten gaben sie und Ashe sich sehr viel Mühe mit der Wahl ihrer Garderobe und sie passten sich den gängigen Modeerscheinungen an.

So stand Ashe in kämpferischer Montur neben ihr und sah eher aus wie ein junger Krieger in Schwarz, denn ein uraltes Wesen. Seine Augen waren mit tiefschwarzen Strichen umrahmt, die Haare zu einem Zopf zurückgebunden. An den Füßen trug er schwere Schnürstiefel mit Schnallen, die sich auch an seiner schwarzen Lackhose wiederfanden. Unter dem schwarzen, kurzärmeligen Shirt sah sie seine sehnigen Arme.

Leylah selbst trug einen engen, langen und verführerisch weit hoch geschlitzten Rock aus Lack mit Schnallen an der Seite. Dazu eine Korsage, die ihre weibliche Figur umschmeichelte und die Blicke der anwesenden Männer auf sich zog.

Beide standen am Rand der Tanzfläche. Ashe hatte die Arme von hinten um sie geschlungen, während sie sich im Takt der donnernden Beats archaischer Elektromusik wiegten. Irgendwann, als ein neues Lied begann, ließ Ashe sie los und betrat die Tanzfläche. Leylah folgte ihm und stellte sich hinter ihn. Vor oder neben Ashe war kein Platz mehr, denn die Tanzfläche war wie immer zum Bersten voll.

Sie sah auf Ashes Rücken, als er erst langsam und schließlich immer schneller mit geschmeidigen und dennoch sehr maskulin wirkenden Bewegungen zu tanzen begann. Sie beobachtete das Spiel seiner Schultermuskeln und lächelte, während sie selbst lasziv die Hüften kreisen ließ und einige der anwesenden Männer damit schier um den Verstand brachte.

Fast eine Stunde lang tanzten sie ununterbrochen, bevor Ashe mit schweißnassen Haaren die Tanzfläche verließ. Er suchte sich einen der Tische in der Nähe, um Leylah weiter beim Tanzen zuzusehen.

Aus den Augenwinkeln bemerkte Leylah kurz darauf, wie Ashe von einem Mädchen angesprochen wurde. An dessen Arm hing ein junger Mann und wirkte unangenehm berührt. Das Mädchen war extrem aufgestylt. Ihre langen Haare waren mit bunten, künstlichen Dreadlocks durchsetzt und zu zwei Zöpfen hochgebunden. Sie trug massenhaft blauen und grünen Lidschatten und ein enges, sehr kurzes Lackkleid. Ihr Begleiter wirkte dagegen eher unscheinbar und künstlich in der viel zu großen Jacke aus schwarz glänzendem Lack. Er vermittelte den Eindruck, kostümiert zu sein. Als würde er für gewöhnlich nicht solche Kleidung bevorzugen.

Leylah verließ mitten im Lied die Tanzfläche und gesellte sich zu Ashe. Das Mädchen schrie ihm gerade etwas ins Ohr, um die Musik zu übertönen. Und Ashe hatte den Kopf leicht schief gelegt, um sie zu verstehen. Er lächelte Leylah zu, die sich besitzergreifend bei ihm einhakte.

Das Mädchen starrte sie an und lächelte verschlagen. Der Begleiter des Mädchens sah sie wiederum eher Hilfe suchend an. Seine Augen flehten um Erlösung, von was auch immer.

Ashe nickte dem Mädchen schließlich zu. Dann murmelte er dicht an Leylahs Ohr: «Die Lady hier möchte ein wenig spielen. Sie fragt, ob wir Interesse an einem flotten Vierer hätten.» Er grinste über beide Ohren, als er noch hinzufügte: «Leichte Opfer für uns.»

Leylah überlegte und fixierte dabei den jungen Mann. Er sah an sich recht niedlich und unbedarft aus, hatte lange, dunkle Haare und wirkte appetitlich.

«In Ordnung», erwiderte sie schließlich.

Ashe nickte dem wartenden Mädchen bestätigend zu. Sie ging voran und zog ihren Begleiter hinter sich mit. Ashe und Leylah folgten ihnen.

Das Quartett verließ die große Haupthalle und ging in den angrenzenden kleineren Tanzsaal, wo ruhigere Musik gespielt wurde.

Das Mädchen wechselte ein paar vertrauliche Worte mit einer der Bedienungen an der Bar, und diese zog einen Schlüssel aus ihrer Hosentasche. Lächelnd nahm sie ihn entgegen, winkte Ashe und Leylah ihr zu folgen und schloss eine schmale, unauffällig aussehende Tür in einem dunklen Winkel neben der Bar auf. Energisch zog sie den jungen Mann in den dahinter liegenden Raum.

Ashe sah Leylah an. Er hatte einen seltsamen Blick, seine Augen wirkten in dem schummrigen Licht groß und schwarz. Etwas in Leylahs Innerem fühlte sich unwohl dabei.

Sie betraten den dunklen Raum, und das Mädchen schloss die Tür hinter ihnen, während sie einen Lichtschalter an der Wand daneben betätigte.

Rotes Licht flammte in zwei getönten Glühbirnen an der gegenüberliegenden Wand auf. Darunter stand eine Art breiter Futon, auf dem lose schwarze Samttücher verteilt lagen. An einer der Seitenwände stand eine kleine Kommode aus dunklem Holz, auf der ein Stapel Handtücher und diverse andere, zweideutige Utensilien lagen.

Leylah hob pikiert die Augenbrauen, als sie das sah, und blickte unangenehm berührt zu Ashe auf. Dieser verzog den Mund und zwinkerte ihr beruhigend zu.

Das Mädchen befahl ihrem Freund, es sich auf dem Futon bequem zu machen, dann wandte sie sich an Ashe und Leylah.

«Also, ich bin Marisha und das hier ist mein Freund Krishna. Ich steh total drauf, dass er mir zusieht, wenn's mir andere besorgen. Und er wird auch gerne ein bisschen gequält.»

Sie sagte das so selbstverständlich, als wäre es absolut normal, und lächelte dabei breit. «Ist das okay für euch?»

Sie sah die beiden an, und Ashe nickte ohne zu zögern.

Leylah schätzte Marisha kritisch ab und konnte verstehen, wenn Ashe sie auf gewisse Weise anziehend fand, denn mit ihren bunten Haaren und der sexy Kleidung wirkte sie wie ein hübsches Bonbon, das zum Auspacken verlockte. Anschließend musterte sie Krishna. Dieser wirkte wie ein kleines Hündchen an der Leine seiner dominierenden Herrin. Bettelnd und zugleich unsicher sah er von seiner Freundin zu Leylah.

Ashe schien mit solchen Situationen mehr Erfahrung zu haben, und so überließ Leylah ihm die weiteren Schritte. Es war nicht so, dass Leylah schüchtern war, aber sie hatte immer noch gewisse Probleme damit, die Initiative zu ergreifen. Man musste sie erst wütend machen, bevor sie hemmungslos wurde. Und der Typ namens Krishna mit seiner Unterwürfigkeit machte sie langsam wütend. Marisha wiederum brachte Leylah zur Weißglut mit ihrer unverschämten Art. Aber sie wartete ab.

Marisha ließ sich lasziv auf dem Futon nieder, und Ashe folgte ihr mit unergründlichem Blick.

«Möchte deine Freundin nur zusehen?», fragte das Mädchen provozierend.

«Sie wird sich deines Partners schon annehmen, wenn ihr danach gelüstet», antwortete Ashe gleichgültig.

Krishna setzte sich ans andere Ende des Futons. Leylah ging zu ihm und ließ sich neben ihm nieder.

Nun schlang Marisha ihre Arme um Ashes Nacken und flüsterte ihm etwas zu. Als Reaktion darauf grinste er unverschämt und begann die Schnürung ihres Kleides über den Brüsten zu lösen.

Marisha drehte sich kurz zu ihrem Freund um und zischte: «Schau uns genau zu!»

Krishna nickte ergeben.

Leylah beschloss, erst einmal abzuwarten, auch wenn die Eifersucht sie langsam plagte.

Ashe streifte Marisha das Kleid von den Schultern. Ihre vollen Brüste, die vorher von der Korsage gehalten wurden, fielen ihm entgegen. Er strich mit den Fingern über die aufgestellten, dunklen Brustwarzen. Marisha warf den Kopf zurück und intonierte mit lustvoller Stimme ihren scheinbar einstudierten Text: «Ja, zeig mir, was du kannst, mach's mir ...»

Ashe verdrehte die Augen und zwinkerte Leylah zu. Dann tat er, wie Marisha es verlangte, und stieß sie brutal nieder.

Das Mädchen nestelte erfreut jauchzend an seinem Shirt herum und zog es ihm über den Kopf. Ashe ließ es zu. Seine sonst weiße Haut schimmerte blutrot im getönten Licht der Glühbirnen.

«O Mann!», stöhnte Marisha ehrfürchtig, als sie die Narben auf seiner Brust sah, und strich verzückt darüber. «Sind das Scarrings?», fragte sie überflüssigerweise.

«Nein», antwortete Ashe mit betont ernster Stimme, «Brandings!»

Leylah gluckste leise, um ihr Lachen zu unterdrücken. Dann berührte sie Krishna am Hals und fragte eher amüsiert als eifersüchtig: «Und du stehst darauf, gequält zu werden?»

Krishna nickte verlegen und starrte weiterhin auf die Szenerie vor sich.

Ashe saß nun wie ein Sieger auf der unter ihm liegenden Marisha und kratzte mit den Fingernägeln brutal über die Haut zwischen ihren Brüsten. Gemeinerweise hatte er vergessen, sie zu schneiden, und sie wuchsen von Natur aus spitz zu.

Das Mädchen stöhnte furchtbar gekünstelt auf und drängte ihren Unterleib gegen den von Ashe. Dieser machte sich noch schwerer, nahm eine ihrer Hände, führte sie lächelnd an seinen Schritt und legte sie flach darauf.

Marisha krallte ihre Finger zusammen und bemerkte nicht, dass das meiste von dem, was sie da in der Hand hatte, nur Lackstoff der Hose war, denn Ashe wollte ihr Blut, nicht ihren Körper. Die Aussicht darauf, das Mädchen auszusaugen, ließ ihn heftiger atmen und so etwas wie Lust aufkommen.

Marisha aber deutete dieses Zeichen natürlich vollkommen falsch. Sie umfasste mit ihrer anderen Hand seine Schulter und zog Ashe zu sich nach unten. Weit spreizte sie die Beine, die nur mit Netzstrümpfen an Strapsen bekleidet waren, und schlang sie um Ashes Hüften. Einen Slip trug sie nicht.

Sie rieb ihre nackte Scham an seiner Hose, und Ashe drückte ihr sein Knie hart zwischen ihre Schenkel.

Das Mädchen quiekte auf und machte weiter in ihrem Text: «Ja, besorg's mir! Gib's mir hart, ich steh auf harten Sex!»

Leylah hatte das Gefühl, Marishas Worte dienten nur dazu, Krishna aufzugeilen.

«So eine Schlampe!», dachte sie angewidert. «Dieses berechnende Luder!»

Leylah beschloss, Marisha einen Strich durch die Rechnung zu machen. Von hinten griff sie nun Krishnas Schultern und zog ihn zu sich. Sie strich seine langen Haare beiseite und biss ihm spielerisch in den Hals. Sofort fiel er in das Stöhnen seiner Freundin mit ein. Er ließ Leylah gewähren, während er dem Paar vor sich weiter zusah.

Sie hatte nicht vor, sich anderweitig an Krishna zu schaffen zu machen. Es war ihr recht und praktisch, dass er alles mit sich geschehen ließ. Sie zog ihr Ankh an der langen Lederschnur hervor und befreite die Klinge von ihrer silbernen Hülle. In diesem Moment hörte sie Ashe dunkel und rau keuchen. Es klang seltsam, und Leylah sah irritiert zu dem Paar hinüber.

Ashe schaute im selben Moment kurz auf – und sie erschrak. Das waren seine Augen, die sie da anstarrten, und doch wieder nicht. Etwas absolut Dunkles, Hungriges und Wildes lag darin. Sein Gesicht wirkte sehr schmal und kantig in diesem Augenblick. Auf Angst machende Weise fremd.

Leylah spürte am Zusammenzucken von Krishna, dass dieser Anblick auch ihn erschreckt hatte.

«Was ist mit deinem Freund?», fragte er sie leise. «Ist er auf Drogen?»

Leylah schüttelte den Kopf. «Nein», flüsterte sie zurück, «er hat Hunger.»

Aus der Discothek nebenan hörte man leise die Musik, nur durchbrochen von Marishas heftiger werdendem Stöhnen.

Leylah fiel auf, dass es nicht mehr gekünstelt, sondern echt klang. Über Krishnas Schulter hinweg sah sie Ashe über der Frau knien. Seine rechte Hand war zwischen Marishas Beinen verschwunden, und das Mädchen zuckte und keuchte heftig. Ashe starrte sie an wie ein hungriges Raubtier. Seine Lippen standen leicht offen und ein leises Knurren entwich ihnen.

Marisha bäumte sich auf und wollte ihren Mund auf den seinen pressen, doch Ashe entfernte seine Hand von jenem Ort, der Marisha diese Wogen von Lust bescherte, und stieß sie zurück auf die Liege.

Ashe starrte sie feindselig an. «Du willst mich ganz?», raunte er. «Du willst mich in dir? Du willst, dass ich hart zu dir bin? Kannst du haben!»

Marisha gurrte erwartungsfroh und nestelte ungeduldig am Reißverschluss seiner Hose herum. Sie öffnete ihn und versenkte ihre Hand in Ashes Schritt.

«O ja, ja!», rief sie verlangend aus.

Leylah konnte sich denken, was sie da ertastet hatte, und die Eifersucht kochte wieder hoch.

Ashe knurrte umso lauter, je verlangender Marishas Hand sich in seiner Hose wand. Dann packte er brutal ihre Handgelenke, riss ihre Arme zur Seite und entblößte seine beiden nicht sehr langen, aber spitzen Eckzähne.

Leylah spürte bei diesem Anblick, wie sie das Verlangen packte. Wärme stieg aus ihrem Unterleib auf und zog in ihren Kopf. Hunger überkam sie. Hunger nach Ashe, nach Blut.

Sie sah, wie sein Kopf hinabstieß und seine Zähne sich dort ins Fleisch bohrten, wo Marishas Hals in die Schulter überging.

Das Mädchen schrie in einer Mischung aus Schmerz und Ekstase auf. Leylah schwindelte vor Verlangen. Sie riss Krishna das T-Shirt von der Schulter und stieß die Klinge ihres gefährlichen Schmuckstücks tief in sein Fleisch. Er schrie auf, und Leylah presste ihren Mund auf die tiefe Wunde. Während sie sein Blut trank, schielte sie zu Ashe hinüber. Dieser lag wie ein fleischgewordener Inkubus auf Marisha und saugte in brutalen Zügen ihr Blut. Ohne von ihr abzulassen, sah er kurz auf und traf Leylahs Blick. Seine Augen wirkten verschwommen und abwesend.

Marisha wand sich unter ihm, stöhnte und schluchzte abwechselnd. Leylah sah, wie Ashe seine Hüften lasziv und mit festem Druck über ihrem Venushügel kreisen ließ, ohne in sie einzudringen. Und dadurch brachte er sie umso mehr um den Verstand.

«Du Mistkerl!», schrie Marisha. «Du Monster!»

Sie schluchzte auf vor Lust, vor nicht erfülltem Verlangen und Schmerz.

Leylah wusste, wie gemein Ashe sein konnte, wenn er seine Bedürfnisse befriedigen wollte, ohne Rücksicht auf sein Opfer. Beinahe hatte sie ein wenig Mitleid mit Marisha. Und doch wünschte sie sich an ihre Stelle. Es erregte sie ungemein, Ashe beim Trinken zuzusehen. Gerade weil er diesmal sehr erschreckend dabei wirkte, sehr ... tierhaft und fremdartig. Es berührte etwas in ihr selbst, und so grub sie ihrerseits die Zähne brutal in Krishnas Schulter.

Dieser erging sich in schmerzgeplagtem Stöhnen, um irgendwann nur noch abgehackt zu keuchen.

Leylah schielte auf seine Hände, die er in seinem Schoß versenkt hatte, und wusste nun warum. Angeekelt ließ sie von ihm ab und rutschte zur Seite.

† † †

Ich war mit Marisha fertig, stieg von ihr herunter und fischte nach meinem Shirt, um es wieder überzuziehen.

Ihr Blut klebte auf der Innenseite meiner Lippen, und ich leckte es mit der Zunge fort. Wie erschlagen lag sie neben mir und starrte aus glasigen Augen zu mir hoch.

Leylah kam zu uns, beugte sich über das Mädchen und fragte erschrocken: «Du hast sie doch nicht ...?»

Ich schüttelte den Kopf. «Nein, sie lebt noch. Und ich habe sie nicht gevögelt, auch wenn sie das gerne gewollt hätte.»

Ich grinste in mich hinein, während Leylah betroffen blickte.

«Manchmal bist du ... unmöglich», sagte sie tadelnd. Dann umarmte sie mich vorsichtig und sah mich an.

«Bitte, lass uns hier verschwinden. Ich ertrage diesen ... Schmutz hier nicht mehr.»

Ich nickte. Krishna saß wie verloren am anderen Ende des Futons und starrte uns an. Er wirkte frustriert und verwirrt. Dann kroch er auf seine Freundin zu und setzte sich neben sie wie ein treuer Hund.

Marisha schien langsam wieder in die Welt der Lebenden zurückzukehren.

«Oooohhh ...», stöhnte sie und berührte die Stelle, wo ich sie gebissen hatte. «Was hast du getan? Ich fühl mich so –» Sie brach ab und versuchte nach mir zu greifen. Mit einer fließenden Bewegung stand ich auf und brachte Distanz zwischen uns.

«War ganz nett», sagte ich lakonisch. «Gerne wieder mal, wenn man sich sieht.»

Ich zog Leylah mit mir, hinaus aus dem schummrigen Raum und hinein in die laute Musik der Diskothek, in den Zigarettenqualm und den Geruch von Menschenschweiß.

«Bring mich weg von hier», flehte Leylah genervt.

Ich gab ihr einen langen, innigen Kuss, bevor wir wie auf der Flucht aus dieser Lasterhöhle stürmten, hinaus zum Auto und zurück nach Hause, wo es ruhig und ohne Menschen war.

† † †

Michael Sands riss gelangweilt ein Blatt Papier nach dem anderen von dem dicken Rezeptblock ab, zerknüllte jedes davon zu einem kleinen Bällchen und warf es gekonnt in den drei Meter entfernt stehenden Papierkorb.

Als er vor zwei Jahren seine Stelle als Assistenzarzt im Klinikum aufgegeben hatte, um sich in einer privaten Gemeinschaftspraxis selbstständig zu machen, war er davon ausgegangen, besser zu verdienen und bessere Arbeitszeiten zu haben.

So war es auch. Im Vergleich zu seinem nervenaufreibenden Dienst damals hatte er heute einen lauen Job. Zu lau, wie er fand. Es war keine Herausforderung für ihn, tagein, tagaus nur hypochondrische Frührentner, altersschwache Halbtote und grippegeplagte Hausfrauen zu behandeln.

Er hatte sich im Klinikum mit seinen Fähigkeiten als Assistenzarzt unterfordert gefühlt, doch was ihn jetzt tagtäglich im Wartezimmer der großen Praxis erwartete, war ein noch größeres Trauerspiel.

Wenn er nicht regelmäßig Seminare und Kurse besuchen würde, um medizinisch auf dem neuesten Stand zu bleiben, wäre er vermutlich längst in Depressionen versunken. Und das mit gerade mal dreißig Jahren.

So warf er weiter seine Körbe und konnte sich dabei wenigstens wie ein Gewinner fühlen.

Irgendwann steckte erlösenderweise die junge angehende Arzthelferin ihren blonden Schopf durch den Türspalt und verkündete schüchtern: «Herr Doktor, im Behandlungsraum 1 wartet ein Patient mit einer Bisswunde.» Sie drückte die Tür weiter auf und huschte zu Michael, um ihm die Patientenkarte zu überreichen.

Er setzte sich gerade hin, räusperte sich und nahm sie entgegen. «Danke Sue. Ich kümmere mich gleich darum.»

Die Auszubildende nickte beflissen und verschwand wieder aus der Tür.

Michael schlug die einmal gefaltete Pappkarte auf und las die Patientendaten. Ein Lächeln erstrahlte auf seinem kantigen Gesicht, als er las, dass der zu Behandelnde weitaus jünger war als die sonst übliche Klientel. Er war sogar noch sehr jung!

Michael stand auf, zupfte seinen weißen Arztkittel zurecht und verließ das Büro.

Sue lächelte ihm scheu entgegen, als er an der Anmeldung in Richtung Behandlungsraum vorbeischwebte.

Er teilte sich die Gemeinschaftspraxis, die insgesamt sechs Behandlungszimmer hatte, mit zwei anderen Ärzten. Heute hatte er allerdings als Einziger Dienst, und der Morgen war bisher mehr als ruhig gewesen.

Er betrat den Raum und sah auf der Behandlungsliege einen jungen Mann mit schwarzen Haaren sitzen. Als er Michael wahrnahm, versteifte sich die Haltung des Jungen. Unbehaglich rutschte er hin und her.

Sein Patient trug eine einfache Bluejeans und ein schwarzes Shirt mit einem Bandnamen, der Michael gänzlich unbekannt war. Der rotgezackte Schriftzug ließ erahnen, dass es nicht die bevorzugte Musikrichtung des jungen Arztes war.

Der Junge reichte ihm zur Begrüßung schüchtern die Hand. Als Michael sie mit festem Druck umfasste, zuckte er zusammen und verzog schmerzhaft das Gesicht.

«Nun, junger Mann», fragte Michael routiniert beruhigend und schlug noch einmal demonstrativ die Patientenkarte auf, «was plagt Sie denn? Ein Biss?»

Der Junge nickte. Unbehagen war ihm ins Gesicht geschrieben.

Michael stellte sich vor ihn und setzte einen wissenschaftlich-interessierten Gesichtsausdruck auf. «Na, dann zeigen Sie mal!», sagte er.

Der Junge zog sich das Shirt ein Stück über die Schulter und gab Michael damit den Blick auf einen tiefrot, dunkel verfärbten, entzündeten Halbkreis aus Zahnabdrücken frei.

Der Arzt zog die Augenbrauen zusammen und besah sich das Prachtstück näher. Es sah nicht aus wie der Biss eines Hundes oder eines ähnlichen Tieres, eher wie ein menschlicher Gebissabdruck mit zwei tieferen, fast schwarzen Einkerbungen. Von einer Einkerbung aus lief ein roter Streifen in Richtung Hals.

«Meine Fresse!», entfuhr es Michael fasziniert. «Das ist eine ausgewachsene Blutvergiftung! Los, T-Shirt ausziehen!», befahl er aufgeregt.

Als er den entsetzten Blick des Jungen sah, räusperte er sich. «Ich meine ...», korrigierte er sich, jetzt wieder mit der beherrschten Stimme des Mediziners, «bitte ziehen Sie das Shirt aus, damit ich das Ganze genauer untersuchen kann.» Es war in den letzten beiden Jahren nicht oft vorgekommen, dass er mal was Interessanteres, Brisanteres als Hämorrhoiden, Erkältungen und Verstauchungen behandeln durfte.

Der Junge entblößte seinen Oberkörper, ohne etwas zu sagen, und nun sah Michael unter dem Abdruck, kaum noch erkennbar, das blassere Gegenstück: die untere Zahnreihe.

«Ein Hund hat mich gebissen», platzte es plötzlich aus dem jungen Mann heraus, und er sah verschämt zu Boden.

«Ja klar!», antwortete Michael zweifelnd und fügte hinzu: «Und meine Großmutter ist die aktuelle Miss Universum.»

Der Junge grinste peinlich berührt, während Michael nach dem Besteckischchen angelte und ihn zu sich heranzog.

Zuerst griff er nach einem kleinen, scharfen Spatel und schabte ein paar Hautschüppchen um die Wunde herum ab, um sie auf Keime zu untersuchen. Dann nahm er eine erste sterile Wundversorgung vor und spritzte dem Jungen ein Antibiotikum. Die Blutvergiftung war zwar sehr schmerzhaft, befand sich aber erst im Anfangsstadium. Anschließend nahm er zwei kleine Röhrchen voll Blut ab und rief Sue herein, die mit den Proben sofort ins Labor verschwand.

Nachdem er den Jungen umfassend verarztet hatte, sagte er: «So, und jetzt erzähl mal, wie es dazu gekommen ist. Man lässt sich ja nicht alle Tage von jemandem beißen.»

Der junge Mann hieß Frank, alias Raziel, und Raziel wand sich nun wie ein Aal unter dem strengen Blick Michaels.

«Na ja ...», druckste er herum, «es war so eine Art ... Spiel. Ich mag Rollenspiele, und da ist es halt passiert.» Er wollte Michael nicht mehr verraten, das merkte man ihm deutlich an.

Der Arzt runzelte die Stirn und nickte dann. «Nun gut, du willst es nicht sagen, aber lass es dir eine Lehre sein. Solche Spielchen sind verdammt gefährlich, und wenn so was wie das hier nicht behandelt wird, kann es tödlich für dich ausgehen. Gut, dass du noch früh genug gekommen bist. Ich bin sicher, dass das Antibiotikum erst mal ausreicht. In zwei Tagen kommst du wieder und wir sehen uns das noch mal an.»

Michaels Gesicht zeigte väterliche Strenge, aber eigentlich war er ein wenig enttäuscht. Er hätte gerne mehr über die Umstände erfahren, doch so würde, sobald der Junge weg war, ihn der Praxisalltag wieder einholen. Michael seufzte innerlich desillusioniert. *Ich brauche dringend Urlaub. Barbados soll um diese Jahreszeit traumhaft sein*, dachte er sehnsüchtig.

Der Junge verabschiedete sich geduckt und verschwand aus dem Zimmer.

Michael nahm das kleine Glasfläschchen, in das er die Hautproben abgestreift hatte, zwischen die Finger und drehte es grübelnd. Dann erhob er sich, strich sich durch das kurze Haar und schlenderte zur Rezeption.

Sue sah auf und strahlte übers ganze Gesicht. Sie war eindeutig verknallt in ihren Chef, und Michael wusste das.

Er fühlte sich geschmeichelt, aber eine Affäre kam für ihn nicht in Frage, dazu war Sue viel zu jung. Trotzdem schäkerte er mit ihr: «Na, meine Lieblingsassistentin», fragte er neckisch, «ist das Blut schon im Labor?»

Sie nickte beflissen. «Ja, aber der Laborant hat gerade Pause und sonst ist niemand da. Wird wohl etwas dauern mit den Ergebnissen.»

Michael nickte. «Macht nichts, ich geh rüber und schau selbst mal nach. Ist ja nur eine Keimanalyse plus kleines Blutbild. Und das hier ...» Er drehte spielerisch das Glas zwischen den Fingern – und plötzlich war es verschwunden.

Sue war verblüfft. «Cooler Trick!», hauchte sie.

«Ich weiß», antwortete Michael.

Er war lange nicht mehr im Labor gewesen. Während seines Studiums damals hatte er in einem gejobbt, um etwas zu lernen und weil es gutes Geld brachte. Es war also kein Problem für ihn, die üblichen Tests zu machen und ein Blutbild zu erstellen.

Wie er mit einem Blick auf den Plan, der an der Wand neben der Labortür hing, sehen konnte, machte der diensthabende Laborant nicht Pause, sondern hatte schon Feierabend. Das war Michael ganz recht, denn so kam er mal dazu, etwas anderes als das tägliche Einerlei zu machen.

Das Blut von Raziel wies einige, für eine derart ausgeuferte Entzündung typische Merkmale auf und bestätigte Michael in seiner Diagnose. Er nahm sich die Hautschuppen vor und musste einen etwas langwierigeren Test ansetzen.

Das Labor war erfreulich modern ausgestattet, absolut auf dem neuesten Stand. Michael tat etwas Verbotenes, als er sich eine Zigarette anzündete, während er mit auf den Tisch gelegten Füßen im Bürostuhl des Laboranten auf die Ergebnisse des Tests wartete. Rauchen war in den Praxis- und Laborräumen streng verboten. Doch wo kein Kläger, da kein Richter, dachte sich Michael, als der Drucker des Analysegerätes zu rattern begann und ein Blatt mit den Ergebnissen ausspuckte.

Michael nahm die Füße vom Tisch und fischte nach dem Papier. Er runzelte die Stirn beim Lesen. «Meine Fresse!», entfuhr es ihm plötzlich. Er las den letzten Absatz ein zweites und auch ein drittes Mal, sah immer wieder die Werte und Angaben an und schüttelte den Kopf. Was da stand, haute ihn um.

Es waren die üblichen Keime aufgezählt, die DNS von Raziel, aber auch noch etwas anderes: eine fremde DNS. Um genau zu sein, eine unbekannte DNS. Nicht menschlich, nicht tierisch. Einfach nicht einzuordnen. Es gab keine keine vergleichbaren Werte dazu.

Michael rief über die Praxisleitung Sue am Empfang an und sagte ihr, sie solle schon nach Hause gehen und die Praxis schließen, da er noch im Labor zu tun habe. Dann wiederholte er zur Sicherheit, falls sich ein Fehler eingeschlichen hatte, den Test noch einmal. Mit demselben Ergebnis.

Er saß am Tisch und überlegte. Dann ging er rüber in sein Büro und wälzte ein paar neuere, medizinische Bücher, nur um anschließend noch ratloser am Schreibtisch zusammenzusinken und zu grübeln.

Schließlich griff er nach der Patientenkarte des Jungen, suchte nach einer Adresse und wurde fündig. Seine Hand griff zum Telefonhörer, doch er überlegte es sich anders, zog stattdessen seinen Kittel aus und tauschte ihn gegen seine Cordjacke. Er verließ durch den Hinterausgang die Praxis und fuhr zur Adresse seines letzten Patienten.

† † †

Marten stand auf der Brücke und sah hinab in das graue, wirbelnde Wasser des Baches unter ihm. Er dachte über seinen Traum von letzter Nacht nach und darüber, ob er Ashe davon erzählen sollte. Er wusste, dass es mehr als nur ein Traum war. Es war eine Vision.

Marten hatte sich nie für sehr empathisch gehalten, so wie es viele seiner Mitgeschöpfe waren. Er musste an Alex denken, der ihn erweckt hatte. Alex, der ihn in seiner damaligen Kanzlei aufgesucht und erzählte hatte, dass er ihn, Marten, schon seit längerem beobachten würde und wüsste, wie er sich fühle. Marten hatte ihn ausgelacht und ihm geraten, sich aus seinem Leben rauszuhalten. Er war damals eine zerrissene Persönlichkeit gewesen. In der Öffentlichkeit, in seinem Beruf hatte er sich ordentlich und angepasst gegeben. Nachts hingegen war er zu einem Streuner geworden, der mit seinem unkonventionellen Äußeren Aufmerksamkeit und Angst provozierte. Tagsüber Anwalt, nachts Arschloch – das war er in Kurzfassung gewesen. Und Alex hatte ihn gefunden und durchschaut. Einfach so.

Und ob Marten wollte oder nicht, er hatte ihn dafür geliebt. Alex war der Erste gewesen, der sich tatsächlich für sein Inneres interessiert hatte. Weil er gesehen hatte, was Marten wirklich war, und es Marten vor Augen führte. Alex und die schöne, geheimnisvolle Mia. Seine Erwecker, die jetzt tot waren.

Er drehte sich um und sah über das brachliegende, braune Feld hin zur Rückseite des Gebäudes, das er einst sein Zuhause genannt hatte. Dort, wo er mit Alex und Mia Zeit verbracht, ihnen Freude und auch Kummer bereitet hatte.

Ein Kloß stieg in seinem Hals auf, als er an die Vergangenheit dachte. Er war nicht bei ihnen gewesen, als sie starben, denn sie hatten sich jemand Neues ausgesucht. Stephen. Einen jungen, unbedarften und, wie sich im Nachhinein herausstellte, auch wahnsinnigen Jungen. Und dann war noch Ashe gekommen. Dieser unbekannte, umtriebige und seltsam aussehende Typ, den sie mehr liebten als ihn, Marten.

Heute bereute er, dass er sich nicht besser unter Kontrolle gehabt hatte. Aber Ashes Anblick hatte damals in ihm eine Welle von Hassliebe ausgelöst, die er sich selbst nicht erklären konnte. Die er sich auch heute noch nicht erklären konnte. Es war, als hätte ihn irgendetwas gelenkt, und erst jetzt, wo dieser Hass nicht mehr vorhanden war, fühlte er sich wirklich frei.

Den Traum, der ihn in den letzten Nächten immer wieder geplagt hatte, konnte er nach wie vor nicht einordnen. Es war, als sollte er auf etwas aufmerksam gemacht werden.

Jetzt sah er, wie aus der Tür zum Garten seines einstigen Heims einige Kinder liefen und auf dem Rasen zwischen den alten Bäumen herumtollten, und er musste an Khadi denken. Wo seine Tochter wohl gerade war? Und wie sah sie aus? Trauer übermannte ihn und wie aus dem Nichts entstanden plötzlich Bilder in seinem Kopf. Bruchstückhafte Szenen. Er sah einen dunklen Schatten, hörte Schreie. Blut, das aus Kehlen floss, und dann sah er sie! Ein kleines Mädchen mit schaurigen, grünlich schillernden Augen, die blind wirkten und doch grauenhaft kalt. Ihr Mund war blutverschmiert, und Marten stöhnte auf: «Khadi! Nein!»

Schlagartig kehrte er in die Realität zurück, hörte das Kinderlachen von weiter weg. Er schwankte leicht und umklammerte das Geländer fester. Was er gesehen hatte, war unmöglich, dachte er. Seine Tochter eine Killerin? Warum diese Visionen?

Auch wenn Marten in den letzten Jahren sein Leben umgestellt hatte und mehr in sich gegangen war, so war er dennoch ein Pragmatiker, jemand, der sich nichts vormachen ließ.

«Vielleicht habe ich einfach nur etwas Verdorbenes gegessen», murmelte er zu sich selbst. «Oder getrunken», fügte er grinsend an, obwohl ihm nicht nach scherzen war.

Er wollte gerade den Rückweg nach Hause antreten, als er eine zierliche Gestalt den Weg zur Brücke entlangschlendern sah. Im Näherkommen erkannte er Leylah. Marten runzelte die Stirn und ging auf sie zu.

«Hallo, hübsche Lady!», begrüßte er sie erfreut und nahm galant ihre entgegengestreckte Hand.

«Hi Marten!», antwortete Leylah lächelnd und zupfte ihren schwarzen Schal aus Kunstfell enger um den Hals. «Schön, dich mal wieder zu sehen. Ist ja schon etwas länger her.»

Marten lächelte bei dieser Geste. «Du traust mir immer noch nicht?», fragte er leicht spöttisch.

Leylah stupste ihre Faust gegen seinen Oberarm und entgegnete gespielt empört: «So einem Drecksack wie dir kann man nicht trauen!»

Jetzt lachte Marten schallend, und Leylah schaute sehnsüchtig zum Haus von Alex und Mia hinüber.

«Ich würde es so gerne mal von innen sehen. Ashe hat mir davon erzählt. Und jetzt, wo ich es sehe ...» Sie fröstelte, und Marten legte ihr freundschaftlich den Arm um die Schultern.

«Es hätte dir gefallen. Und vielleicht –», er brach ab und räusperte sich.

Leylah sah ihn an und fragte lauernd: «Was vielleicht?»

Marten blickte zur Seite und seine Kiefer mahlten, dann blickte er Leylah wieder ernst an und antwortete: «Verdammt, Leylah. Du siehst ihr so ähnlich! Deine Art ...» Er seufzte und sprach dann weiter. «Vielleicht weißt du ja noch, wie es innen aussieht.»

Leylah runzelte die Stirn, und ihr Blick wurde abwesend. «Zumindest kann ich es mir gut vorstellen», antwortete sie dann zögernd.

Tatsächlich hatte sie schon eine ziemlich genaue Vorstellung davon, wie es innen aussah. Und dass sie alle mit der einstigen Bewohnerin dieses Hauses verwechselten, vielleicht war es ja wirklich mehr als nur Zufall ...

Sie sah wieder den kahlköpfigen, aber dadurch keineswegs unattraktiveren Marten an, und sein Blick war voller Zuneigung für sie.

«Du vermisst die beiden sehr, nicht wahr?», stellte sie mehr fest, als dass sie fragte.

Marten nickte. «Ich glaubte nie an so etwas wie Schicksal oder Wiedergeburt, obwohl ich es als das, was ich bin, besser wissen sollte. In mir steckt immer noch ein Zweifler und Suchender. Ich suche nach der Wahrheit, dem Sinn. Und wenn ich dich sehe, Leylah, habe ich das Gefühl, der Antwort ganz nah zu sein. Und dann diese Träume –» Er brach ab, weil er nicht wollte, dass jemand davon erfuhr.

Leylah horchte auf. «Träume? Du auch ...?»

Marten sah sie zweifelnd an. «Ja, wieso? Hat sonst noch jemand welche?»

Leylah nickte. «Ja, Ashe. Gerade in letzter Zeit. Er erzählt nicht viel darüber, aber ich spüre es auch so. Willst du mir etwas darüber verraten?»

Marten dachte einen Moment nach. «Na gut», sagte er, «aber nicht hier. Lass uns in einen Pub gehen, da war ich schon ewig nicht mehr. Mir ist nach einem Guinness.»

Leylah lachte leise. «Welch menschlicher Zug.»

Marten grinste, und sie hakte sich bei ihm unter, während sie gemeinsam die Straße hinunter und einen Häuserblock weiter zu einem der ältesten Londoner Pubs schlenderten und sich in das gemütlich dunkle Lokal setzten.

Leylah zog ihr Handy aus der Manteltasche und tippte eine kurze SMS ein. Sie sah, dass Marten sie dabei beobachtete. «Die ist für Ashe», erklärte sie entschuldigend. «Seit den Morden in letzter Zeit haben wir ausgemacht, dass wir unsere jeweiligen Aufenthaltsorte durchgeben, wenn einer von uns unterwegs ist.»

Marten nickte. «Ja, das ist vernünftig.»

Sie saßen in einer etwas dunkleren Ecke dem Fenster abgewandt. Die Dämmerung war bereits hereingebrochen, und trübes Licht erhellte den nicht sehr großen Raum, in dem es nach Bier, Rauch und Männern roch.

Marten bekam sein Guinness vom Barkeeper persönlich und grinste zufrieden. Dann erzählte er Leylah von seinem sich immer wiederholenden Traum.

Leylah hörte aufmerksam zu und runzelte die Stirn, als er geendet hatte.

Marten wirkte erleichtert, dass er es jemandem hatte erzählen können. Vielleicht wusste ja Leylah Rat.

Sie beugte sich ernst zu ihm hinüber und legte ihre kleine auf seine große, mäßig behaarte Hand. Es war eine freundschaftliche Geste, doch Marten zuckte zusammen. Wieder schossen ihm Bilder durch den Kopf:

Leylah, nein Mia ... mit einer seltsamen, goldfarbenen Haube auf dem Kopf. Geschminkt wie die alten Ägypter. Sie trägt ein Kind auf dem Arm und lächelt es an. Wehmütig, traurig. Dann eine Barke, Wasser, ein Fluss. Eine lange Reise. Ein Name wird von einer leisen Frauenstimme mit seltsam kehliger Aussprache gehaucht: «Nefertete ...»

Leylah sah ihn besorgt an. «Marten? Hallo? Alles klar?», fragte sie leise, und ihre Stimme war jener, die den Namen gehaucht hatte, verdammt ähnlich.

Marten schüttelte den Kopf. «Ich glaub, ich werde langsam verrückt», murmelte er und nahm einen großen Schluck aus seinem Glas.

«Nein», sagte Leylah beschwichtigend. «Du und Ashe, mit euch beiden passiert gerade etwas, das wichtig ist. Irgendwie. Ich spüre das, fühle momentan so viele Dinge und kann sie nicht einordnen. Aber ihr beide, ihr solltet darüber reden. Erzähl ihm von deinen Träumen, dann rückt er vielleicht auch mal mit der Sprache raus. Ich werde das Gefühl nicht los, dass die Träume etwas mit dem zu tun haben, was gerade um uns herum passiert. Diese Morde an Wesen wie uns. Das ist alles kein Zufall.»

Leylah hielt inne und verblüffte die herbeigeeilte Bedienung, indem sie sich einen heißen Kakao bestellte. Dann erhob sie sich grazil und flüsterte Marten zu: «Du entschuldigst mich kurz? Nase pudern und so.»

Er grinste, und Leylah verschwand in Richtung der Toilettentüren.

Marten war völlig in Gedanken versunken, als ein Schatten hinter ihm das Licht verdunkelte. Er nahm an, es wäre die Bedienung, die zurückgekehrt war, um ihn zu fragen, ob er noch einen Wunsch habe, und drehte sich im Sitzen um.

Es traf ihn wie ein Faustschlag.

Er handelte automatisch, unbewusst. Eine fließende Bewegung – sein Stuhl wurde zur Seite geschleudert – und er stand in Angriffsposition jenem Mann gegenüber, der so lautlos hinter ihm gestanden hatte.

Die Luft verdichtete sich, schien zum Schneiden dick. Und die Zeit schien stillzustehen, während sich Marten und der Fremde anstarrten. Der Barkeeper sah missbilligend zu ihnen hinüber, nicht zuletzt, weil Marten den Stuhl so lautstark zur Seite gefegt hatte. Er witterte Ärger und machte sich bereit, dazwischen zu gehen.

Marten starrte in die braungelben, stechenden Augen aus seinem Traum. Das Gesicht war ein anderes, aber Marten wusste, wen er vor sich hatte. Er konnte nur noch nicht einschätzen, was ihm da gegenüberstand und jetzt amüsiert den breiten Mund zu einem noch breiteren Strich verzog.

«So sieht man sich wieder», sagte der Fremde tonlos und mit einer Stimme, die Marten wie Eiswasser den Rücken hinablief.

Er fasste sich schnell wieder und antwortete: «Was willst du von mir?»

Seine Stimme klang gefährlich leise. Er spürte den Tod, der diesen Mann oder dieses Wesen vor ihm umgab. Die Gefahr, die von ihm ausging.

Aber auch Marten war ein gefährliches, unberechenbares Wesen.

Jordan hörte nicht auf zu lächeln, als er antwortete: «Ich will dich. Ich will euch alle. Bald.»

Dann drehte er sich um und verließ ebenso schnell und lautlos den Pub, wie er ihn betreten hatte.

Marten war zu baff, um zu reagieren. Der Barkeeper atmete sichtbar erleichtert auf.

In diesem Moment kam Leylah zurück und sah Marten noch immer stehend auf den Ausgang starren. Er drehte sich zu ihr um, und sein Blick machte ihr Angst.

Sie musste nicht fragen, was geschehen war, sie hatte die Präsenz des Fremden bis in die angrenzenden Räume gespürt und las in Martens Gedanken wie in einem Buch.

«Komm», sagte Marten ernst, «wir müssen hier weg. Ich bringe dich in Sicherheit.» Er wirkte nun wieder wie der aggressive Vampir, den sie damals auf weniger angenehme Weise kennen gelernt hatte.

Marten knallte zwei Geldscheine auf den Tisch und zog Leylah mit sich nach draußen. Dort schloss er kurz die Augen und sah aus, als würde er wittern.

Nach kurzer Zeit nickte er in eine Richtung und sagte mit rauer Stimme: «Er ist weg, ich spüre ihn nicht mehr. Da lang, irgendwo dort steht mein Wagen.» Leylah nickte. An sich hasste sie es, wie eine schutzlose Frau behandelt zu werden, aber in diesem Fall war ihr klar, dass Marten durchaus etwas zu ihrem Schutz beitragen konnte, denn er wusste jetzt, mit wem sie es zu tun hatten. Der Fremde hatte einen eindeutigen Abdruck in Martens Gedanken hinterlassen.

Wenig später rasten sie in Martens rotem Flitzer durch die abendliche Londoner Innenstadt in Richtung Stadtrand, wo Ashe und Leylah wohnten.

Sie versuchte, von unterwegs Ashe zu erreichen, aber weder am Handy noch zu Hause ging jemand ran.

Sie sah Marten an. Der verzog angespannt das Gesicht.

† † †

Michael saß in seinem Wagen und war auf dem Weg zu einer Adresse, die auf einen kleinen roten Zettel notiert war, der auf seinem Armaturenbrett lag, und wahrscheinlich sein Leben verändern würde.

Bevor Michael sich zu dem jungen Mann mit der Bisswunde aufgemacht hatte, war er noch in der Klinik vorbeigefahren, in der er früher gearbeitet hatte. Denn das Ergebnis des Tests hatte ihn an etwas erinnert, das vor fast vier Jahren geschehen war. Er war damals noch als Notarzt für den Ambulanzwagen der Klinik eingeteilt gewesen.

Er und seine Kollegen im Wagen waren zu einem Autounfall gerufen worden, bei dem es eine Tote und einen Schwerverletzten gab.

Damals hatten sie den Überlebenden, der eigentlich tot hätte sein müssen, bei den schweren Verletzungen, die er erlitten hatte, im Krankenwagen erstversorgt und keine Hoffnung gehabt, ihn bis zur Klinik durchzubringen. Ein junger Mann, kaum älter als Mitte zwanzig.

Und dann seine Flucht, als sie bei der Klinik angekommen waren. Michael hatte eine Menge Ärger bekommen deswegen. Aber es war nicht seine Schuld gewesen. Der Patient hätte eigentlich nicht mal mehr «Piep» sagen können, so kaputt, wie sein Körper gewesen war. Aber er war einfach aufgesprungen und weggerannt und wurde nie wieder gesehen.

Michael war das damals wie heute ein Rätsel geblieben. Er hatte die Blutprobe des Flüchtigen ins Labor gegeben, und der Laborant hatte ihn zwei Stunden später gefragt, ob das ein schlechter Scherz sei sollte. Die Probe sei unbrauchbar gewesen, unmöglich, eine normale DNS zu isolieren. Zudem waren dort Werte angezeigt worden, die kein Mensch haben konnte.

Michael hatte den Laborant vor einer Stunde noch einmal aufgesucht und nach Resten der Probe gefragt, die vielleicht aufbewahrt worden waren. Doch sein ehemaliger Kollege hatte dies verneint und ihm nur den Vogel gezeigt, als Michael ihm die Probe seines jetzigen Patienten vorlegte.

Dann war er zu dem Jungen gefahren und hatte diesem so lange gedroht und zugesetzt, bis er schließlich zugab, wer ihn gebissen hatte und sogar eine Adresse ausgespuckt. Raziel hatte noch panisch versichert, mit den Leuten, die dort wohnten, keinen näheren Kontakt zu haben und sich nie wieder auf solche Spiele einzulassen.

Der Junge hatte mächtig Schiss bekommen, als Michael ihm mit dem Gesundheitsamt gedroht hatte.

Jetzt war Michael unterwegs, im Gepäck eine absolut unglaubliche Theorie, eine Adresse und keine Ahnung, wie er nun weiter vorgehen sollte.

Erst einmal wollte er denjenigen sprechen, der den Jungen so gequält hatte, dann würde er weitersehen.

Michael hatte nie das Streben nach einem Nobelpreis oder einer wissenschaftlichen Karriere verspürt, aber ein gewisses Maß an Forschergeist steckte in jedem Mediziner und seine Laufbahn hatte sich bisher so durchschnittlich und langweilig gestaltet, dass es ihm nach größeren Herausforderungen gelüstete.

Tatsächlich hatte sich etwas Fatalismus in ihm breit gemacht. Michael hatte keine Beziehung, keine familiären Bindungen. Nur seinen Job und keinen Plan vom Leben.

Das hier war die Gelegenheit, auf die er gewartet hatte, und er hoffte inständig, dass er sich nicht verrannte.

5

Ashe saß in seinem Arbeitszimmer und lümmelte auf dem Bürostuhl herum. Vor ihm auf dem Schreibtisch stand sein Laptop. Einmal im Monat ließ er sich dazu herab, die Börsenkurse zu checken, um zu sehen, wie seine Aktien standen. Ihn interessierte das ganze Procedere um den Aktienhandel nicht, sondern nur, ob er diesen Monat Gewinn oder Verlust mit seinen Anteilen gemacht hatte.

Aaron gab ihm regelmäßig Anlagetipps per E-Mail, aber bei einem Blick in sein Mailfach stellte Ashe fest, dass die letzten beiden Benachrichtigungen ausgeblieben waren.

Aaron schien zu sehr mit anderem beschäftigt zu sein in letzter Zeit, und Ashe machte sich Gedanken darüber. Herumzusitzen und abzuwarten, was geschehen würde, war nicht sein Ding. Aber momentan blieb ihm nichts anderes übrig.

Die Vision von seinem Vater spukte ihm im Kopf herum, aber Ashe wusste nicht, wo er hätte anfangen können, ihn zu suchen, so, wie es von ihm gefordert worden war. Er glaubte auch nicht, dass Leylah ihm weiterhelfen konnte, zumal er sie nicht erneut in etwas hineinziehen wollte, von dem er selbst nicht wusste, was er davon halten sollte.

Ashe sah, dass er E-Mails von Nicolas bekommen hatte. Eigentlich nur Dateianhänge mit Zeitungs- und Internetartikeln über die Morde an Vampiren in Deutschland – und nun auch in England. Die Zahl der Opfer nahm zu, und die Polizei war einer Spur des Mörders oder der Mörder ferner denn je.

Eine Nachricht aber war interessant. Ein angeblicher Augenzeuge hatte ausgesagt, er habe einen Mann in dunkler Kleidung mit einem Kind gesehen. Diese beiden seien die Killer. Aber man maß der Aussage keine Bedeutung bei, da der betreffende Zeuge unter einem schweren Schock gestanden hatte und zur Tatzeit angetrunken gewesen war.

Ashe spürte, dass mehr dahinter steckte, aber er konnte nichts Konkretes erfühlen, nichts Greifbares. Inzwischen war auch eine kleine Vampirfamilie aus Glastonbury ausgerottet worden. Ashe machte sich Sorgen. Weniger um sich selbst als um Leylah. Es war erst drei Jahre her, dass ihr Leben eine dramatische Wendung genommen und das Schicksal ihr innerhalb kürzester Zeit so viel zugemutet hatte. Ashe wollte nicht, dass sie noch einmal so einen Shit durchmachen sollte.

Er schaltete den Computer aus und rieb sich das Kinn. Seine Augen brannten von der Strahlung des Monitors. Es amüsierte ihn, all diese Kleinigkeiten zu registrieren, diese Anzeichen eines fühlenden, lebendigen Wesens, obwohl er schon so viele Ewigkeiten in diesem uralten Körper zugebracht hatte, dass er eigentlich bereits weniger als Staub hätte sein müssen. Und momentan spürte er diesen Körper und seine Macken mehr denn je. Es war, als wäre etwas unter dieser Hülle aus Haut, das hervorbrechen wollte, um diesen Körper zu ersetzen, etwas ... Ursprünglicheres.

Die Türglocke riss ihn aus seinen Gedanken.

Ashe fragte sich, wer es sein konnte. Leylah hatte einen Schlüssel und die Nachbarn hielten sich wohlweislich fern von ihnen, soweit es ging. Bis auf ein paar wenige Begegnungen im Hausflur wusste keiner etwas vom anderen. Das war auch besser so ...

Es klingelte ein zweites Mal.

Stirnrunzelnd schwang Ashe die langen, schlanken Beine vom Schreibtisch und stand auf. Er ging ohne Eile die fünf Meter bis zur Eingangstür und betätigte die Gegensprechanlage. «Ja?», blaffte er in den Hörer.

Einige Stockwerke weiter unten an der Haustür räusperte sich jemand verlegen.

«Ja, guten Tag», antwortete die Stimme schließlich. «Mein Name ist Sands. Ich habe Ihre Adresse von einem gemeinsamen Bekannten und hätte da ein paar wichtige Fragen an Sie.»

Ashe war sofort gespannte Aufmerksamkeit. Sein Gefühl signalisierte ihm Gefahr. Doch bei dem Besucher handelte es sich um einen Menschen, nicht um jemanden seiner Art. Er überlegte kurz: «Wie heißt denn unser gemeinsamer Bekannter?»

Die Stimme am anderen Ende ließ sich etwas Zeit und antwortete schließlich: «Frank.»

Ashe runzelte die Stirn. Der Name kam ihm von irgendwo her bekannt vor. Dann fiel ihm der Abend im Hotel wieder ein. Hatte Raziel ihnen diesen Namen nicht als seinen richtigen genannt?

«Ein junger Mann?», fragte Ashe zurück. «Schwarze Haare und etwas daneben wirkend?»

Wieder erklang ein Räuspern aus dem Hörer, dann: «Ja, genau der!»

Ashe drückte den Öffner und wartete hinter der Tür, bis sein Besucher die Treppen erklommen hatte. Dann öffnete er und sah sich einem Mann

Mitte dreißig gegenüber, gekleidet in legere, aber teure Jeans und eine braune Lederjacke.

Der Besucher starrte ihn wie einen Geist an.

Ashe kam das Gesicht verschwommen bekannt vor, doch er konnte es nicht zuordnen.

«Sie!», entfuhr es dem Mann fassungslos.

Ashe hob die Augenbrauen. «Kennen wir uns?»

Dann verengte er die Augen zu Schlitzen und versuchte, in seinem Gegenüber zu lesen. Der Mann gab ihm durch seine abwechslungsreiche Mimik eine Menge Stoff. «Sie werden mich wahrscheinlich nicht mehr erkennen», druckste der Besucher herum. «Ihr ... Zustand war damals etwas ... desolat. Mein Name ist Dr. Michael Sands.» Ashe dachte nach, dann sah er plötzlich vor seinem geistigen Auge das Gesicht zweier Menschen. Undeutliche Gesichter. Eine dunkelhaarige, sehr junge Frau, die sich besorgt über ihn beugte und an ihm herummanipulierte. Dann ein junger Mann, der neben ihm saß, angespannt auf irgendwelche piepsenden Geräte starrte und immer wieder resigniert den Kopf schüttelte.

Im Krankenwagen, vor fast vier Jahren!

«Sie sind das also», antwortete Ashe. In diesem Moment gingen ihm zwei Gedanken durch den Kopf: *Töte ich ihn auf der Stelle, weil er zu viel über mich weiß, oder höre ich mir erst an, was er noch zu sagen hat?* Er entschied sich für Letzteres und reichte dem Arzt seine Hand.

Michael drückte sie verunsichert.

«Kommen Sie doch herein», Ashe vollführte eine einladende Geste, und der Arzt trat ein.

Interessiert sah er sich um, um dann aufmerksam seinen Gastgeber zu mustern. Dieser stand ihm gegenüber, hatte die Arme locker vor sich verschränkt und lächelte freundlich.

Michael fand ihn – wie schon damals im Krankenwagen – sehr ungewöhnlich, konnte jedoch nicht festmachen, woran das lag.

Vor ihm stand ein junger Mann, obwohl es Michael schwer fiel, sein genaues Alter zu schätzen. Er konnte Mitte zwanzig, aber auch schon in den Dreißigern sein. Die schwarzen Haare hatte er zu einem Zopf nach hinten gebunden, was die großen, dunklen Augen betonte. Und diese Augen betrachteten ihn nun spöttisch.

Ashe gab Michael Zeit für ein paar Eindrücke. Erst als dieser ihm auf den Mund starrte, lächelte er etwas breiter, sodass Michael die kleinen Spitzen der hervorstehenden Eckzähne erahnen konnte.

«Ich hoffe», sagte Ashe dann, «Ihnen gefällt, was Sie sehen.» Michael räusperte sich verlegen und sah beiseite. Wie ein ertappter Schuljunge. An sich war er nicht schüchtern oder befangen anderen gegenüber, als Arzt konnte er sich das auch nicht erlauben. Doch er begriff selbst nicht, warum die harmlos wirkende Gestalt vor ihm ihn dermaßen aus dem Konzept brachte. Vielleicht war es diese überwältigende Selbstsicherheit, die sein Gegenüber wie ein Kokon umhüllte und Michael verwirrte.

«Bitte, folgen Sie mir doch in das andere Zimmer», sagte Ashe freundlich. «Und hören Sie auf, mich anzustarren wie einen Geist.»

† † †

Mir begann die Begegnung mit Michael Sands Spaß zu machen. Es war sehr lange her, dass ich mit einem Menschen mehr als nur die üblichen, notwendigen Phrasen ausgetauscht hatte. Aus Prinzip vermied ich es in letzter Zeit, mich überhaupt noch mit ‹Nahrung› zu unterhalten, denn solcherlei Zerstreuung schien mir zu unergiebig.

Die meisten Menschen vermieden es ohnehin, sich intensiver auf mich einzulassen, weil ich ihnen nicht geheuer war. Sie spürten wohl instinktiv, dass ich vollkommen anders war als sie. Es war sehr einfach, sich in sie hineinzuversetzen. Die meisten von ihnen waren nicht allzu kompliziert gestrickt, und wenn man ihnen die Gedanken nicht schon an der Mimik ablesen konnte, dann spätestens, wenn sie das erste Mal den Mund zum Reden öffneten.

So auch Michael.

Er ging vor mir her ins großzügige Wohnzimmer, das mit dunklen Möbeln an hellen Wänden eingerichtet worden war. Es war der hellste Raum in unserem Appartement und der für Menschen wohl angenehmste.

Auf meine Geste hin nahm er auf der weichen Ledercouch Platz, während ich mich ihm gegenüber hinsetzte und ihn erwartungsvoll schweigend ansah. Michael fuhr sich durch das leicht zerzauste, kurze braune Haar und lächelte nun etwas selbstsicherer.

«Also Sie müssen mir verzeihen», sagte er, «dass ich Sie so angestarrt habe, aber als ich Sie das letzte Mal sah, sind Sie mir so gut wie tot von der Bahre gesprungen und haben einen Sprint hingelegt, der einem Profiläufer zu Ehren gereicht hätte.»

Ich zuckte mit den Schultern. «Sie übertreiben maßlos. Aber bitte, da Sie mir scheinbar schon die letzte Ölung verabreichen wollten, nennen Sie mich doch Ashe.»

Michael nickte dankend. «Es tut mir Leid, dass ich Sie hier so überfalle nach so langer Zeit, aber ich konnte ja nicht ahnen, dass Sie es sind. Ich hatte, ehrlich gesagt, nicht damit gerechnet, dass Sie noch leben. Eigentlich bin ich wegen etwas anderem hier.»

Ich nickte. «Raziel ... oder Frank, wie Sie ihn nannten.»

Michael holte kurz Luft, und ich bemerkte, wie er sich das berufsbedingt sachliche Verhalten anlegte wie einen Mantel. Dann begann er zu erklären.

«Frank ist mein Patient und kam mit einer übel entzündeten Bisswunde zu mir. Mehr darf ich dazu nicht sagen wegen meiner ärztlichen Schweigepflicht. Tatsache ist jedenfalls, dass ich in der Wunde eine vollkommen veränderte und unbekannte DNS fand, was ich mir nicht erklären kann. Auch das Blut, das wir damals von Ihnen untersuchten, wies diese Merkwürdigkeit auf. Der junge Mann, der bei mir in Behandlung ist, sagte mir, Sie hätten ihm im Rahmen einer ... erotischen Spielart diesen Biss zugefügt.» Michael fühlte sich sichtbar unwohl und peinlich berührt bei seinen Ausführungen.

Ich faltete die Hände vor meinen Lippen und senkte ein wenig den Kopf. Ein fatalistischer Gedanke, der mich amüsierte, nahm Gestalt in meinem Kopf an. Was, wenn ich ihm, diesem Menschen vor mir, von uns erzählen würde? Von Geschöpfen, die sich von ihnen nährten, die sie in ihrer Literatur und in ihren Filmen als Vampire bezeichneten? Würde die Situation auch wie in diesen Geschichten verlaufen?

Ich lächelte in mich hinein, und Michael wirkte etwas beleidigt, wohl weil er dachte, ich lache ihn aus. Dann antwortete ich vollkommen gelassen: «Das ist wahr. Aber es war keine sexuelle Spielart, sondern es geschah aus Gründen der Nahrungsbeschaffung.» Um meine Worte zu unterstreichen, zeigte ich ihm mit einem breiten Lächeln die Werkzeuge meiner Nahrungsaufnahme.

So etwas wie wissenschaftliches Interesse zauberte sich in sein Gesicht, gefolgt von einer gewissen Erkenntnis.

«Ach, jetzt weiß ich Bescheid!», sagte er lachend und schüttelte den Kopf. «Ich habe darüber gelesen, in der Boulevardpresse. Daher auch die schwarze Kleidung.» Er deutete auf meine Hose und mein schlichtes Shirt.

Ich runzelte verständnislos die Augenbrauen. «Wie meinen?»

Er grinste wissend und antwortete: «Na, Sie sind einer von diesen Gothics, die sich reale Vampyre nennen. Die schneiden sich und lecken dann das Blut. Manche feilen sich auch die Zähne spitz und beißen andere, um an deren Blut zu kommen. Sie gehören auch dieser Subkultur an, nicht wahr?»

Ich war verblüfft. Die einfachste und realistischste Reaktion auf meine Offenbarung in der heutigen Zeit hin hatte ich nicht bedacht. Ich musste lachen, zu skurril war die Situation, und ich genoss es.

«Und wenn nicht?», antwortete ich vergnügt.

Michael runzelte die Stirn: «Wie, wenn nicht? Was meinen Sie?»

Ich lächelte tiefgründig, senkte meine Stimme ein wenig, gab ihr showmäßig ein spezielles Timbre und antwortete: «Was, wenn ich nicht dieser Subkultur angehöre, sondern einer ganz anderen Spezies?»

Michael dachte einen Moment nach. Er griff in seine Jackentasche und holte ein zusammengefaltetes Blatt Papier heraus. Unschlüssig sah er es einen Moment lang an. Dann musterte er mich prüfend und antwortete: «Wären Sie bereit, mich in ein Labor zu begleiten für ein paar Tests?»

Ich spannte mich an. Das hatte ich nun von meinen ungenierten Worten.

«Nein! Auf keinen Fall!», war meine schroffe Antwort.

Michael nickte. «Das dachte ich mir.»

Er stand auf und sah ernst auf mich herab. «Wissen Sie, Ashe, ich habe hier in meiner Hand ein paar Daten, die schwarz auf weiß etwas aussagen, das eigentlich nicht möglich sein kann. Ich habe jetzt zwei Möglichkeiten. Entweder ich werfe sie weg, weil sie nicht zuzuordnen und wissenschaftlich nicht haltbar sind, oder ich zeige sie ein paar Experten, die mich dann entweder auslachen oder mehr herausfinden wollen.» Unschlüssig drehte er das Blatt in seinen Händen hin und her und sah mich erwartungsvoll an.

Ich stand auch auf, nur so schnell, dass er es kaum wahrnahm. Erst als meine Nasenspitze fast die seine berührte, bemerkte er es und zuckte zurück.

Meine Finger hatten sich in sein Revers verkrallt, ich zog ihn noch näher an mich heran und zischte: «Und meine Optionen sehen so aus: Entweder ich töte Sie gleich hier und jetzt, oder ich schmeiße Sie aus meiner Wohnung und erstatte Anzeige, weil sie mit vertraulichen Patientendaten hausieren gehen, die Sie aus niederen Beweggründen manipuliert haben, um mich zu erpressen.»

Ich starrte Michael direkt in die Augen. Er riss sich los und taumelte zurück.

«Ihr Zeug da ist das Papier nicht wert, auf dem es gedruckt wurde», schleuderte ich ihm abfällig entgegen, «und das wissen Sie. Heutzutage ist es nicht mehr so einfach, die Menschen davon zu überzeugen, dass es Monster, Vampire und was weiß ich nicht noch alles gibt. Ihre hoch gelobte Wissenschaft bremst sich diesbezüglich nämlich selber aus.»

Michael starrte mich an, und wie es für Menschen-Männchen üblich ist, war sein erster Gedanke, auf mich loszugehen und mir einen Kinnhaken dafür zu verpassen. Eine dumme, primitive, aber für diese Spezies natürliche Reaktion. Er hielt sich gerade noch so zurück, weil er sich vermutlich auf sein Niveau als Mediziner besann und nicht einschätzen konnte, was ich mit ihm anstellen würde, wenn er es dennoch wagte.

Zornig zupfte er sich die Jacke zurecht und wirkte ein wenig ratlos. Mir kam die Situation plötzlich albern vor, darum lenkte ich ein.

«Okay», sagte ich zu ihm, «jetzt kennen wir unsere Standpunkte. Wenn Sie sich wieder einkriegen, können wir gerne weiter miteinander reden. Oder Sie verlassen mich jetzt und vergessen, dass Sie hier waren, genauso wie ich vergessen werde, was Sie zu wissen glauben oder vermuten.»

Er starrte mich ein paar Sekunden wütend an, dann setzte er sich resigniert. Auch ich nahm wieder Platz.

Ich spürte die Besonderheit der Situation, die für uns beide neu war und daher verwirrte. Michael hatte jemanden vor sich, der sein wissenschaftliches Weltbild auf den Kopf stellte oder stellen würde, wenn ich es zuließ. Und ich wiederum versuchte, mich auf einen Menschen einzulassen, den ich unter normalen Umständen lediglich als Mahlzeit beachtet und dessen Wesen mich nie interessiert hätte. Dessen ganze Spezies mir zuwider war, obwohl ich in bestimmten Dingen auf sie angewiesen war.

Michael sah mich nun forschender an, und ich ließ ihn gewähren. Er schüttelte langsam den Kopf, dann lehnte er sich mühsam entspannt zurück. «So etwas wie Vampire gibt es nicht!», sagte er bestimmt.

Ich hob die Schultern. «Da könnten Sie Recht haben», antwortete ich gleichgültig, «denn es ist nur ein Wort, eine Umschreibung für einen Mythos.»

Sein Blick wurde neugierig. «Was sind Sie also, wenn Sie behaupten, sich vom Blut anderer Menschen zu ernähren?»

Ich kniff die Augen zusammen. «Sie gehen mit Ihrer Fragestellung davon aus, dass es sich bei mir um einen Menschen handelt», antwortete ich freundlich. «Also was wollen Sie hören? Psychopath, Geisteskranker, Perverser?»

Er tippte sich mit dem Finger an die Oberlippe und beugte sich etwas vor. Dann sagte er: «Das war ein guter Trick vorhin. Wie haben Sie es angestellt, mich so unaufmerksam werden zu lassen? Hypnose?»

Ich merkte, dass ich nun endgültig sein Interesse geweckt hatte, für was auch immer er mich hielt.

Ich gab ihm etwa fünf Sekunden Zeit, auf eine Antwort von mir zu warten. Als er das nächste Mal blinzelte, saß ich schon neben ihm, ein Bein locker auf das andere gelegt und keinen Zug schneller atmend.

Erschrocken sprang er auf.

«Himmel!», rief er und sah vom Sessel, wo ich eben noch gesessen hatte, hinüber zur Couch, wo ich mich jetzt fläzte und unschuldig zu ihm aufsah.

«Meine leichteste Übung», sagte ich nachlässig und strich mir eine Haarsträhne aus den Augen.

Ich bat Michael, sich wieder zu setzen, und sah ihn ernst an. «Sie haben doch medizinische Daten von mir oder glauben, etwas Ähnliches zu haben. Was meinen Sie also, was ich sein könnte?»

Ich fragte ihn dies aus ehrlichem Interesse, denn ich wusste selbst nicht, was ich eigentlich war. Die Bezeichnung ‹Vampir› war mir schon immer sehr behelfsmäßig vorgekommen. Ich fühlte mich nicht als untoter Mythos, sondern äußerst lebendig und ... mutierend.

Aber das verriet ich ihm noch nicht.

Michael stand unschlüssig vor mir und verschränkte in trotziger Haltung, die er unbewusst einnahm, die Arme vor der Brust.

Dann antwortete er zögernd: «Ich bin Mediziner, kein wirklicher Wissenschaftler. Die Blutwerte von damals und die Proben, die ich bei dem Jungen entnahm, sagen nichts aus. Sie sind einfach nur ... unnormal. Unerklärbar. Nicht zuzuordnen. Bestimmte Werte darin sind entweder dermaßen erhöht, zu niedrig oder schlicht gar nicht vorhanden. Kein normaler Organismus kann solche Werte aufweisen, ohne ein – ich sage es mal salopp – ziemlich krasses Krankheitsbild zu entwickeln. Darum wäre es ganz nützlich, wenn ich eine frische Blutprobe nehmen, Ihre Vitalfunktionen checken und einige physische Tests an Ihnen durchführen könnte, Ashe. Vorher kann ich gar nichts vermuten. Sie sehen mich ratlos.»

Unschlüssig starrte er mich an.

Ich lehnte mich zurück und verschränkte die Arme hinter dem Kopf. Nachdenklich fixierte ich den Menschen vor mir. Es war Wahnsinn, den

Gedanken überhaupt in Betracht zu ziehen, aber Michael hatte mich neugierig gemacht. Und um ehrlich zu sein, hatte ich in letzter Zeit mehr denn je das Gefühl, dass irgendetwas nicht mit mir stimmte. Dabei dachte ich jedoch nicht an meine enorm lange Lebensspanne und den Bedarf an Menschenblut.

Mein Körper veränderte sich. Meine Körperchemie änderte sich und ebenso meine Psyche. Vielleicht konnte mir ein einfacher Arzt keine befriedigenden Antworten darauf geben, aber es war immerhin mal ein Versuch, herauszufinden, was mich von Menschen unterschied. Zumindest in medizinischer Hinsicht. Also stand ich mit einer fließenden Bewegung auf und sagte: «Nun gut, Michael. Sie kriegen Ihre Tests.»

† † †

Die erste Klasse im Flugzeug Richtung England war bis auf ein paar mit ihren Laptops beschäftigten Geschäftsleuten nahezu leer.

Aaron streckte die Beine aus und räkelte sich in seinem behaglichen Sitz. In der Rückenlehne vor ihm war ein kleiner Monitor eingelassen, über den gerade ein alter Sandalenfilm-Klassiker stumm vor sich flimmerte. Die Kopfhörer hingen ungenutzt in ihrer Halterung neben dem Sitz.

Aaron war nicht nach Unterhaltung zumute. Seine Gedanken waren weit entfernt. In eine längst vergangene Zeit vertieft, noch vor der Geburt jenes jungen Mannes, der einst als Jesus Christus den Grundstein für das Christentum gelegt hatte. Um genau zu sein, 45 Jahre vor der Geburt desselben. Zur Blütezeit der Regentschaft des Gaius Iulius Caesar, Herrscher über das Römische Kaiserreich.

Die warme Heizungsluft im Flugzeug machte Aaron müde. Er blinzelte und schloss schließlich die Augen, ohne wirklich einzuschlafen. Er döste – und in seinem Kopf tauchten Erinnerungen auf:

Er sah sich selbst. Braungebrannt, wie ein römischer Soldat gekleidet. Seine nackten, staubigen Füße steckten in geschnürten Sandalen, und unter seinem Arm trug er einen bronzefarbenen Helm mit dem roten Borstenputz der Legionäre.

Sein Dienstgrad war Optio, doch in wenigen Stunden würde er Centurio sein, denn er war auf den Weg zum Palast Cäsars, um Ehrung zu empfangen.

Das Heer, in dem er diente, war gerade erfolgreich aus dem Feldzug gegen Germanien nach Rom heimgekehrt, und das war zum großen Teil ihm, Aaron, zu verdanken.

Aber in diesen Zeiten war sein Name noch Artemis Der große Kaiser selbst wollte seine Ernennung vornehmen, und Aaron konnte sich keine größere Ehre vorstellen. Als Centurio würde er vollständige Befehlsgewalt über ein eigenes Heer erhalten und er freute sich bereits jetzt auf die kommenden Feldzüge unter seinem eigenen Kommando. Soldat zu sein war sein Leben, er kannte nichts anderes.

Artemis lief durch die Straßen Roms, und um ihn herum war Musik und tausend verschiedene Gerüche von Speisen, die auf dem großen Markt verkauft wurden. Lachende Kinder umkreisten ihn, bewunderten seine Uniform und drohten ihm spielerisch mit ihren kleinen Holzschwertern.

Er wuschelte ihnen väterlich durch die Haare und jagte sie dann lachend davon.

Es war eine schöne Zeit, in der er lebte. Dem Volk ging es gut, der Kaiser regierte mit Pracht und Prunk und machte Rom zum Mittelpunkt des europäischen Kontinents. Und Artemis war ein Sohn dieses großartigen Reiches.

Stolz schritt er die vielen weißen Sandsteinstufen zum Palast Cäsars hinauf und tauchte schließlich ein ins schattige Dunkel der Ruhmeshalle.

Die Palastwächter nahmen Haltung an, als er sie passierte. Artemis nickte ihnen wohlwollend zu. Zu dieser Zeit zählte er 35 Jahre und seine Ernennung war mehr als überfällig.

In der Mitte der Halle blieb er stehen und wartete, dass man ihn empfing. Die Ernennung selbst würde schmucklos und kurz abgehandelt werden, erst später am Abend würde Cäsar den zurückgekehrten Legionären zu Ehren ein Bankett auffahren lassen und es zu einem großen Fest machen.

Artemis stand in der Mitte der großen, spärlich eingerichteten Halle. Er sah zu dem steinernen Thron an der Wand gegenüber, der leer und verwaist schien.

Dann hörte er Schritte, und aus einem schmalen Durchgang rechts vom Thron trat ein Mann in dunkelroter Tunika. Um seine Schultern war ein schweres, dunkelblaues Tuch gelegt. Seine Haare waren in der Mode römischer Bürger geschnitten und dunkel. So dunkel wie die Augen, die Artemis an die eines Greifvogels erinnerten: wachsam und starr.

Der Mann kam auf ihn zu und blieb schweigsam und aufrecht vor ihm stehen.

Artemis sank auf ein Knie und beugte den Kopf.

«Steh auf, Centurio», sagte der Mann. «Es ist zu viel der Demut, ich bin nur ein Bürger Roms.»

Artemis erhob sich geflissentlich und sah sein Gegenüber abwartend an. Es musste sich um Mercutio, den Berater Cäsars handeln.

Artemis hatte ihn selbst noch nie gesehen, da Mercutio den schützenden Palast kaum einmal verließ. Außer nachts, so munkelte man. Es gab Gerüchte um Mercutio, die Artemis Missbehagen bereiteten, auch wenn er nicht alles glaubte, was die Leute erzählten.

So fand man des Nachts manchmal einen toten Bürger oder eine Bürgerin, ausgeblutet. Jedesmal in Nächten, in denen auch Mercutio umtriebig war. Leicht verunsichert sah er den hochgewachsenen Mann an, und dieser lächelte gleichgültig: «Ich kann Eure Bedenken an Eurem Gesicht ablesen», sagte er dann. «Aber glaubt nicht dem Geschwätz der Leute, sondern Eurem eigenen Gefühl.»

Mercutios Stimme klang belustigt und seltsam zischend, fand Artemis und plötzlich wurde ihm ganz seltsam in der Nähe dieses Mannes.

Er wollte etwas erwidern, aber seine Stimme versagte. Seltsame Bilder schossen durch seine Gedanken, die er nicht einordnen konnte. Wirres Zeug, seiner analytischen Soldatenlogik fern.

Mercutio schien kurz zu lauschen, dann hörte auch Artemis Schritte. Sein Gegenüber nahm einige Schritte Abstand von ihm und zischte: «Artemis, komm heute Nacht nach der Feier in den Garten Cäsars. Man wird dir Zutritt gewähren, und ich werde dich dort erwarten. Es gibt Wichtiges zu klären.»

Dann betrat der große Cäsar zusammen mit seinen Wachen die Halle.

Es war ein rauschendes Fest. Artemis wurde gefeiert, und seine Männer betranken sich hemmungslos ihm zu Ehren. Es war ein harter Feldzug gewesen, in dessen Verlauf sie trotz des Sieges große Verluste durch die Germanen hatten einstecken müssen.

Artemis gönnte es seinen Mitstreitern, dass sie sich gehen ließen, um die Gräuel des Krieges für einen Moment zu vergessen. Auch er versuchte abzuschalten und wischte alle negativen Erinnerungen fort. Der Wein tat ein Übriges dazu.

Irgendwann nach Mitternacht fiel ihm wieder ein, dass er noch eine Verabredung hatte. Er wollte den Berater Cäsars nicht enttäuschen, auch wenn Artemis nicht wusste, was dieser von ihm wollte.

Schweren Herzens und einigermaßen umständlich, weil doch sehr benebelt vom reichhaltigen Wein, rappelte er sich von dem bequemen Diwan in der großen Festhalle des Palastes auf und taumelte zu einem der steinernen Becken, die in größeren Abständen herumstanden und ständig von Jungfrauen mit frischem Quellwasser gefüllt wurden, damit sich Gäste etwas frisch machen und wieder einen klaren Kopf bekommen konnten.

Artemis verließ die feiernde und grölende Gesellschaft und tauchte ein ins Dunkel der Nacht hinter dem Palast. Er durchquerte ein Labyrinth aus mannshohen Olivenbäumen und prächtigen Blumenrabatten, die in der Dunkelheit verführerisch süß rochen.

Er glaubte, den betäubenden Duft von blühenden Lilien zu riechen. Fast wie auf dem Feld, wenn die Toten des Krieges ausbluteten und in süßer Ewigkeit vergingen.

An jeder Biegung des Irrgartens war eine brennende Fackel aufgestellt, um ihm den Weg zu weisen. Hinter einer weiteren Kurve der dicht bewachsenen Baumreihen trat ein Soldat hervor und stellte sich ihm entgegen.

Erst als Artemis ins Licht der Fackel trat, erkannte der Mann ihn, nahm Haltung an und trat beiseite. Seine Hand wies Artemis den Weg, und er nickte dankend.

Nach der Ehrung hatte er sein schweres Lederzeug ab- und eine Tunika aus dunkelrotem Tuch angelegt, die von einem breiten braunen Gürtel aus Eselsleder gehalten wurde.

Sein Gang verlangsamte sich, als er im Schatten der Bäume eine hochgewachsene Gestalt vor sich wahrnahm.

Es war Mercutio, der ihn dort schweigend erwartete.

«Centurio Artemis», sagte er, und Artemis konnte nicht erkennen, ob es respektvoll oder höhnisch gemeint war, denn Mercutio sprach absolut neutral und ohne Betonung. Eine Eigenart, die ihm schon am Vormittag im Palast aufgefallen war.

«Was wollt Ihr von mir, Herr?», fragte Artemis deshalb und er hörte ein leises, tonloses Lachen.

«Was ich von Euch will ...» Der Mann beendete den Satz nicht. Stattdessen kam er auf Artemis zu und sah auf ihn herab. Dann sprach er erneut: «Was ich von dir will, ist sicher nicht das, was du mir geben willst, mein Sohn.»

Er funkelte Artemis mit seinem starren Blick an, und im nächsten Moment wusste er nicht mehr, wie ihm geschah, denn er fand sich auf dem

Boden liegend wieder. Über ihn gebeugt wie ein Adler Mercutio, dessen starke Arme ihn niederdrückten.

Dann zuckte sein Kopf vor, und Artemis spürte, wie sich Zähne in sein Fleisch an der Schulter bohrten. Durch den Stoff hindurch schienen sie immer länger zu werden und sich immer tiefer ins Fleisch zu graben, bis Artemis glaubte, dass seine Knochen sie nun endlich stoppen müssten.

Er schrie gequält auf vor Schmerz, aber Mercutios Hand legte sich auf seinen Mund und erstickte den Laut.

Artemis hatte das Gefühl, seine Seele würde aus der Wunde heraus- und in den Mann – war es überhaupt ein Mann? – hineingesaugt werden. Rote Schlieren tanzten vor seinen weit aufgerissenen Augen. Er sah die Sichel des Mondes am klaren Himmel, spürte das unkontrollierte Zucken der Schockwellen durch seinen Körper jagen und war unfähig, sich zu wehren. Als wäre er gelähmt.

Mit einem seltsamen Zischen ließ Mercutio von ihm ab. Seine Augen waren dicht vor Artemis und starrten ihn an. Am Mund des Wesens klebte etwas Dunkles, und Artemis war sich sicher, dass es sein Blut war. Er roch den metallischen Atem aus Mercutios Mund und glaubte einen grausamen Traum zu erleben.

«Mein Sohn», raunte Mercutio, «es wird Zeit, dass dich jemand aus deinen belanglosen Menschheitsträumen reißt und dir zeigt, wer du wirklich bist. Kein einfacher Centurio, mein Lieber. Weit mehr als das!»

Dann sah Artemis, wie etwas Langes, silbern Glänzendes an Mercutios Hals eine Vene öffnete, dunkle Flüssigkeit daraus hervorquoll und auf Artemis' Gesicht tropfte. Und in seinen Mund, der keuchend offen stand.

Die Flüssigkeit füllte ihn aus, und er musste schlucken. Husten schüttelte ihn, tausend Sterne tanzten vor seinen Augen. Ihm wurde schwindelig und in seinen Eingeweiden explodierte ein grausames Gefühl.

Artemis glaubte, von innen zerrissen zu werden. Es tat nicht weh, es war vielmehr, als wachse in ihm etwas heran, das heraus wollte.

Er schrie, schrie seine Angst und seine Gefühle heraus.

Mercutio stand auf, sah eisig auf ihn herab und verschwand dann einfach.

Artemis warf sich herum und kroch auf den nächsten Baum zu, um sich darunter wie ein Fötus einzurollen und hemmungslos zu weinen. Er hatte einen Hunger, wie er ihn noch nie zuvor verspürt hatte. Dieser Hunger ließ seinen Körper unkontrolliert zittern, und Artemis war sich sicher, dass er sterben müsste.

6

Als Leylah und Marten die Wohnung betraten, fiel ihnen sofort auf, dass niemand da war.

Der Kater Jeremy kam ihnen an der Tür entgegengelaufen und strich um ihre Beine herum. Marten sah auf ihn hinab, und Leylah wusste nicht, wie sie den Blick ihres Freundes deuten sollte.

War es eine Mischung aus Zuneigung und Zweifel?

Schließlich konnte Marten nicht anders und packte das Tier, um es über seine Schulter zu legen.

Jeremy dankte es ihm, indem er sich wie ein nasser Sack hängen ließ und sich die Seele aus dem Leib schnurrte.

Leylah grinste angesichts dieses Bildes. Nie hätte sie gedacht, dass Marten sich je so ändern könnte. Sein Gesicht jedoch machte ihr im nächsten Augenblick klar, dass unter der scheinbar weicher gewordenen Schale noch immer ein Kriegerherz schlug. Martens Blick war sehr ernst.

Leylah ging geradewegs ins Arbeitszimmer und fand Ashes Handy auf dem Tisch liegen. Es zeigte ihren Anruf an, den Ashe wohl nicht mehr mitbekommen hatte. Es passierte häufiger, dass er sein Handy vergaß, wenn er ausging. Konnte oder wollte er sich an das Ding einfach nicht gewöhnen. Leylah hatte ein ungutes Gefühl.

Sie spürte keine unmittelbare Gefahr, aber dass Ashe allein dort draußen war und sie nicht wusste, wo, machte sie nervös. Marten sah sie abwartend an, und sie zeigte ihm das flache kleine Telefon.

Er runzelte die Stirn und schnaubte: «Typisch Ashe!». Dann ließ er sich in den bequemen Ledersessel fallen und streichelte gedankenverloren den noch immer auf ihm liegenden Kater, der inzwischen vor Wonne ins Koma gefallen zu sein schien.

Leylah ging in die Küche, um Tee zu machen. Dort fand sie einen Zettel auf der Anrichte.

Er war von Ashe, und er hatte darauf vermerkt, dass er noch vor Mitternacht zurück sein würde. Er hatte nicht geschrieben, wo er war, aber dass es um Raziel und seine Wunde ginge. Sorge stieg in Leylah erneut hoch, denn diese Art von Ärger konnten sie gerade wirklich nicht gebrauchen. Sie hoffte, dass dieser seltsame Killer nicht auf der Suche nach Ashe war.

Leylah spürte, dass mehr hinter dem plötzlichen Auftauchen dieses Fremden steckte, konnte aber nicht sagen, was. Sie würde einfach Marten danach fragen.

Als der Tee fertig war, ging sie zu ihm hinüber und teilte ihm Ashes Nachricht mit. Dann setzte sie sich ihm gegenüber in den Bürostuhl und sah ihn ernst an.

«Bitte ...», sagte sie und berührte Marten leicht an der Schulter, «sag mir, wer der Kerl ist, der uns bedroht. Du scheinst mehr zu wissen als wir, das sehe ich dir an.»

Der Kater hob den Kopf und blinzelte sie müde an. Marten indessen nahm die heiße Teetasse in seine linke Hand, nippte lustlos daran und versuchte offenbar, seine Gedanken zu ordnen.

«Gut», seufzte er dann, «ich erzähle dir am besten erst einmal von meinen Träumen, denn ich habe das ungute Gefühl, dass sie irgendwie der Schlüssel zu dem Ganzen sind.»

Leylah nickte: «Bitte, tu das.» Sie lehnte sich zurück, umschloss ihre Tasse mit beiden Händen und blickte Marten auffordernd an.

Er schloss die Augen, um sich zu konzentrieren. Seine rechte Hand lag locker auf dem Rücken des schlafenden Katers. Dann holte er tief Luft und begann zu erzählen:

«Ich träume fast jede Nacht denselben Traum. Ich bin in einem anderen Land, es ist Nacht oder sehr früh am Morgen. Der Himmel ist noch dunkel und die Luft ist warm. Der Umgebung nach zu urteilen, handelt es sich um Ägypten oder ein ähnliches Land. Ich gehöre zu einer Gruppe von Leuten, die jemanden bestrafen und töten sollen. Eine Art Priester ist der Anführer. Dieser Priester – ich glaube, er ist der Killer, der auch jetzt für die Morde verantwortlich ist –, ist der Mann, dem ich vorhin im Pub gegenüberstand. Auch wenn er anders aussah, die Augen waren dieselben! Diese Augen und diese ... Aura! Es ist kein Mensch!

Und in meinem Traum begegne ich Ashe. Zumindest sieht er aus wie Ashe, sein Name jedoch lautet anders. Er heißt dort Akhenaton.»

Marten musterte Leylah mit einem undefinierbaren Blick, und sie wusste, dass da noch mehr war als nur das. Der Name Akhenaton erschien ihr seltsam vertraut.

Und plötzlich fiel es ihr wieder ein. «Echnaton!», rief sie aus und setzte sich ruckartig auf. «Der Ketzerkönig!»

Eine seltsame Erkenntnis schoss ihr durch den Kopf. Bilder entstanden vor ihren Augen, wirr und ungeordnet. Ein schmales Gesicht mit großen

Augen. Worte aus einer anderen Zeit in einer kehligen Sprache. Sanfte Berührungen und der unverwechselbare, warme Geruch von Ashes Körper.

Leylah schüttelte verwirrt den Kopf.

Marten beugte sich besorgt vor. «Hey, alles in Ordnung mit dir?», fragte er beunruhigt.

Leylah starrte ihn an. «Erzähl mir mehr, bitte!», sagte sie aufgeregt. «Es ist wichtig!»

Ihre Finger krallten sich angespannt um die inzwischen bereits leere Teetasse, und ihre Augen glühten.

Marten runzelte die Stirn und nickte.

«Okay», fuhr er dann fort. «Also, Akhenaton ist unser Gefangener und der Priester verlangt, dass er getötet wird. Er verlangt, dass ich es tue. Aber ich weigere mich. Er sagt seltsame Dinge. Weißt du, er spricht in dieser seltsamen Sprache und trotzdem verstehe ich ihn. Und schließlich –» Marten stockte in seiner Erzählung und fuhr sich über den kahlen Schädel, als wären dort noch seine langen Haare, die er zurückstreichen wollte. Eine reine Verlegenheitsgeste, die Leylah gleichermaßen von Ashe kannte. Auch er hatte sich von seinem vormals langen Haar getrennt, damals nach den Ereignissen in Deutschland, um sie nun wesentlich kürzer zu tragen.

Leylah hatte das Gefühl, dass sich sowohl Marten als auch Ashe auf diese Weise symbolisch von etwas aus ihrer Vergangenheit getrennt hatten. Und während Ashe sich auch seine Tätowierungen entfernen ließ, hatte Marten damit begonnen, seinen Körper mit diesem Schmuck zu verzieren. Sein Nacken wie auch seine Brust zierten nun sehr kunstvolle, schwarze Tribalmotive.

Leylah beugte sich zu Marten hinüber und nahm ihm den nun erwachten und ungeduldig zappelnden Kater ab. Sie setzte ihn auf den Boden, von wo er beleidigt davontrottete, und sah Marten eindringlich an.

«Weiter!», befahl sie dann. «Erzähl, was dann geschah.»

Marten nickte und fuhr fort. «Da war noch eine Frau. Akhenaton nannte sie Nefertete. Ich konnte sie aus der Entfernung allerdings nicht gut erkennen. Jedenfalls sah sie mit an, wie der Priester und die anderen aus der Gruppe ihn erschlugen. Aber bevor er starb, sagte er mir noch etwas.»

Marten stoppte, nahm einen Schluck von dem inzwischen kalten Tee und musterte Leylah.

Diese starrte ihn fassungslos an oder vielmehr durch ihn hindurch, denn sie schien in Gedanken weit fort zu sein. Tatsächlich sah Leylah in diesem Moment vor sich, was Marten in seinen Träumen gesehen hatte. Das ... und noch viel mehr. Denn sie sah es aus der Perspektive der Frau, die Marten erwähnt hatte. Nefertete. Im heutigen Sprachgebrauch besser bekannt als Nofretete.

Ein Zittern durchlief Leylahs Körper, als sie die Bilder sah, und ihr Geist öffnete sich, als hätte er nur darauf gewartet, dieses Signal zu bekommen. Eine Flut an Informationen und Bildern aus längst vergangener Zeit überrollte sie.

Leylah schloss die Augen und wankte. Wäre Marten nicht in diesem Moment aufgesprungen, um sie zu halten, hätte es sie vom Stuhl gerissen.

Entsetzt blickte sie ihn an. «Ich weiß es!», stammelte sie. «Ich weiß alles! Ich war da!»

Marten half ihr hoch und hielt sie fest im Arm. «Ja, ich dachte es mir schon», antwortete er leise. «Denn ich war auch dort. Damals. Wann auch immer. Dessen bin ich mir nun sicher. Wir alle drei waren dort, und es ist wirklich passiert.»

† † †

Jordan spürte so etwas wie Unzufriedenheit.

Es war sehr lange her, dass ihn dieses Gefühl das letzte Mal geplagt hatte, da er an sich ein logisch denkendes, nicht-emotionales Wesen war, ganz im Gegensatz zu seinen Nachkommen auf dieser Welt.

Die Dinge hatten sich in eine Richtung entwickelt, die er nicht vorhergesehen hatte. Das brachte ihn aus dem Konzept.

Khadi saß ihm gegenüber am Tisch im Hotelrestaurant und sah ihn teilnahmslos an, so als würde sie auf Befehle warten.

Sie ist so, wie ich sein sollte, dachte Jordan. *Sie ist perfekt, aber was ist aus mir geworden?*

Sein Verstand fand keine Erklärung. Schon gar nicht dafür, weshalb Ashe und die beiden anderen noch immer lebten, obwohl Khadi sie sich schon längst hätte einverleiben sollen.

Jordan hatte für seine direkten Nachkommen so etwas wie Gefühle entwickelt, anders konnte er es sich nicht erklären. Und das war etwas Untypisches für seine Rasse.

Aber auf diesem verrückten Planeten musste man ja zwangsläufig den Verstand verlieren, dachte er verärgert.

Eigentlich saßen sie nur hier, weil Jordan keinen Plan hatte, wie er Ashe finden sollte. Er und Khadi brauchten keine gewöhnliche Nahrung, sie konnten allein von Blut existieren. Dennoch war Khadi wie ein ganz normales Menschenkind – wenn überhaupt für irgendetwas – für süße Nachspeisen zu begeistern. Jedenfalls hatte sie diesen Wunsch geäußert, und Jordan kam ihm nach.

Die Bedienung, eine junge Frau in den Zwanzigern, kam an ihren Tisch und fragte, ob sie noch Wünsche hätten. Dabei starrte sie begeistert auf die kleine Khadi, welche dies mit ausdrucksloser Miene quittierte.

«Sie haben ja so eine süße Tochter!», jauchzte die Kellnerin und grinste über beide Ohren das Kind an.

«Wir wünschen nichts mehr», murrte Jordan. «Bitte lassen Sie uns alleine!» Die Kellnerin warf ihm einen giftigen Blick zu und wackelte beleidigt davon.

Jordan versuchte, sich in dem menschenleeren Restaurant zu konzentrieren. Es war weit nach der Dinnerzeit, und in einer halben Stunde würde das Restaurant schließen. Er sammelte seine Gedanken und versuchte weiterhin, irgendwelche Signale von Ashe zu empfangen, schaffte es aber nicht.

Irgendwie musste sein Sohn es fertig gebracht haben, sich seinem Zugriff vollkommen zu verschließen.

Als Jordan am frühen Abend Marten begegnet war, hatte er versucht, in dessen Gedanken nach Ashe zu forschen, aber auch Marten wusste nichts. Und der Frau, Leylah, wollte Jordan lieber nicht begegnen, denn sie stellte für ihn einen unberechenbaren Faktor dar. Wie schon damals, vor sehr langer Zeit in einem anderen Land.

Die Frau war das Kind eines der anderen beiden Wesen, mit denen er in diese Welt gekommen war, und daher für ihn unantastbar. Bis heute zumindest, denn Jordan hatte neue Pläne und wollte vieles ändern. Dazu gehörten auch umgeschriebene Regeln, wenn es sein musste.

Er klopfte ungehalten mit den Fingern auf das braune Tischtuch, und Khadi sah ihm ungerührt dabei zu. So etwas wie Langeweile oder Unzufriedenheit kannte sie wohl nicht. Jordan begann sie darum zu beneiden.

«Kannst du mir sagen, wo sich mein Sohn Ashe gerade aufhält?», fragte er sie leicht gereizt.

Khadi schüttelte langsam den Kopf. «Nein, Onkel Jordan», sagte sie leise. «Ich weiß nicht, wen du meinst.»

Jordan gab es auf. Khadi war seine, nicht Martens Tochter. Sie war so, wie alle hätten sein sollen. Ein absolut reinrassiges Wesen. Bis auf die Mutter, der er das Kind damals ‹untergeschoben› hatte. In der Nacht, der Stunde, nachdem Celine sich das erste Mal mit Marten gepaart hatte. Der hatte sich danach nicht mehr lange mit ihr aufgehalten, und nachdem er gegangen war, war Jordan gekommen, hatte ihr seinen Samen eingepflanzt und ihr die Erinnerung daran genommen – wie er es stets mit Menschenfrauen getan hatte, seit er und die beiden anderen seiner Art auf diesem Planeten Zuflucht gefunden hatten.

Ich werde dich finden, sprach Jordan in Gedanken, und ein Lächeln floss kurz über seine Gesichtszüge. *Bald! Und dann werde ich vollenden, was ich begonnen habe, Akhen.*

Er dachte an seine Begegnung mit Marten und sah Khadi auffordernd an. «Meine Liebe, wir sollten zusehen, dass wir dir vernünftige Nahrung beschaffen.»

† † †

Michael schloss die Tür zu den Laborräumen neben der Praxis auf. Es war schon Abend, alle Angestellten waren längst gegangen. Hinter sich spürte er die Anwesenheit des seltsamen Mannes, der ihm mit seinem eigenen Wagen hierher gefolgt war, um weitere Untersuchungen vornehmen zu lassen.

Michael konnte sein Glück kaum fassen. Dann fragte er sich, was er eigentlich zu finden erwartete. Als er sich zu Ashe umwandte, lächelte dieser ihm knapp und freudlos zu.

Michael betätigte die Lichtschalter neben der Tür, und die Halogenlampen an der Decke erleuchteten den nach Desinfektionsmittel riechenden, klinischen Raum mit kühlem, leicht bläulichem Licht.

Ashe betrat hinter ihm den Raum und rümpfte die Nase. Unschlüssig blieb Michael mitten im Raum stehen und beobachtete, wie Ashe interessiert auf die Schränke mit den Arzneien zuging und alles genau musterte. Er hatte die Finger in den Hosentaschen eingehakt und seine Haut wirkte in dem klinischen Licht geradezu leichenhaft bleich.

Amüsiert dachte Michael bei diesem Anblick, was er wohl machen sollte, wenn sich herausstellte, dass er tatsächlich einen so genannten Untoten vor sich hatte. Aber er wischte den Gedanken fast augenblicklich wieder weg, denn so etwas gab es nicht. Alles, sagte er sich, war immer irgendwie schlüssig aufzuklären. Dessen war er sich sicher.

Ashe schien seine Gedanken gelesen zu haben, denn jetzt drehte er sich um und blickte ihn mit seinen dunklen Augen an wie eine Schlange, die ein Kaninchen begutachtete.

Michael räusperte sich verlegen.

«Ja», sagte er dann und versuchte, selbstsicher und forsch zu klingen, wie es sich für einen Mediziner gehörte. «Da sind wir also. Wenn Sie möchten, können wir mit den Tests beginnen.»

Ashe nickte, zog seinen halblangen, schwarzen Mantel aus und warf ihn über einen Hocker, der neben den Regalen stand. Dann deutete er auf das Sammelsurium an Fläschchen und Apparaten.

«Das alles», sagte Ashe, «erinnerte mich gerade wieder an mein eigenes Medizinstudium. Damals, vor langer Zeit, als die Medizin noch in den Kinderschuhen steckte.» Er grinste breit und zwinkerte Michael zu.

«Oh, Sie wollen mir damit sagen», fragte der Arzt zurück, «dass Sie schon seit mindestens dem siebzehnten oder achtzehnten Jahrhundert leben?»

Ashe schüttelte den Kopf. «Nein, ich wollte damit nur andeuten, dass ich ...», er überlegte kurz, «um 1890 herum für eine kleine Weile ebenfalls Medizin studierte. Es war ganz interessant und manchmal auch sehr amüsant. Zum Beispiel immer dann, wenn im Sektionssaal mal wieder ein Leichnam seziert wurde, den man vorher aus dem Fluss gezogen hatte und der auf mein Konto ging. Das Amüsante daran war in der Tat, dass die Herren Professoren in meinem Beisein nach der Todesursache forschten.»

Ashe sah Michael absolut ernst an.

Der Arzt runzelte die Stirn. Dieser Mann verwirrte ihn mit jedem Wort mehr. Er beschloss einfach das zu tun, was er am besten konnte, und sich dadurch von aufkommenden Zweifeln abzulenken. Also verzichtete er auf eine Antwort und suchte stattdessen geschäftig alles zusammen, was er für die Untersuchungen brauchen würde.

Ashe indessen wandte sich wieder interessiert den Chemikalien zu.

«Okay», sagte Michael irgendwann. «Ich habe alles zusammen. Können wir beginnen?»

† † †

Ich hatte ein seltsames Gefühl von Déjà-vu und wusste gleichzeitig, dass es nicht meines war. Es ging um etwas, was Alex mir vor einiger Zeit erzählt hatte: seine Erlebnisse mit einem verrückten Forscher, der ihm das Geheimnis der Unsterblichkeit hatte entreißen wollen, auf grausame Art, indem er ihn folterte auf alle nur erdenklichen Weisen.

Ich hatte in Michael hineingesehen. Es war mir leicht gefallen, denn sein Geist war offen und neugierig, ohne jene krankhafte Komponente, die mir hätte gefährlich werden können. Zumindest hoffte ich, dass ich auf mein Gefühl ihn betreffend vertrauen konnte. Meine Fähigkeiten hatten sich in der letzten Zeit verändert und weiterentwickelt, sie würden mir im Falle des Falles vermutlich aus der Patsche helfen.

Insbesondere diese Veränderungen waren auch der Grund, warum mich die Arzneien in dem Medizinschrank interessierten. Ich lernte mich und meinen Körper gerade von einer vollkommen neuen Seite kennen und war darüber ein wenig verwirrt. Ich wusste, dass irgendetwas mit mir geschah, und jene Vision vor dem Spiegel, die ich letztens erlebt hatte, war ein Teil davon.

Ein nicht ungefährlicher, fatalistischer Gedanke, eine verlockende Idee schoss mir durch den Kopf...

Michael bat mich zu sich. Ich ging zu der Patientenbahre, setzte mich darauf und zog mein dünnes Sweatshirt aus.

Als Michael mich so in T-Shirt und Jeans dasitzen sah, kamen ihm wohl Zweifel, denn er sah mich dementsprechend an. Ich wusste sehr genau, was ihm durch den Kopf ging: Konnte dieser junge Mann vor ihm, in dieser normalen Kleidung, ein übernatürliches Wesen sein?

Ich zwang ihn, meinem Blick zu begegnen, und spätestens jetzt verloren sich seine Zweifel wieder. Im Gegenteil, er wirkte plötzlich etwas verschreckt.

«Ich habe gar nicht mitbekommen», murmelte er verwirrt, «wie Sie sich die Dinger eingesetzt haben.»

Er beugte sich nervös vor und klopfte an meiner rechten Armbeuge herum, um die Vene deutlicher hervortreten zu lassen.

«Wie ich was eingesetzt habe?», fragte ich neugierig.

«Na, die Kontaktlinsen», antwortete er, ohne mir jedoch erneut ins Gesicht zu sehen. «Ihre Augen haben doch jetzt eine andere Farbe.»

Seine Stimme klang unsicher, und ich grinste. Er glaubte selbst nicht, was er da sagte.

Ich beschloss, darauf nichts zu erwidern, und zuckte mit keiner Wimper, als Michael die Gelegenheit offenbar beim Schopf packen wollte und mir eine Infusionsnadel in den Arm schob, um gleich mehrere Röhrchen mit Blut abzufüllen.

«Michael!» Ich runzelte ärgerlich die Stirn, ließ ihn jedoch gewähren. «Was soll das? Sie nutzen meine Gutmütigkeit schamlos aus!»

Peinlich berührt blickte mich der Arzt an.

«Oh, Verzeihung ...», druckste er herum, «ich hatte angenommen ... weil Sie ja doch ... einverstanden waren?»

Ich verdrehte nur die Augen. *Scheiß drauf,* dachte ich mir.

Als Michael mehrere Röhrchen befüllt und beschriftet hatte, wollte er die Nadel wieder entfernen. Doch ich hielt seine Hand fest.

Verwirrt sah er mich an, und ich nickte zum Medizinschrank hinüber.

«Ich habe gesehen», sagte ich, «dass Sie LSD in ihrem Schrank da aufbewahren. Ich mache Ihnen einen Vorschlag: Sie injizieren mir etwas davon, damit ich meine eigenen Forschungen betreffend einiger ... privater Sachen in Angriff nehmen kann, und Sie können nebenbei mit mir anstellen, was Ihnen beliebt. Solange ich weitestgehend unbeschadet dabei bleibe, versteht sich.»

Michael riss erstaunt die Augen auf, und ich fragte mich im selben Augenblick, was in mich gefahren war, ihm solch einen Vorschlag zu machen. Vor allem aber, warum ich mir selbst so etwas antun wollte, denn im schlimmsten Fall konnte es übel für mich enden.

Seltsamerweise aber vertraute ich Michael voll und ganz. Ich hatte keine Ahnung, warum. Er war nur ein gewöhnlicher Mensch, und gerade Menschen sollte ich als das, was ich war – eigentlich war ich ja eben erst dabei herauszufinden, was ich wirklich war –, mit Vorsicht begegnen.

Bei allen Bedenken aber spürte ich, dass Michael eine auch ihn verwirrende Sympathie für mich empfand und er nicht daran dachte, mir zu schaden. Es war eine kindliche Neugier, die ihn antrieb, und so ließ ich alle Zweifel fahren und gab mich meinem Fatalismus hin.

«In Ordnung.» Michael räusperte sich und schaute mich nachdenklich an. «Ihr Vorschlag ist sehr verlockend, Ashe. Und Ihr Vertrauen ehrt mich. Aber ich muss Sie auch warnen, denn Delysid ist eine der stärksten oder vielleicht die stärkste halluzinogene Droge überhaupt, und ein durch sie verursachter Rauschzustand kann sehr ... krass sein.»

Ich nickte. «Das ist mir bewusst. Und ich möchte Sie bitten, jemanden zu unterrichten, wenn ich nicht vor Mitternacht wieder ansprechbar bin.»

Ich dachte an Leylah und dass sie sich sorgen würde, wenn ich zu lange wegblieb.

Und so gab ich ihm ihre Telefonnummer und hoffte, dass ich damit nicht einen riesengroßen Fehler beging.

Michael steckte den Zettel mit der Nummer in die Tasche seines Arztkittels, den er inzwischen übergezogen hatte. Wahrscheinlich, weil er ihm Sicherheit gab und die Illusion, ich sei nur ein ganz normaler Patient von ihm, aufrecht erhielt.

«Sind Sie verheiratet?», fragte ich ihn im Plauderton.

Michael schüttelte den Kopf: «Nein.»

«Eine Lebensgefährtin?»

«Ich könnte keiner Frau lange treu bleiben», erwiderte er lakonisch. «Dafür liebe ich das weibliche Geschlecht zu sehr.»

Ich hörte die leichte Verbitterung in seiner Stimme, fragte aber nicht weiter nach.

Er holte das dunkelbraune Fläschchen mit dem in Glukose aufgelösten Acid, wie es in der Drogenszene auch genannt wurde, aus dem verschlossenen Schrank.

«Wollen Sie das wirklich tun?», fragte er noch einmal nach.

Ich nickte ungeduldig.

«Und sind Sie damit einverstanden, dass ich Gewebeproben entnehme, wenn Sie entsprechend sediert sind?»

Wieder nickte ich: «Tun Sie, was Ihnen gefällt.»

«Gut. Ich werde Ihnen ein Mittel verabreichen, das die Muskeln entspannt, um sicherzugehen, dass Sie sich nicht selbst oder mich verletzen.»

Ich grinste, und er fügte hinzu: «Hören Sie, ich bin nur Allgemeinmediziner und kein Psychotherapeut. Wenn Sie mit einer faustdicken Psychose durch die Praxisräume laufen, ist weder mir noch Ihnen gedient.» Dann injizierte er das Sedativ und anschließend wenige Milliliter mit einigen Mikrogramm des Stoffes Delysid in den noch vorhandenen Zugang an meinem Arm.

Im nächsten Augenblick brach die Hölle über mich herein.

† † †

Leylah lief nervös von einem Zimmer ins nächste und wusste nichts mit sich anzufangen.

Solange sich Ashe nicht von sich aus meldete oder zurückkam, konnte sie nichts tun. Und ihre Gedanken drifteten immer wieder ab zu den Visionen, die sie bei Martens Schilderungen durchlebt hatte.

Die Bilder, der Geruch und die Geräusche – es war, als wäre sie im selben Moment dort gewesen, in diesem fremden Land, und sie wusste, dass sie einen Blick in die Vergangenheit geworfen hatte. In ihre eigene Vergangenheit und in die von Ashe und Marten.

Das Schicksal hatte sie drei vor langer Zeit zusammengeführt und jetzt wieder. Vieles war ihr bei diesen Visionen klar geworden, aber ebenso viel lag noch im Dunkeln, und sie wünschte sich nichts sehnlicher, als dass Ashe endlich nach Hause kam, damit sie mit ihm darüber reden konnte.

Marten hatten seine Erzählungen sichtbar mitgenommen. Woraufhin Leylah ihm das Sofa im Gästezimmer für ein Schläfchen angeboten und er dankend angenommen hatte.

Der Kater Jeremy war ihm dorthin gefolgt. Seitdem hatte sie die beiden nicht mehr gesehen und wollte sie auch nicht stören.

Entnervt ließ sie sich schließlich auf das breite Sofa mit den großen, weichen Leopardenfellkissen fallen. Natürlich war es kein echtes Fell, aber als ihre Finger darüber strichen, tauchten wieder Bilder aus der Vergangenheit auf.

Sie sah sich selbst, wie sie auf einem schwarzen Pferd in die große Stadt aus Sandstein geritten kam. Auch auf dem seidig glänzenden Rücken des Tieres lag ein Leopardenfell, um zu verhindern, dass die Haut an ihren Schenkeln durch den langen Ritt gereizt wurde.

Die Menschen in den staubigen Straßen wichen zur Seite, als die Karawane in Richtung des Palastes des Amenophis an ihnen vorüberzog. Dort wurde sie bereits sehnsüchtig von Akhenaton, Amenophis IV, erwartet.

Ein Kundschafter lief voran und rief: «Kniet nieder, denn Nefertete die Fruchtbare ist gekommen!»

Leylah sah, wie die Gruppe am Palasteingang stoppte. Es war ein riesiges, quadratisches Sandsteingebäude mit einem prächtigen Torbogen als Eingang, der von riesenhaften Steinstatuen umgeben wurde.

Palmwedel schwingende nubische Männer mit tiefbrauner Haut und glänzenden Leibern säumten ihren Weg zu den Palaststufen.

Mit hoch erhobenem Kopf ging Nefertete nun zu Fuß, in mit Goldpuder verzierten Sandalen, die bis zu ihren Knien mit filigranen Goldkettchen geschnürt waren, den Weg bis zu den dreiunddreißig flachen Stufen zum Eingang des Palastes.

Aus dem Dunkel des Rechtecks tauchte eine Gestalt auf, ebenfalls mit hoch erhobenem Kopf, das Haar mit einem weißen, kunstvoll gefalteten

Leinentuch bedeckt. Das schmale, sehr helle Gesicht wirkte makellos und erhaben wie das ihre. Die sehr dunklen Augen des jungen Mannes waren auf ihr Gesicht geheftet, und ein Lächeln zog seine vollen Lippen in die Breite.

Nefertete erwiderte das Lächeln und ihr mit grünlich-goldenem Puder bedecktes Gesicht strahlte überirdisch.

Akhenaton schritt eilig die Stufen hinab und blieb würdevoll vor ihr stehen. Seine Gestalt wirkte schlank und zartgliedrig, was nicht zu dem eisernen Willen in seinem fordernden Blick passte.

Er überragte Nefertete um fast eine Haupteslänge. Sein sandfarbenes Leinengewand wirkte schlicht, und nur wenig silberner Schmuck zierte seine leicht gebräunten, sehnigen Arme, was Nefertete seltsam fand. Denn Silber war selten in Ägypten und nur schwer zu beschaffen.

Aber sie hatte bereits in ihrer fernen Heimat erfahren, dass ihr neuer Gebieter in einigen Sachen etwas exzentrisch war, und sie mochte das.

Akhenaton war so ganz anders als die Könige, die sie bis dahin kennen gelernt hatte. Und die Ähnlichkeit seines Gesichtes mit dem ihren verwunderte sie nicht, hatte man ihr doch gesagt, dass sie Geschwister waren.

Zwar hatten sie verschiedene Väter und waren weit entfernt voneinander aufgewachsen, aber sie entstammten derselben Mutter.

Akhenaton reichte ihr seine feingliedrige Hand, und sie streckte ihm ihre entgegen. Dann sah er an ihr vorbei, trat einen Schritt vor und wandte sich an das versammelte, wartende Volk vor ihnen.

«Heißt eure neue Königin Nefertete willkommen!», rief er mit klarer und stolzer Stimme. «Huldigt ihr, wie ihr mir huldigt, dient ihr, wie ihr mir dient, und ehrt sie, wie ihr den großen Aton ehrt, der uns alle mit dem Licht seiner Weisheit erhellt!»

Und dann sah Leylah, wie sich tausende von Menschen vor zwei schönen, wundersam anmutenden Gestalten ehrfürchtig auf die Knie sinken ließen und ihre Hände gen Himmel reckten ...

Sie musste kurz eingenickt sein und schreckte hoch, als etwas Feuchtes ihr Gesicht berührte. Verwirrt sah sie auf, und wieder fuhr eine kleine, rosafarbene Zunge über ihre Nase. Vor Leylah erschien das getigerte Gesicht von Bela, dem Katzenweibchen, das sie besorgt abschleckte.

Leylah schubste sie sanft weg und setzte sich auf. Ihr Blick fiel auf die kleine Uhr im Bücherregal – erschrocken fuhr sie hoch: Es waren drei Stunden vergangen, seit sie eingenickt war. Nun war es eine halbe Stunde vor Mitternacht.

Sie stand auf und suchte nach Ashe, aber bis auf den noch immer fest schlafenden Marten im Gästezimmer war niemand anwesend. Sofort kroch wieder die Sorge in ihre Eingeweide, und sie las noch einmal den Zettel durch, den Ashe ihr hinterlassen hatte.

Entschlossen griff sie schließlich zum Telefon und wählte die Nummer von Raziel, um herauszufinden, wo Ashe war. Wenn er seinetwegen unterwegs war, musste Raziel wissen, wo er steckte, und Leylah hoffte, dass Ashe keine Dummheiten angestellt hatte und den Jungen irgendwie –

Sie dachte den Gedanken nicht zu Ende und wartete, dass am anderen Ende jemand abnahm.

Nach mehrfachem Klingeln meldete sich Raziels verschlafene Stimme. Leylah fragte unwirsch, ob Ashe bei ihm sei, und Raziel verneinte unsicher. Daraufhin wurde sie wütend und blaffte ihn an: «Ich weiß, dass etwas vorgefallen ist. Hast du etwas ausgeplaudert? Los, raus mit der Sprache, oder du wirst mich von einer anderen Seite kennen lernen!»

Sie konnte regelrecht riechen, wie Raziel am anderen Ende der Leitung ins Schwitzen kam und fieberhaft überlegte.

Leylah wurde immer ungeduldiger. «Wenn du nicht sofort mit der Sprache rausrückst», zischte sie drohend, «komme ich vorbei und dann gnade dir Gott!»

Im selben Moment fiel ihr ein, dass sie nicht einmal wusste, wo Raziel wohnte. Aber diesem schien das nicht bewusst zu sein, denn nun antwortete er beschwichtigend: «Ich habe nichts gemacht. Ich war nur beim Arzt. Ich habe nichts erzählt, ich schwöre!»

Seine Stimme zitterte leicht, und Leylah wusste, dass er log. Es würde nur sehr wenig Druck nötig sein, um den Jungen so weit in die Ecke zu drängen, dass er alles ausplauderte.

«Bei welchem Arzt?», bohrte sie nach. «Ich will den Namen!»

Raziel gehorchte sofort und gab ihr den Namen sowie die Anschrift der Praxis. Leylah legte hastig auf und überlegte fieberhaft. Um diese Zeit waren Praxen längst geschlossen, also musste sie die Privatadresse des Arztes herausfinden. Leylah wälzte das Telefonbuch von London – und wurde fündig.

Anrufen würde sinnlos sein, zumal sie das Gefühl hatte, dass Ashe in Schwierigkeiten war und jede Sekunde zählte.

Also schlich sie ins Gästezimmer und durchstöberte die Jackentaschen von Marten nach seinem Autoschlüssel, denn ihr Wagen stand noch immer an der Brücke, wo sie zuvor spazieren gegangen war.

Leise schlich sie sich aus der Wohnung und fuhr in Martens Sportwagen Richtung Innenstadt.

Der Arzt, den sie suchte, hieß Michael Sands und wohnte in einem Appartement mitten in der City.

Leylah brauchte einige Zeit, bis sie einen Parkplatz fand. Und als sie vor dem modernen, in nüchternem Hellgrau gehaltenen Appartementhaus stand und auf den Klingelknopf von Sands drückte, ahnte sie, dass es umsonst war.

Zweimal war sie um den Block gefahren auf der Suche nach einem Parkplatz und nirgendwo hatte sie Ashes Wagen stehen sehen. Sie fühlte, dass er nicht in der Nähe war, und es öffnete auch niemand.

Leylah überlegte, was sie nun tun sollte. Und als Einziges fiel ihr die Praxis des Arztes ein. Vielleicht machte er ja Überstunden? Oder wenn Ashe bei ihm gewesen war ...?

Leylah kannte Ashe. Wenn er das Gefühl hatte, dass dieser Arzt eine Bedrohung darstellte, dann würde er entsprechende Maßnahmen ergreifen.

Also setzte sie sich seufzend wieder ins Auto und suchte in ihrer Tasche nach der Adresse der Praxis.

Während sie durch den nächtlichen Londoner Verkehr fuhr, malte sie sich aus, was alles passiert sein konnte. Sie dachte an den Fremden im Pub, den sie zwar nicht gesehen, aber gespürt hatte. Und was sie gefühlt hatte, machte ihr Angst, um Ashe, um sie alle.

Leylah trat das Gaspedal durch und holte alles aus dem alten Porsche raus.

† † †

Marten wurde vom Klingeln des Telefons geweckt. Er brauchte keine Übergangsphase vom Schlaf in den Wachzustand und stand mit einer fließenden Bewegung auf. Allerdings musste er sich kurz orientieren, da er nicht bei sich zu Hause war, sondern in Ashes und Leylahs Wohnung, und sich erst erinnern musste, wo er das Telefon hatte stehen sehen.

Von Leylah war weder etwas zu sehen noch zu hören. Also lief er ins Arbeitszimmer hinüber, nahm das Funktelefon in die Hand und blaffte ein kurzes «Ja?!» hinein.

Am anderen Ende erklang eine aufgeregte Männerstimme, die mühsam und vergeblich versuchte, beherrscht zu klingen. «Ja ... hallo. Mein Name ist Sands, ich bin Arzt. Ich habe hier ... einen ... Patienten namens Ashe, der mir Ihre Nummer gab. Ich sollte hier anrufen, falls –»

Die Stimme unterbrach kurz. Marten hörte, wie der Mann am anderen Ende hektisch durchatmete und schließlich weitersprach: «Also irgendwas läuft hier aus dem Ruder und ich weiß nicht, was –»

Wieder unterbrach die Stimme, und Marten stellten sich die Nackenhaare auf.

«Mann!», schnauzte Marten in den Hörer. «Kriegen Sie sich ein und erzählen Sie verdammt noch mal, was mit Ashe ist! Wo ist er?»

Statt einer Antwort hörte er ein Krachen im Hintergrund und gleich darauf den erschrockenen Aufschrei des Anrufers. Dann war die Verbindung unterbrochen.

«Scheiße!», fluchte Marten und drückte fieberhaft auf der Tastatur herum, um die Rückruftaste zu finden, aber das Telefon gab nur ein widerwilliges Piepsen von sich.

Marten feuerte es genervt in die Ecke.

Hektisch rannte er durch die Wohnung, aber Leylah war fort. Er zog seine Jacke an und fischte in der Tasche nach dem Autoschlüssel, aber der war ebenfalls verschwunden. Letztendlich hätte Marten auch gar nicht gewusst, wo er nach Ashe hätte suchen sollen.

In ihm keimte ein Verdacht auf.

Wieder stieß er einen wüsten Fluch aus und suchte in der anderen Tasche nach seinem Handy. Das Display zeigte eine Kurznachricht an. Sie war von Leylah und bestand lediglich aus einem Namen und einer Adresse.

Marten überlegte. Wahrscheinlich war sie zu jener Adresse gefahren, weil etwas passiert war.

Warum zum Teufel hatte sie ihn nicht geweckt? Er stöhnte – Frauen!

Er öffnete die Eingangstür, um die Wohnung zu verlassen, und blieb wie versteinert stehen: Vor ihm stand der Fremde aus dem Pub und starrte ihn an!

Kälte kroch Martens Rücken hinauf und wollte ihn lähmen. Er machte einen instinktiven Satz zurück in die Wohnung und ging in Angriffsstellung.

Jordan musste nichts sagen. Marten wusste, dass nun der Zeitpunkt gekommen war. Die Entscheidung würde jetzt und hier fallen.

Eine Hand griff nach Marten und schleuderte ihn mühelos aus der Wohnung heraus in den Gang. Er krachte mit dem Rücken gegen die Wand, und die Luft wurde von der Wucht des Aufpralls aus seinen Lungen getrieben.

Jordans Aktion war derart schnell gekommen, dass Marten sie kaum wahrgenommen hatte. Dieses Wesen war schneller, als jeder ihrer Rasse es je hätte sein können!

Doch auch Marten war nicht zu unterschätzen. Katapultartig stieß er sich ab und prallte gegen seinen Gegner. Doch statt Jordan zu Boden zu reißen, hatte Marten das Gefühl, gegen eine Wand zu stoßen.

Jordan zögerte keine Sekunde und ließ einen Ellbogen gegen Martens Kiefer krachen. Ein gefährliches Knacken erklang, und die Wucht riss Marten nieder und ließ Sterne vor seinen Augen tanzen.

Betäubt lag er am Boden und ehe er sich auch nur regen konnte, war Jordan bereits über ihm und stellte einen Fuß auf seine Kehle.

Marten wollte den Fuß des Wesens packen und wegreißen, doch plötzlich bohrte sich etwas durch das Fleisch seiner rechten Hand und nagelte sie am dunkelroten Dielenboden fest.

Marten schrie schmerzerfüllt auf und blickte fassungslos auf die seltsame lange Klinge, die silbern schimmernd aus seiner Handfläche ragte und – er glaubte seinen Augen nicht zu trauen – in Jordans Hand überging. Ja sie verschmolz sogar mit ihr!

Marten blinzelte ungläubig, aber das Bild blieb. Er sah genauer hin, soweit Jordans Fuß auf seiner Kehle das zuließ, denn er konnte den Kopf nur um Millimeter seitwärts drehen, ohne dass es ihm die Schmerzenstränen in die Augen trieb. Die Klinge – oder was es auch sein mochte – bestand aus zwei Fingern von Jordan, die zu diesem metallähnlichen Material verschmolzen waren und sich nun genüsslich in seiner Hand drehten.

Marten keuchte gequält und starrte in das ausdruckslos lächelnde Gesicht über ihm. Kalt blickte das Wesen auf ihn herab, und Marten wusste, dass sein Schicksal besiegelt war.

«Ich habe dich erwartet», krächzte er mühsam.

Jordan löste die Klinge aus Martens Hand, verschränkte die Arme vor der Brust und lockerte den Druck seines Fußes ein wenig.

«Natürlich hast du das», antwortete er spöttisch. «Dann weißt du auch, warum wir hier sind.»

Marten horchte auf. Er hatte außer Jordan niemand sonst gesehen. Irritiert wandte er den Kopf zur Seite und sah neben seinem Peiniger nun ein Kind stehen. Scheinbar schüchtern drückte es sich an den Saum von Jordans Mantel.

Das kleine Mädchen betrachtete Marten aus großen, braunen Augen.

«Khadi!», entfuhr es ihm plötzlich. Obwohl er seine Tochter zuletzt im Säuglingsalter gesehen hatte, erkannte er sie wieder. Es war die Aura, die dieses Mädchen umgab. Sie war unverwechselbar! Es war diese Aura, die Celine damals so verschreckt hatte und sich vor ihrem eigenen Kind fürchten ließ.

Jordan verzog die schmalen Lippen zu einem bedauernden Lächeln, dann antwortete er, jedes Wort betonend: «Ja, das ist Khadi. Meine Tochter.»

Marten starrte Jordan wütend an und wollte etwas entgegnen, doch dann las er in dessen Augen die Wahrheit. Sein Blick streifte abwechselnd das Kind und Jordan, dann schossen ihm Tränen in die Augen.

Seit er von Alex erweckt worden war, hatte er nie wieder geweint, doch nun übermannten ihn seine Gefühle. Jahrelang angestaute Emotionen, die sich angesichts der Tatsachen ihren Weg nach draußen bahnten. Er hatte die Wahrheit geahnt, aber immer wieder verdrängt.

Khadi drückte ihre Puppe an sich, während sie die beiden Männer beobachtete.

«Du hast keine Idee, wer ich sein könnte, oder?», fragte Jordan mit süffisanter Stimme dicht vor Martens Gesicht und sah ihm dabei fest in die Augen.

Marten erlangte seine Fassung wieder. «Du bist das Schwein», antwortete er kalt, «das alle meiner Art ausrottet.»

Jordan nickte. «So ist es. Aber ich will dir zeigen, warum du sterben musst, Mekhtep.»

Marten runzelte die Stirn, als er den Namen hörte, kam aber nicht dazu, weiter darüber nachzudenken. Denn Jordan packte seinen Kopf mit beiden Händen und hielt ihn fest wie ein Schraubstock, ohne dass Marten zu irgendeiner Gegenwehr fähig war. Sein Sichtfeld verengte sich. Er sah, wie sich Jordans Gesicht vor ihm veränderte, zu etwas Unfassbarem zerfloss und sich neu formte.

Marten stöhnte auf und wollte sich abwenden, doch er konnte es nicht, weil diese namenlosen Augen vor ihm ihn bannten und zur Reglosigkeit verdammten.

Dann veränderte sich das Gesicht erneut und wurde zu dem kahlköpfigen Konterfei des Priesters aus Martens Traum.

Er fühlte sich emporgehoben und durch Raum und Zeit geschleudert. Dann prallte er auf weichem Sand auf, der mit scharfkantigen Steinen durchsetzt war. Sein Kinn schlug auf einen dieser Steine, und der Schmerz brachte Marten wieder vollständig zur Besinnung.

Mühsam rappelte er sich auf und sah sich um. Die Sonne schien durch eine Spalte in einem Bergkamm direkt vor ihm und blendete ihn. Schützend hielt er die Hand vor Augen und drehte sich um die eigene Achse.

Die Sonne nun im Rücken, erkannte er einiges mehr. Er erblickte Wüste, so weit sein Auge reichte. Der Sand bildete einige flache Dünen, und in gewissen Abständen durchbrachen kahle Büsche und verdorrte Bäume die ebene Fläche.

Marten sah an sich hinab. Er trug denselben kurzen Leinenrock wie in seinem Traum. Ansonsten war er nackt. Die Sonne brannte heiß auf seiner gebräunten Haut und der Sand versengte seine Fußsohlen.

Marten stolperte ein paar Schritte vorwärts und sah nach links. Dort war der Boden übersät von scharfen Steinen, und er erkannte ein Bündel, das wenige Meter von ihm entfernt zwischen jenen Steinen lag.

Er ging darauf zu, bis er es erkannte. Vor ihm lagen die zertrümmerten Reste eines Körpers! Neben der Leiche ließ er sich auf die Knie fallen. Das vormals weiße Leinen, das diesen Körper umhüllte, war nun starr und braun von getrocknetem Blut. Hände, Beine und Kopf des Toten waren verkrustet und ließen kaum noch eine helle Stelle Haut hindurchscheinen.

Marten strich ein paar verklebte Haarbüschel von dem Gesicht des Toten und schluchzte trocken auf.

Im selben Augenblick hörte er die tonlose, gefühlskalte Stimme Jordans in seinem Inneren: «Das war mein Nachkomme, Mekhtep. Dein Vater!»

Marten ballte die Hände zu Fäusten und schrie ins Nichts: «Warum sagst du das? Warum nennst du mich so?»

Er hörte ein leises Lachen, dann erklang wieder Jordans Stimme: «Weil es dein erster Name ist. Ich gab ihn dir, denn dein Vater, Akhenaton, wusste nichts von dir. Du warst seine, sagen wir mal, Jugendsünde. Aber wenn es dir lieber ist, nenne ich ihn Ashe. Der Name dürfte dir geläufiger sein.»

Marten schüttelte verstört den Kopf. Er roch das Blut auf dem Körper vor ihm, und in seinem Inneren begann sich ein bohrendes Gefühl auszubreiten, das ihn an Hunger erinnerte. Nur schlimmer, drängender!

Die Stimme von Jordan klang nun amüsiert, als er weitersprach: «Ja, es ist verwirrend, was du da fühlst, nicht wahr? Aber du kennst es nur zu gut: Hunger. Mein abtrünniger, verfluchter Sohn hat dich mit seinem letzten Atemzug doch noch erwecken können. Oder sagen wir besser: mit seinem letzten Blutstropfen.»

Die Bilder aus seinem Traum tauchten in Martens Kopf auf. Auch das letzte Bild, als er Akhenatons Blutspritzer von seinem Arm geleckt hatte.

«O mein Gott!», entfuhr es ihm, als ihn die Erkenntnis wie mit einem Hammerschlag traf.

Er starrte auf das, was einst der Pharao und Ketzerkönig Akhenaton gewesen war, und unendliche Trauer übermannte ihn.

«Warum?», fragte er erneut ins sonnendurchflutete Nichts. «Warum hast du das getan? Warum hast du ihn getötet?»

Jordan ließ sich Zeit, bevor er antwortete. Dann sagte er: «Das werde ich nur ihm selbst sagen, falls er sich noch nicht daran erinnert hat.»

Das Gefühl des Hungers brannte nun fast unerträglich in Martens Eingeweiden, und er krümmte sich zusammen.

«Du Schwein!», stöhnte er wütend. «Du wolltest mich benutzen, um meinen eigenen Vater zu töten! Du hast mich meiner Mutter geraubt, um mich zum Killer meines eigenen Vaters zu machen! Du hast mich dazu verflucht!»

Jordans Stimme war wieder emotionslos, als er entgegnete: «Ah, ich sehe, du hast verstanden. Nun kennst du dein Schicksal. Sein Leichnam konnte dir keine Nahrung mehr sein im endlosen Nichts der Wüste hinter Achet Aton. Ich habe dich bei ihm zurückgelassen, um dich zu läutern. Du solltest wissen, dass er schuld an deinem Schicksal ist. Ich wusste, dass Akhen die Macht hatte, allein durch seinen Blick andere zu beeinflussen, immerhin fließt ja mein Blut in ihm. Aber ich dachte, durch das Betäubungsmittel wäre sein Geist geschwächt. Leider hat er es letztendlich doch geschafft, dich zu einem Feigling werden zu lassen. Daher solltest du in deinem ersten Leben sein Schicksal teilen.»

Die Stimme Jordans verklang, und Marten fühlte sich zurückgerissen in die Realität.

Er lag wieder auf dem kalten Dielenboden vor Ashes Wohnung, und Jordan hatte die Hände von seinem Kopf genommen.

Marten atmete tief durch und sah an Jordan vorbei zu Khadi. Sie teilte sein Schicksal, das wusste er nun. Sie war ihrer Mutter und ihm entrissen worden, um zu dem gemacht zu werden, was er selbst einst hatte sein sollen: ein Machtinstrument für ein Wesen, das sich seinem Begreifen entzog.

Er hatte Jordans wahre Gestalt gesehen und versuchte gar nicht erst, es in Worte zu fassen. Es entzog sich jeder Beschreibung. Und darum fürchtete er ihn mehr denn je.

«Wie ich sehe, freundest du dich gerade mit den Konsequenzen unseres Zusammentreffens an, Mekhtep», sagte Jordan, nun wieder mit seiner normalen Stimme.

Marten rutschte ein Stück zurück. Während er fieberhaft überlegte, wie er reagieren sollte, fragte er: «Warum das Ganze? Warum löscht du alle aus?»

Jordan zuckte mit einer an ihm grotesk wirkenden Geste die Schultern und erwiderte gleichgültig: «Darum»

Seine linke Hand verschwand in der Manteltasche. Martens Körper spannte sich in Erwartung eines Angriffs an. Mit einer kaum zu fassenden Geschwindigkeit zog Jordan die Hand aus der Tasche und ließ sie hinabschnellen.

Marten reagierte im Bruchteil einer Sekunde und wehrte die Hand mit einem Karateschlag ab, dennoch war er zu langsam, denn Jordan hatte fast gleichzeitig eine Bewegung mit der rechten Hand ausgeführt und im selben Augenblick spürte Marten, wie etwas kalt und schneidend über seinen Hals fuhr.

Er starrte auf die silbrig schimmernde, gebogene Kralle an Jordans Hand, die sich bereits wieder in normale, menschliche Gliedmaßen zurückverwandelte. Etwas Warmes lief an seinem Hals hinab und versickerte in seinem Kragen. Er versuchte etwas zu sagen, doch es war ihm nicht möglich. Marten wusste, dass seine Stimmbänder durchtrennt worden waren.

Nun spürte er auch einen scharfen Schmerz an seinem Hals und Schwäche übermannte ihn. Seine Hand fuhr zu der klaffenden Wunde hinauf, aus der sein Hals nur noch bestand, und wurde von Blut durchtränkt.

Jordan sah kalt auf Marten hinab.

«Wie der Vater, so der Sohn», schnaubte er verächtlich. «Ich habe euch Leben geschenkt, eine Existenz! Und was habt ihr daraus gemacht? Ihr seid diesen erbärmlichen Menschen so verdammt ähnlich geworden, dass ihr im Staub kriechend euer Leben aushaucht.»

Jordan ging in die Hocke und sah Marten in die Augen. «Aber diesmal für immer ...», flüsterte er ihm dicht am Ohr zu, bevor er sich zu Khadi umwandte und zu ihr sagte: «Komm, mein Kind, und nähre dich.»

Plötzlich fuhr Martens Hand hoch und packte Jordan am Mantelkragen. Er zog ihn dicht an seinen Mund und spie ihm eine Salve Blut ins Gesicht.

Jordan riss sich panisch von ihm los und begann sich wie ihm Wahn mit dem Ärmel das Gesicht abzuwischen. Dabei fluchte er auf Altägyptisch, doch Marten verstand ihn trotzdem und lächelte, bevor der Schmerz ihn übermannte.

Wutentbrannt stand Jordan auf. Dann versetzte er Marten einen brutalen Tritt, der ihn herumschleuderte, packte Khadi, die mit großen Augen zugesehen hatte, an der Schulter und schubste sie unsanft zu Marten hinüber.

«Mach endlich!», zischte er zu der Kleinen. «Wir haben keine Zeit zu verlieren!»

Das Kind ließ sich auf die Knie hinab und beugte sich über Marten. Dieser sah verschwommen das kleine, dreieckige Gesicht vor sich. Die braunen Augen des Mädchens waren nun silbern schimmernd und strahlten eine tödliche Kälte aus.

Mit letzter Kraft bündelte Marten seine Gedanken und schickte sie Ashe – in der Hoffnung, dass sie ihn erreichen würden. Irgendwie.

Dann fühlte er kleine, kalte Lippen an seinem Hals, dort wo er in einem breiten Spalt aufklaffte, und eine lange, spitze Zunge bohrte sich hinein, um wie ein Rüssel sein Blut herauszusaugen.

Es war das Letzte, was Marten fühlte, bevor sich eine unendliche Schwärze über seinen Geist legte.

7

Ich spürte, wie ich die Kontrolle über meinen Körper verlor.

Eine unglaubliche Hitze stieg in meinem Arm aufwärts, durchströmte meinen Oberkörper, schoss hinauf in den Kopf, und ich konnte mich nicht mehr halten, fiel einfach zur Seite. Auch meine Lider schlossen sich, und doch wurde es nicht dunkel, im Gegenteil.

Eine Achterbahnfahrt begann talwärts, und unterbewusst wusste ich, dass sich diese nur in meinem Inneren abspielte. Dennoch fühlte ich den Wind der Geschwindigkeit um mich herum, den Sog nach unten, der kurz darauf nachließ, denn ein anderer Sog setzte ein und katapultierte mich wieder nach oben.

Ich sah krasse Farben, die an mir vorbeiwischten wie irre Schemen, und ich musste lachen. Ob ich dies auch körperlich tat, wusste ich nicht, und es war mir auch egal. Ich genoss einfach den Trip und ließ mich mitreißen, hinein in dieses bunte Stürmen.

Bis es abrupt abbrach und ich landete. Ziemlich hart schlug ich auf sandigem Boden auf. Ein Ruck ging durch mich hindurch, und ich stand plötzlich wieder auf den Beinen.

Taumelnd machte ich ein paar Schritte vorwärts und sah mich fasziniert um. Die Sonne schien an einem alles überspannenden, azurblauen Himmel, und vor mir schälte sich eine Stadt aus den weichen Sanddünen, die sich in alle Richtungen erstreckten.

Ich ging ein Stück in Richtung der Stadtmauern und strauchelte. Mir wurde schwarz vor Augen, und im nächsten Moment stand ich in einer gigantischen schattigen Halle mit großen Säulen und einer riesigen Statue aus Sandstein in der hellen Mitte einer Galerie.

Ich lehnte mich an eine der Säulen und ließ meinen Blick an den Beinen der Statue vor mir hinaufwandern. Aber sie war so groß, dass sie durch die Öffnung weit über das Dach hinausragte und ich sie nur bis zu den Oberschenkeln erkennen konnte.

Ein paar Meter von mir entfernt, ebenfalls im Schatten der Galerie, sah ich eine Gestalt langsam dahinschreiten. Ich ging näher hin und versuchte mich bemerkbar zu machen, aber die Person nahm mich nicht zur Kenntnis.

Ich erkannte einen offenbar noch jungen Mann mit langem Haar, das glatt zurückgekämmt war und auf seinen Rücken herabfiel. Sein Profil kam mir seltsam bekannt vor, aber mein Gehirn weigerte sich, normal zu arbeiten. Das Denken fiel mir unglaublich schwer.

Tatsächlich hatte ich das Gefühl zu schweben, und mein Körper war mehr oder weniger gefühllos.

Ich folgte dem Mann und nach einer leichten Biegung des Ganges hatte ich seinen Rücken nur wenige Meter vor mir.

Er trug ein um die Schulter geschlungenes Tuch aus weißem Leinen, das bis zu den Knien reichte und in der Taille lose von einer goldenen Kordel gehalten wurde. Seine ganze Gestalt wirkte schlank und erhaben, der Gang besonnen und doch fest, von einer seltsamen Rhythmik getragen.

Unvermittelt blieb er stehen und drehte sich seitwärts, um ebenfalls an der Statue hinaufzusehen, und ich erblickte das ebenmäßige Profil mit der geraden Nase und ein großes, schwarz umrandetes und dadurch mandelförmig wirkendes Auge. Eine hohe, leicht gewölbte Stirn.

Ich hatte das Gefühl, kurz vor einer Erkenntnis zu stehen. Noch einmal versuchte ich zu rufen, merkte aber, dass meine Körperlosigkeit dies nicht zuließ. Trotzdem schien die Gestalt vor mir irgendwie argwöhnisch geworden zu sein, denn sie drehte sich ganz zu mir um. Und da war sie, die Erkenntnis!

Ich stand mir selbst gegenüber. Mir selbst, wie ich einst ausgesehen hatte. Die fast schwarzen Augen, das schmale Gesicht, die langen Haare. Der unnachgiebige Blick. Ein Blick, der mir durch Mark und Bein ging. Der mich lähmte und trotz der vermeintlichen Körperlosigkeit zu Eis gefrieren ließ.

Nein, das hier vor mir war ein Wesen, das nicht wirklich ich war. Es war mächtiger und fremdartiger als alles, was ich kannte. Es erinnerte mich an die empfindungslose Gnadenlosigkeit meines Vaters.

Ich war nicht so. Oder doch? Oder nicht mehr?

Ich war verwirrt, geschockt. Nun kam mein Ebenbild auf mich zu, doch seine Augen schienen mich nicht zu sehen. Ich stellte mich ihm in den Weg, wollte ihn mit Händen, die nicht vorhanden waren, aufhalten. Er tat einen Schritt und – ich schrie auf. Wie ätzende Säure durchfloss es mich, und ich hatte das Gefühl, auseinander gerissen und in alle Richtungen geworfen zu werden, als er einfach durch mich hindurchging.

Ich nahm Gedanken wahr. Sie kreisten um Liebe, Verrat und Tod. Seine Gedanken. Dann wurde es abermals dunkel um mich, und als ich wieder sehen konnte, blickte ich in das Gesicht einer wunderschönen Frau. Eine goldene Haube zierte ihren Kopf, und ihre großen Augen schauten auf mich herab.

Sie war über mir und ich bemerkte, dass ich plötzlich wieder körperlich war. Ich streckte eine Hand nach oben und sah meinen Arm. Nackt und mit Silberreifen an den Gelenken griffen meine langen Finger nach ihrer Haube und streiften sie ab.

Langes dunkles Haar fiel mir seidenweich entgegen und legte sich als duftende Strähnen auf mein Gesicht. Sie wischte sie beiseite und ihre vollen Lippen berührten meinen Mund. Ihr warmer Atem wehte mir entgegen, als sie hauchte: «Akhen ...»

Tränen stiegen mir in die Augen und ein unglaublicher Fatalismus überschwemmte mich. Mein Gott! Ich würde sterben! Ich wusste es. Das Wissen darum und die fast unerträgliche Liebe zu dieser Frau ließen mich verzweifeln.

Nein, ich durfte es mir nicht anmerken lassen, hämmerte es in meinem Gehirn, und ich drehte verzweifelt den Kopf weg von ihr.

Ich fühlte ihren weichen, warmen Körper nackt auf mir liegend, und mein Verlangen und meine Trauer machten mich schier wahnsinnig. Ich wollte weg. Weg von dieser Qual, von diesem unsäglichen Leid, das auf uns beide wartete ...

Als ich das nächste Mal die Augen aufschlug, sah ich über mir den Nachthimmel. Schwarz wie Samt und mit tausenden von Sternen übersät. Eine schmale, silberne Mondsichel.

Unter mir spürte ich den noch vom Tag warmen Sand unter mir und fühlte den leichten Windhauch der totenstillen Wüste. Nur durchbrochen von einem leisen Schnauben.

Ich drehte den Kopf zur Seite und sah die dunklen Umrisse eines schlanken Pferdes einige Meter neben mir. Ich wusste, dass es Zeit war, aufzubrechen. Aber ich wollte nicht!

Dies würde meine letzte Nacht sein. Schon morgen würden die Strahlen von Aton nur noch meinen toten Körper umfangen, um ihn in sein Reich zu geleiten.

Aber ich bereute nichts.

Trotz stieg in mir auf und ich begann mich zu fragen, wie sie es machen würden. Wie würden sie mich töten? Neben aller Grausamkeit hatte es fast etwas Amüsantes, darüber nachzudenken, auf welche Weise ich zu Tode kommen würde. Und ich wusste, dass es nicht wirklich meine Gedanken waren, sondern die eines unbegreiflichen Wesens, in dessen Körper ich geschlüpft war.

Plötzlich bemerkte ich eine Bewegung am Saum meines Rockes und sah nach unten. Aus dem Sand schälte sich der dunkelblau glänzende Panzer eines kleinen Skarabäus.

Ich streckte ihm meine im Mondlicht bleich schimmernde Hand hin, und er krabbelte darauf und blieb still sitzen. Mit den Fingern der anderen Hand strich ich über seinen glatten, glänzenden Panzer und fühlte ein leichtes Vibrieren in seinem kleinen Körper.

Er fürchtete sich vor mir. Ich wurde traurig. Warum fürchteten mich alle? Was war so falsch an mir, dass niemand mir ohne Furcht gegenübertreten konnte, außer meine über alles geliebte Nefertete?

Der Himmel stürzte über mir ein, die Sterne erschlugen mich, wurden zu Blitzen, die durch meinen Körper fuhren. Ich krümmte mich zusammen, wurde herumgeschleudert. Schemen huschten an mir vorbei. Ein grelles, weißes Licht durchschnitt das Dunkel. Und dann tauchte ein Gesicht vor mir auf: erschreckend und grausam, mit Augen wie grünliche Spiegel und einem dreieckigen, schmalen Gesicht. Es veränderte sich stetig, die Augen wurden dunkler, die Konturen weicher und breiter – und dann sah ich meinen Vater an.

Sein Mund verzog sich höhnisch und seine Stimme sprach, ohne seine Lippen zu verlassen, direkt in meinem Kopf.

»Du willst wissen, warum sie dich fürchten? Willst wissen, was du bist? Ich zeige dir, wer du bist! Sieh und fühle!«, donnerte diese schnarrende, fremdartige Stimme und ich wurde in einen Alptraum geworfen.

Ich sah Räume, Landschaften und Menschen in einem rasenden Taumel an mir vorbeiziehen. Blut, das an mir herunterlief, meinen Mund füllte, mich ausfüllte. Ich hörte Schreie und fühlte Angst, Hass und ... Hunger. Nie gekannten Hunger. Meinen Hunger! Hunger ganzer Äonen.

Ich hatte das Gefühl, zerrissen zu werden, sah meine Hände, wie sie das Leben hunderter von Menschen nahmen, sah ihr Blut, das in mich hineinfloss, mich sättigte. Fühlte meine Gier danach. Mein existenzielles Verlangen.

Stunden, Tage, Jahre meines Lebens jagten in einem blutig roten Rausch an mir vorbei. All das Leid, all die Trauer, all der Schmerz meines langen Lebens schlugen auf mich ein wie ein Knüppel, immer und immer wieder.

Ich schrie, schrie ... und fiel auf die Knie.

Wieder sah ich hoch, sah das Gesicht meines Vaters, kalt und gnadenlos, ohne Gefühl, und sah den zum letzten Schlag erhobenen Arm. Dann sauste der Knüppel auf mich herab ...

Ich schlafe. Ist es Schlaf? Und ich träume. Ist es ein Traum? Habe ich je gewacht? Oder bin ich doch wach? Oder träume ich wieder und wieder denselben Traum, gefangen in der Zeitlosigkeit des Nichtseins? Bin ich? Oder bin ich nur der Traum eines anderen? Bin ich dein Traum, Geliebte? Träumst du mich? So will ich dein Traum sein, alles, was du begehrst, alles, was du verlangst. Denn durch dich werde ich. Bin ich. Bis du mich wieder sterben lässt. Wenn du erwachst.

Jordan war zufrieden. Nicht nur, dass die ganze Angelegenheit mit Marten unbemerkt von anderen über die Bühne gegangen war, er hatte ihn auch direkt zu Ashe geführt, zu seiner Wohnung. Das war ein glücklicher Umstand.

Dummerweise war die Wohnungstür während des Kampfes zugefallen, sodass er nicht hineingelangen konnte, ohne die Tür aufzubrechen. Und das wollte er nicht. Noch nicht.

Die Wohnung war leer, das spürte er. Also begann er, das vergossene Blut rund um Marten mit seinem Mantel notdürftig aufzuwischen. Dann warf er sich den Leichnam des Vampirs über die Schulter und versuchte so schnell und unauffällig wie möglich mit Khadi und seiner Last das Haus zu verlassen.

Draußen war es dunkel genug, um ungesehen bis zu seinem Mietwagen zu kommen. Dort hievte er zuerst Martens toten Körper in den Kofferraum, dann setzte er Khadi auf den Rücksitz.

Das Mädchen war vollkommen teilnahmslos. Khadis Gesicht war ohne Regung und sie schien in Gedanken weit fort zu sein. Sie verdaute. In diesem Zustand waren Wesen ihrer Art träge und angreifbar.

Jordan strich seiner Tochter über das lockige Haar.

«Schlaf», sagte er leise, «schlafe und werde.»

Khadi schloss die Augen. Während Jordan ihr den Sicherheitsgurt anlegte, sackte ihr kleiner Kopf auf die Brust.

Jordan startete den schwarzen Mittelklassewagen und fuhr zum Hafenviertel, wo sich im Schatten der Industriekomplexe Obdachlose aufhielten und es niemanden kümmerte, wenn zur Nachtzeit etwas in die Themse entsorgt wurde.

Er warf Martens Leichnam in die dunklen Fluten und wischte sich das Blut von den Fingern. Dann sah er hinaus auf den Fluss, in dem sich die Signallichter der hohen Baukräne spiegelten. Weiter flussabwärts konnte er die niedrigen, meist unbeleuchteten Häuser und Hütten der Ärmsten dieser Millionenstadt ausmachen.

Man würde Marten wohl schnell finden und herausbekommen, wo er in die Themse geworfen worden war. Und man würde annehmen, dass er in dieser Gegend einem brutalen Raubmord zum Opfer gefallen war. Niemand würde etwas anderes vermuten, niemand, außer seinem Sohn und den anderen seiner Art.

Vor sehr, sehr langer Zeit hatte Jordan Marten aufgezogen wie seinen eigenen Sohn. Damals, als sein Name noch anders geklungen und die

Menschheit noch am Anfang dessen gestanden hatte, was sie heute Zivilisation nannte. Als sie noch an Götter glaubten, die vermeintlich ihre Geschicke leiteten.

Er und die anderen beiden Wesen seiner Art waren einst auf diesen Planeten gekommen, um hier weiterzuexistieren. Denn auf ihrem Heimatplaneten war genau das geschehen, was heutzutage mit der Erde geschah. Die Ressourcen gingen zu Ende, ausgebeutet durch die dominierende Spezies, die sich selbst ausrottete, wo sie nur konnte.

Es war wie ein Déjà-vu für Jordan, doch diesmal würde er dafür sorgen, dass es anders ausgehen würde. Mit Khadi legte er den Grundstein für eine neue dominierende Spezies. Menschen waren nur ihr Futter, das waren sie immer und würden es zukünftig mehr denn je sein.

So etwas wie ein Lachen wollte in Jordans Kehle aufsteigen, und er zuckte unwirsch mit dem Kopf. Es war ihm unverständlich, wie er dermaßen degenerieren, wie er so etwas wie menschliche Schwächen entwickelte konnte. Es musste an seinem jetzigen Körper liegen!

Er ging zurück zum Wagen und öffnete die hintere Tür, um sich neben Khadi zu setzen und sie im Schlaf eine Weile zu beobachten.

Jordan selbst hatte schon sehr lange keine Nahrung mehr zu sich genommen. Er würde es bald tun müssen. Ja, daran lag es wahrscheinlich, dass er schwächelte und so etwas wie Gefühle entwickelte. Er musste sich nur nähren, dann würde er wieder der Alte sein.

Auch dieser Gedanke kam ihm schon sehr menschlich vor. Er würde sich von einem Vampir – welch seltsamer Name für seine Spezies – nähren müssen, so, wie er es zuletzt nur noch getan hatte. Es war wichtig, dass Khadi gerade Ashe, seinen Sohn, in sich aufnahm.

Aber wenn sie vielleicht etwas übrig ließ ... oder wenn er zuerst ...

Jordan haderte kurz mit sich selbst und wollte sich gerade ans Steuer setzen, um nach Hause zu fahren, als er plötzlich Ashe fühlte. Ganz nah, in seinem Kopf. Erstaunt blieb er sitzen und konzentrierte sich.

Er sah Bilder, fühlte, dass Ashe es war, der die Bilder aussandte, und so richtete er seine Gedanken darauf. Dann tauchte er in die Bilderwelt ein – und stand seinem Sohn gegenüber.

Ashe träumte, heftig und fiebernd. Jordan wunderte sich und entschied, seinen Sohn ein Stück zu begleiten, auch wenn es gefährlich war, seinen Körper und Khadi in dieser Zeit schutzlos der Umwelt auszusetzen.

Er fühlte, dass Ashes Geist durch die Zeit reiste und etwas suchte.

«Nun gut, mein Sohn», murmelte Jordan mit geschlossenen Augen, «dann helfe ich dir mal ein wenig auf die Sprünge.»

† † †

Leylah kam mit quietschenden Reifen vor der Praxis zum Stehen und legte brutal den Rückwärtsgang ein, um gekonnt in eine freie Parklücke einzuscheren.

Am Anfang hatte sie sich noch gescholten, dass sie übertrieben reagierte, denn immerhin konnte Ashe gut genug auf sich selbst aufpassen und wusste, was er tat. Doch während der Fahrt wurde ihr Gefühl immer schlechter und ihre Sorge immer größer. Sie spürte, dass etwas mit Ashe nicht in Ordnung war. Sein Blut zirkulierte in ihren Adern, und das ihre in seinen. Sie hatten schon so oft voneinander getrunken, dass ihre Seelen beinahe eins waren, ihre Gedanken manchmal schon eine Gleichschaltung vermuten ließen. Sie waren eins! Vom selben Blut.

Leylah dachte an ihre Visionen und nickte sich selbst bestätigend zu. Ja, sie hatten es immer gefühlt, irgendwie. Aber jetzt hatte sie Gewissheit. Ashe war weit mehr als nur ihr Geliebter.

Mit schnellen Schritten lief sie die drei Steinstufen zu der modernen Glastür hoch und sah, dass in den Räumen dahinter alles dunkel war. Natürlich war die Tür verschlossen und die angegebenen Öffnungszeiten lagen weit jenseits des jetzigen Zeitpunktes.

Leylah stieß ein leises «Shit!» aus und wandte sich nach rechts. Sie ging zum Ende des Gebäudes und bog in die schmale Einfahrt daneben ein. Dort sah sie Licht in zwei Fenstern – und noch eine weitere Tür. Ein Nebeneingang vermutlich.

Diese Tür aus weiß gestrichenem Holz wirkte sehr massiv, gab jedoch sofort nach, als Leylah dagegen drückte. Sie kam in einen unbeleuchteten Gang, in dem es nach Desinfektions- und Putzmittel roch. Links und rechts gingen jeweils zwei Türen ab.

Durch einen Spalt unter der Tür links fiel ein schmaler Streifen Licht auf den Flurboden. Leylah schlich darauf zu. Nur mühsam unterdrückte sie den Impuls, den Raum dahinter einfach zu stürmen. Stattdessen legte sie erst einmal ihr Ohr gegen die Tür und lauschte.

Sie spürte Ashes Anwesenheit. Er war hinter dieser Tür.

Und sie vernahm Geräusche. Ein Mann redete hektisch und besorgt auf jemanden ein. Dazwischen erkannte sie eine andere Stimme: ein Wimmern und Schreien, gequält und verzweifelt.

Leylah hätte diese Stimme unter Millionen anderer Stimmen erkannt. Eiszapfen schienen an ihrem Rückgrat zu kleben, Panik schoss in ihr hoch.

«Ashe!», schrie sie und riss die Tür mit einer Wucht auf, dass sie fast aus den Angeln gerissen wurde.

Leylah stürmte in den Raum und blieb wie angewurzelt stehen. Vor ihr spielte sich eine skurrile Szene ab.

Einige Meter entfernt, vor einer Bahre, war Ashe zusammengekrümmt auf die Knie gesunken, winselnd und leise Schreie ausstoßend. Seine Finger versuchten, sich in den Boden zu krallen. Dabei brachen seine Fingernägel splitternd ab, und Blut floss aus dem verletzten Nagelbett, verschmiert zu psychedelischen Mustern auf dem glatten, hellgrauen Boden.

Ein Mann mit kurzen Haaren stand daneben an einem kleinen Tisch und hielt einen Telefonhörer in der Hand, der ihm just entglitt und auf die Wähltasten knallte.

Der Typ starrte Leylah aus großen Augen entsetzt an.

Michael hatte während seiner Studienzeit zusammen mit ein paar Kommilitonen selbst schon Experimente mit LSD gemacht. Es war kein Problem gewesen, kleine Mengen aus dem Labor seines Professors zu stibitzen und den ein oder anderen Trip einzuschmeißen.

Sie probierten alle möglichen Varianten durch. Normalerweise wurde die Substanz in geringsten Dosen unvermischt auf ein Stück Löschpapier aufgetragen und auf die Zunge gelegt, sodass der Wirkstoff über die Mundschleimhäute ins Blut gelangte.

Doch irgendwann wollten sie die Wirkung verstärken und kamen auf die Idee, das Acid in Glukoselösung direkt ins Blut zu befördern. Die Wirkung war extrem heftig und setzte unmittelbar ein.

Da einige von ihnen während eines Trips jedoch regelrecht ausflippten und Ambitionen entwickelten, ihre nicht vorhandenen Flügel im fünften Stockwerk des Universitätsgebäudes auszuprobieren, kam Michael auf die Idee mit dem Relaxans.

Die Kombination beider Wirkstoffe stellte keinen Widerspruch dar, im Gegenteil, es senkte den unter LSD entstehenden, enorm hohen Blutdruck und verhinderte dadurch eventuelle körperliche Beschwerden.

Man konnte beides zusammen natürlich nur unter Aufsicht einnehmen, da immer jemand anwesend sein musste, wenn es bei falscher Dosierung zu Psychosen oder durch das Muskeln entspannende Mittel zu Atemlähmung kam. Dieses wurde nämlich eigentlich zur Sedierung vor einer Narkose eingesetzt. Aber er hatte gute Erfahrungen damit gemacht und in diesem Fall kam es ihm gelegen, dass sein Patient nicht körperlich agieren konnte.

Denn Ashe stellte für Michael einen unberechenbaren Faktor dar. Außerdem würde das Relaxans ihm auch die Untersuchungen an Ashe erleichtern.

Als er die Nadel aus Ashes Vene zog, begann dieser zu schwanken und sank seitwärts auf die Bahre.

Michael grinste verstohlen, hievte Ashes Beine hoch und brachte ihn so in eine bequeme, liegende Position.

Ashe regte sich nicht mehr. Doch plötzlich klappten die eben noch geschlossenen Augenlider auf und das Weiß der Augäpfel starrte Michel an.

Der Arzt erschrak, denn es war ein ziemlich gruseliger Anblick. Ashes Augen hatten sich so weit nach oben verdreht, dass von den Pupillen nichts mehr zu sehen war.

Michael hatte so was schon bei anderen gesehen, die auf einem Trip waren. Doch das hier war anders. Kaum sichtbar schob sich eine Art grünlicher Schleier über das Weiß.

Er rieb sich kurz die Augen weil er dachte, er sei übernächtigt und sehe schon Dinge, die gar nicht da waren. Aber der Schimmer auf Ashes Augen blieb.

Michael schüttelte den Kopf und versuchte sich wieder auf sein Vorhaben zu konzentrieren. Dicht trat er an Ashes Körper heran und zog vorsichtig dessen T-Shirt nach oben. Auffällig helle Haut schimmerte ihm entgegen und weiter oben, unter den leicht gewölbten Brustmuskeln, kamen verblassende, schwach rötliche Narben zum Vorschein.

Es waren große Narben, lange Striemen, mal vertikal und horizontal angeordnet, mal völlig durcheinander. Michael fragte sich, wo sein Patient die wohl her hatte. Sie mussten große Schmerzen verursacht haben bei dieser Ausprägung.

Die Gestalt vor ihm wurde Michael immer rätselhafter. Er suchte eine Stelle etwas oberhalb der Taille aus, um mit einem kleinen Skalpell ein winziges Stück Haut herauszuschneiden. Anschließend verschloss er den klaffenden Spalt sorgsam mit einer Klammer.

Ashe schien davon nichts bemerkt zu haben, doch Michael sah, wie sich feine Schweißtropfen auf der blassen Haut bildeten und ein leichtes

Vibrieren durch Ashes Körper lief. Seine Augen bewegten sich, schienen sich umzustülpen, und Michel zuckte zurück, denn plötzlich starrten ihn zwei pechschwarze Augen aus Ashes Gesicht an.

Der Blick wanderte durch Michael hindurch zu einem fiktiven Punkt hinter ihm. Dann wurden die Augen wieder heller und durchscheinender, bis sie aussahen wie ein blinder, grünlicher Spiegel.

Michael wurde blass bei dem Anblick. Ashes Gesichtszüge verzerrten sich, schienen zu zerfließen und sich neu zu formen, sodass Michael das Gefühl hatte, selbst auf einem Drogentrip zu sein.

Er blinzelte. Und als er erneut hinsah, hatte Ashe die Augen wieder geschlossen. Vorsichtig wollte Michael mit einem Finger ein Augenlid anheben, aber plötzlich schlossen sich knochige Finger wie Stahlfesseln um sein ausgestrecktes Handgelenk.

Michael schrie erschrocken auf, riss sich los und taumelte zurück. Ashe setzte sich auf und fremdartige, nicht menschliche Laute kamen aus seinem halb offenen Mund, ohne dass sich die Lippen bewegten.

Michael verstand die Welt nicht mehr. Es war unmöglich, dass Ashe sich nach so kurzer Zeit schon wieder bewegen konnte. Das sedierende Mittel hielt mindestens zwei Stunden, eher länger an.

Ashe fiel wieder nach hinten, rollte sich auf die Seite und krümmte sich zusammen. Seine Finger tasteten auf dem weißen Tuch umher wie Spinnenbeine und schienen unnatürlich lang zu werden.

Michael wich ein paar Schritte weiter zurück und starrte fassungslos auf die Szene vor sich.

Ashe zuckte heftig zusammen, wälzte sich herum und fiel schließlich von der Bahre und krachte zu Boden. Er kauerte auf Händen und Knien, sein Kopf hing herunter und Speichel, vermischt mit Blut, tropfte aus seinem Mund.

Plötzlich gewann der Arzt in Michael wieder die Oberhand. Er eilte zu Ashe und beugte sich zu ihm hinab. Vorsichtig legte er ihm eine Hand auf die Schulter und hätte sie fast spontan wieder zurückgezogen.

Ashe kochte, sein Körper glühte vor Hitze. Fieber war zwar normal nach LSD-Konsum, aber das hier ging weit über normales Fieber hinaus.

Er spürte ein Vibrieren, das durch den ganzen Körper ging, wie ein fortwährender Stromschlag. Wieder kamen Laute aus Ashes Mund, die Michael nicht begreifen konnte, so fremdartig und erschreckend klangen sie.

Er umrundete Ashe und wollte ihn aufrichten.

Dieser hob den Kopf und starrte ihn aus diesen grässlichen Alienaugen an, während hellroter Geifer aus seinem Mund troff.

Michael drohte den Verstand zu verlieren. Eine Hand schoss vor und knallte gegen Michaels Brust, sodass er mit unglaublicher Wucht zurückgestoßen wurde und mit dem Rücken gegen den Instrumententisch knallte.

Im nächsten Augenblick wimmerte Ashe wie unter Schmerzen und krümmte sich wurmartig zusammen.

Michael schüttelte den Kopf, rappelte sich auf, ohne Ashe aus den Augen zu lassen, und schob sich vorsichtig an der Wand entlang zum Telefon. Mit zittrigen Fingern angelte er den Zettel mit der Telefonnummer, die Ashe ihm gegeben hatte, aus seiner Hemdtasche und tippte sie ein. Nach schier endlosem Klingeln meldete sich eine mürrische Männerstimme am anderen Ende der Leitung.

Michael stammelte irgendetwas in den Hörer, wurde jedoch jäh unterbrochen, als mit einem lauten Knall die Tür aufflog, gegen die Wand dahinter krachte und eine junge Frau ins Labor stürmte.

† † †

Etwas riss mich fort und schleuderte mich in einen dunklen Raum.

Ich sah nichts, fühlte nichts, war alleine mit mir selbst. Die Stille wurde so bedrückend, dass ich laut schrie, um wenigstens meine eigene Stimme zu hören. Sie verhallte langsam und erschien mir fremd.

Es war kalt um mich herum. Ich streckte meine Hände aus, aber da war nichts um mich herum in meiner Nähe.

Plötzlich sah ich kurz ein Licht vor mir aufblitzen. Aus der Dunkelheit schälte sich eine Gestalt, umgeben von einem bläulichen Schimmer.

Ich sah in Martens Gesicht, der Rest seines Körpers blieb verschwommen.

«Mein Vater...», flüsterte mir seine Stimme zu.

Ich verstand nicht und fragte: «Marten? Was machst du hier?» Im nächsten Moment fühlte ich, wie mich etwas an der Wange berührte. Finger?

Nur kurz war dieser Eindruck, dann sagte Marten dicht vor mir, ohne dass sich sein Mund bewegte: «Ich bin tot, Ashe. Du bist ... warst mein Vater. Ich muss nun gehen. Sei gewarnt, er sucht dich, um dich zu töten. Vergiss mich nicht ...» Die Stimme verwehte und das Gesicht verschwand.

Ich schüttelte den Kopf, und eine Welle der Verzweiflung und der Trauer überkam mich. Wieder tauchten wirre Bilder in meinem Kopf auf. Ich sah mich in einem von Öllampen erhellten Raum aus Sandsteinquadern. Mir gegenüber stand eine Frau. Sie war auf herbe Weise schön und reif und umarmte mich. Ich erwiderte ihre Begrüßung.

Sie nahm meine Hand und legte sie auf ihren nackten Bauch. «Ich gehöre ganz dir, mein Gebieter», säuselte sie, «das weißt du wohl. Bitte wohne mir bei, mein Körper ist dein.» Dann zog sie mich zu einer schlichten Liege mit Fellen darauf.

Wir ließen uns Seite an Seite nieder und ich strich durch ihre dicken, dunkelbraunen Locken, die bis auf ihre Taille hinabfielen.

Ich begehrte sie, doch ich liebte sie nicht. Und so nahm ich ihren Körper, den sie mir willig entgegenbog, und sie hauchte in mein Ohr, gerade als meine Lust ihren befreienden Höhepunkt fand: «Wenn es ein Junge wird, soll er Mekhtep heißen.» Ich vergrub mein Gesicht in ihrem Haar und dachte: *So soll es sein!* Ein Opfer mehr, das ich bereit war zu geben, während meines Wartens auf die eine, Auserwählte.

Und nun, da ich das sah, wurde mir klar, dass ich dieser Frau einen Jungen gezeugt hatte, den sie vor mir verheimlichen und der in seiner späteren Reinkarnation Marten heißen würde.

Ich zitterte, hielt alle diese Offenbarungen und Bilder aus meiner Vergangenheit nicht mehr aus. So lange, so lange dauerte dieses Leben schon ... und das davor. Ich brach zusammen und verlor den Verstand.

Wieder war es dunkel um mich herum und das Gefühl der Einsamkeit war überwältigend. Dann wurde ich geschüttelt. Ich hatte die Augen geschlossen, wollte nicht noch mehr sehen.

Das Schütteln wurde heftiger und ich schlug um mich. Jemand hielt meine Arme fest wie mit Stahlklammern und schrie auf mich ein.

Ich öffnete die Augen. Schlagartig wurde es blendend hell um mich herum, und ich sah in das besorgte Gesicht von Leylah.

«Ashe, ich bin es. Komm zurück zu mir, hörst du!», rief sie eindringlich, und mein Blick klärte sich endlich.

Ich kniete auf dem Boden, der blutverschmiert war. Über mir waren Halogenlampen und schräg vor mir, neben Leylah, kniete auch Michael und rutschte jetzt näher auf mich zu.

Leylah machte ihm Platz und er sah mir prüfend ins Gesicht. «Ashe, sind Sie ansprechbar? Können Sie mich hören?», fragte er, und ich erinnerte mich, wo ich war und wer er war.

Ich nickte.

«Gut», antwortete er und stand auf. Hektisch ging er zum anderen Ende des Raumes und machte sich an irgendetwas, das sich auf dem Tisch befand, zu schaffen. Da beugte sich Leylah wieder zu mir und legte ihre Arme um mich.

«Mein Gott, Liebster! Was hast du dir dabei gedacht? Warum machst du so einen Unsinn? Michael hat mir alles erzählt, was ist denn los mit dir?», redete sie tadelnd, aber sichtbar erleichtert auf mich ein.

«Marten ist tot», flüsterte ich tonlos und spürte, wie mich die Trauer mit geballter Macht wieder überkam.

Leylah schüttelte verständnislos den Kopf. «Das kann nicht sein», sagte sie, «er war vorhin noch bei uns zu Hause und schlief, als ich hierher fuhr. Ich bin doch mit seinem Wagen da.»

Michael packte mich an der Schulter und half mir auf. Ich ließ ihn gewähren, da ich mich fiebrig und schwach fühlte. Dabei spürte ich deutlich sein Unbehagen, mich zu berühren. Er hatte Angst vor mir, aber der Mediziner in ihm gebot ihm zu helfen, da es nun mal seine Berufung war.

Ich wusste nicht warum, aber ich mochte Michael immer mehr. In dem Gefühlschaos, das ich gerade durchlebte, verströmte er heilsame Normalität, menschliche Einfachheit.

In Gedanken übermittelte ich ihm spontan meine Sympathie, woraufhin er mich erstaunt ansah.

«Was haben Sie gesagt?», fragte er.

Ich musste lächeln und war selbst erstaunt, dass meine Fähigkeiten sich anscheinend rasant weiterentwickelt hatten. «Ich habe nichts gesagt», flüsterte ich und zwinkerte ihm zu.

Er schüttelte den Kopf und schleppte mich zu einem Stuhl. Dann kümmerte er sich beflissen um meine geschundenen Finger.

Leylah sah mich mit zusammengezogenen Brauen an. «Warum sagst du so etwas? Dass Marten tot ist?», fragte sie aufgebracht.

Ich sah ihr in die Augen, einige Sekunden nur, dabei kam es mir vor wie Stunden. Und als ich meinen Blick wieder von ihr nahm, wusste sie alles. Ich hatte sie in meinen Gedanken lesen lassen und es schien geklappt zu haben, denn sie stöhnte nur «O mein Gott!» und legte die Hände vor die Augen.

Als sie mich wieder ansah, streckte ich die Hand nach ihr aus. Kraftlos legte ihren Kopf hinein. Tränen standen ihr in den Augen, als sie leise und verzweifelt fragte: «Warum geschieht das alles? Was passiert mit uns?»

Ich strich ihr über die seidigen Haare, schloss die Augen und sog tief ihren Duft ein. Ich fühlte ihre Trauer, mächtig wie die meine, krümmte mich plötzlich zusammen und übergab mich auf den Boden vor meinen und Michaels Füßen.

Er wich reflexartig zurück und starrte auf die klumpige Blutmasse, die aus mir herausgequollen war. Ich fühlte mich elend, ausgehöhlt und leer.

Michael untersuchte mich notdürftig und äußerte Bedenken im Zusammenhang mit inneren Blutungen oder Ähnlichem, konnte aber nichts finden, was seine Diagnose bestätigte, zumal ich an sich einen viel zu munteren Eindruck für etwas derart Schwerwiegendes machte.

Er schüttelte den Kopf, murmelte irgendwelche Vermutungen vor sich hin und verwarf sie wieder. Es wäre lustig gewesen ihm weiter dabei zuzuhören, wenn nicht Leylahs tief erschüttertes Gesicht vor mir und das Wissen um Martens Tod in mir gewesen wären.

So saß ich einfach da, ließ alles über mich ergehen und wollte nur zurück in die ruhige, alles vergessen machende Dunkelheit, aus der ich gerissen worden war.

Leylah spürte meinen Wunsch und sagte Michael, dass sie mich nun nach Hause bringen würde, und schärfte ihm mit gefährlich zischender Stimme ein, ja kein Wort über all das zu verlieren, was sich heute abgespielt hatte.

Michael beschwichtigte sie und versicherte, dass dies auch in seinem Interesse lag, da er an seinem Leben hing und viel zu neugierig war, um seine Erkenntnisse zu teilen.

Er versprach, die Blut- und Gewebetests bis zum morgigen Nachmittag fertig zu haben und die Ergebnisse persönlich vorbeizubringen. Dann fuhren wir, einer ungewissen Zukunft entgegen, nach Hause.

† † †

Jordan wollte gerade den Wagen starten und losfahren, als er einen bläulichen Schein im Rückspiegel sah und eine Polizeisirene kurz aufjaulte.

Der Streifenwagen blieb direkt hinter seinem stehen, sodass Jordan nicht zurücksetzen und aus der engen Einfahrt zwischen den baufälligen Fabrikmauern herausfahren konnte, wo er geparkt hatte. Er war verärgert, denn Polizei war genau das, was er gerade nicht gebrauchen konnte.

Khadi schien nicht aufgewacht zu sein, und so verließ Jordan den Wagen und ging dem Polizist entgegen, der ebenfalls bereits ausgestiegen war.

Der Mann in Uniform ließ seine Hand locker über seinem Waffenholster an der Hüfte schweben und beäugte Jordan kritisch. Mit einer Taschenlampe leuchtete er ihm ins Gesicht.

Jordan kniff ärgerlich die Augen zusammen und zischte: «Könnten Sie das bitte sein lassen? Ich habe empfindliche Augen.»

Der Polizist hielt zwei Meter Abstand von Jordan, um im Notfall noch Zeit zu haben, nach seiner Waffe zu greifen, und blaffte Jordan an: «Was machen Sie zu so später Stunde hier? Sind Sie allein?»

Der Polizist streckte den Hals, um ins Innere von Jordans Wagen schauen zu können, aber Khadi war von dieser Position aus auf den Rücksitzen nicht zu erkennen und Jordan hoffte, dass sie nicht aufwachte und ausstieg.

Also antwortete er beschwichtigend: «Ja, ich bin alleine. Ich musste nur mal austreten während der Fahrt und wollte ungestört dabei sein.» Dabei legte er etwas einschmeichelnd Entschuldigendes in seine Stimme. Menschen waren in der Regel leicht durch so etwas zu täuschen.

Der Gesetzeshüter kniff misstrauisch die Augen zusammen und musterte Jordan genau, dann verlangte er nach dessen Papieren.

Jordan war unangenehm berührt, ließ sich aber nichts anmerken. Sein Gesicht blieb ausdruckslos wie immer, als er zum Wagen zurückging, um seine Fahrerlizenz und den Ausweis aus der Seitentasche der Fahrertür zu holen.

Natürlich waren die Papiere exzellente Fälschungen eines russischen Künstlers dieses Fachs. Spätestens alle vierzig Jahre wurde so eine Fälschung nötig, um den Menschen vorzugaukeln, zu ihnen zu gehören und ganz normal zu altern.

Jordan hasste einmal mehr die Unvollkommenheit der menschlichen Rasse, musste sich aber deren Bedingungen fügen, um unbehelligt sein Dasein unter ihnen fortzuführen.

Nachdem er zurückgekehrt war, besah sich der Polizist die Ausweise mit kritischem Blick und fragte dann per Funk bei seiner Dienststelle nach, ob irgendetwas gegen den Inhaber vorlag. Als er eine negative Antwort bekam, gab er Jordan die Papiere mit den Worten zurück: «Ist in

Ordnung. Aber Sie sollten sich beim nächsten Mal eine etwas belebtere Ecke aussuchen. Es ist gefährlich hier auf den Docks, vor allem nachts. Ein perverser Killer treibt sich in London herum, und Sie wollen doch nicht sein nächstes Opfer werden, oder?»

Jordan grinste in sich hinein und antwortete gespielt entsetzt: «Daran habe ich gar nicht gedacht! Danke Wachtmeister, ich werde mich künftig daran halten!»

Der Beamte nickte, verschwand wieder in seinem Fahrzeug und fuhr davon.

Jordan stieß so etwas wie ein Kichern aus. Wenn der Polizist geahnt hätte, wer ihm da gerade gegenüber stand ...

Dann stieg er ins Auto und verließ die Docks in Richtung Innenstadt, wo er und Khadi noch immer im Hotel wohnten und wo sich das Kind die nächsten Tage und Nächte auf das, was kommen sollte, vorbereiten konnte. Sie brauchte viel Ruhe während ihrer Verdauungsphasen, was ihm wiederum Zeit verschaffte, die erforderlichen Vorbereitungen zu treffen.

8

Leylah wurde von bekannten Geräuschen geweckt. Sie blickte auf die Uhr neben dem Bett und stellte fest, dass es erst 14 Uhr war. Ashe war bereits aufgestanden, eigentlich viel zu früh für seine Verhältnisse.

Sie waren gegen halb zwei nachts zu Hause angekommen und kaum dass sie die letzten Stufen zu ihrem Appartement erklommen hatten, spürten beide, was dort vorgefallen war. Der Geruch von Martens Blut hüllte sie ein, obwohl es nicht mehr zu sehen war. Doch Ashe blieb vollkommen regungslos, seine Miene war versteinert und Leylah lief es eiskalt den Rücken hinab, als sie in seine Augen sah, die ein Versprechen an den Mörder waren. Gnadenloser Hass sprach aus diesen Augen.

Leylah war die emotionalere von beiden, ihr fiel es schwer, die Tränen über den Verlust des Freundes zurückzuhalten. Es hatte eine Zeit gegeben, in der Marten ihr übel zusetzte. Aber er hatte sich geändert und sie ihm verzeihen können. Es waren die Umstände, die ihn damals zu dem hatten werden lassen, was er gewesen war.

Menschen änderten sich nicht, ihre Spezies aber schon. Dies bemerkte sie gerade auch sehr stark an Ashe, der ihr einerseits immer fremder, andererseits jedoch immer vertrauter wurde. Leylah wusste, dass die Visionen, die sie gehabt und von denen ihr auch Marten erzählt hatte, real waren. Sie beide hatten einen Blick in ihre Vergangenheit werfen können, in eine frühere Existenz. Und Ashe spielte eine Schlüsselrolle darin.

Es machte Leylah Angst, aber gleichzeitig wusste sie, dass es ein unentrinnbares Schicksal war, das sich in ihr bisheriges Leben eingeschlichen hatte und auch ihre weiteren Wege bestimmen würde.

Sie fragte sich, was als Nächstes kommen würde. Sie hatte Angst vor dem unheimlichen Killer, der ihr Leben bedrohte und wie ein Damoklesschwert über allem hing. Er konnte jederzeit an jedem Ort wieder zuschlagen, und ihnen blieb nichts anderes, als darauf zu warten. Es sei denn, Ashe wusste mehr und sagte es ihr nicht.

Letzte Nacht hatte Leylah ihn verständlicherweise nicht gefragt, um ihm etwas Ruhe nach der Tortur zu gönnen. Aber heute würde sie nachhaken, denn sie war es leid, ständig in der Defensive zu sein und nichts tun zu können.

Sie stand auf, zog sich Ashes viel zu großen, schwarzen Morgenmantel über – er trug ihn sowieso nie – und ging in den Raum nebenan, wo ihr Gefährte ein paar Trainingsgeräte aufgestellt hatte, um sich körperlich fit zu halten.

Leylah hatte ihn ausgelacht, als er das damals gesagt hatte. Denn war er nicht ein Wesen, das schon Jahrhunderte ohne solchen Schnickschnack überdauert hatte, stärker als jeder Mensch?

Aber nichtsdestotrotz liebte sie es zu beobachten, wenn er sich an diesen Geräten abmühte. Meist trug er dabei ein ärmelloses Shirt, unter dem sich seine sehnigen, schlanken Muskeln abzeichneten, und eine alte schwarze Armyhose.

Ashe war ein seltsames Wesen, denn obwohl in einigen Dingen sehr eitel, behauptete er doch immer wieder, er sähe nicht besonders gut aus. Ständig bemängelte er irgendetwas an seinem Körper, an dem Leylah aber keinen Makel finden konnte. In ihren Augen war er perfekt.

Aber sie kannte diesen Tick auch von sich selber, und irgendwie machte das beide auf skurrile Art sehr menschlich.

Als sie Ashe jedoch jetzt sah, wie er auf der schmalen Bank lag und die Hantelstange stemmte, als wäre sie federleicht, da wirkte er kaum noch menschlich.

Seine nackte Haut an den Armen war überzogen von einem dünnen, glitzernden Schweißfilm und mutete wie porenloses Porzellan an, so glatt und unwirklich. Sein schwarzes Haar wirkte noch dunkler bei diesem Kontrast, und seine Augen waren fiebrig wirkende, schwarze Höhlen, die alles zu verschlingen schienen, was er mit ihnen ansah.

Sie erkannte jemanden wieder in ihrem Liebsten, jemanden, den sie in ihrer Vision gesehen hatte: Akhenaton.

Ashe hatte sie noch nicht bemerkt, glaubte Leylah jedenfalls. Doch im nächsten Augenblick setzte er die Stange mit den Gewichten ab und erhob sich.

Sein glühender Blick traf sie und er sagte mit dunkler Stimme: «So ist es, meine Liebste.»

Leylah runzelte die Stirn. «Hast du meine Gedanken gelesen?», fragte sie verblüfft. Ashe nickte und wischte sich ein paar Haarsträhnen aus der Stirn. «Wortwörtlich», antwortete er ernst.

Leylah ging auf ihn zu und setzte sich neben ihn. «Seit wann kannst du das?», wollte sie wissen und sah ihn mit forschendem Blick an. Sie hatte den Drang, seine weiße feuchte Haut zu berühren.

Erst jetzt bemerkte sie, dass Ashe die kleinen Ohrstecker seines MP3-Players drin hatte. Sie zupfte sie ihm heraus und drückte ihm einen Kuss auf den Mund.

Ashe packte Leylahs Kopf, umfasste mit der anderen Hand ihre Taille und kaum dass sie sich versah, lag sie schon unter ihm.

Sie sah zu ihm auf und er mit ernster Miene auf sie herab. Seine Augen schienen durch sie hindurch zu blicken. Dann hob er plötzlich seine Hand und legte ihr vorsichtig den Zeige-und Mittelfinger auf die Stirn und sagte: «Schließ deine Augen.»

Leylah tat es und fühlte sich plötzlich fortgerissen von einem Sog. Als sie die Augen wieder öffnete, lag sie immer noch und auch Ashe war noch über ihr. Nur, dass er jetzt etwas anders aussah. Seine Haare waren länger und glatt nach hinten gekämmt. Auf seinem nackten Oberkörper lag ein silbriger Schimmer und seine Augen wirkten noch größer durch die schwarzen Striche, mit denen sie umrandet waren. Leylah hatte so etwas schon häufiger auf alten Reliefs aus Ägypten gesehen.

Sein Blick war voller Liebe und Bewunderung, gleichzeitig wurde ihr etwas bang, als sich ein grünlicher, spiegelartiger Schleier über seine Augen legte und sie sich darin deutlich selbst erkennen konnte. Sie sah, dass auch sie fast nackt war und nur kunstvolle goldene Ketten ihren schlanken Körper umschmeichelten.

Leylahs Augen waren ebenfalls dunkel geschminkt und ihre Haut hatte einen goldenen Schimmer von einer Paste, die nach exotischen Blüten roch. Ihr Haar war lang und glatt und lag wie ein Schleier um ihren Kopf ausgebreitet.

«Meine Schöne», flüsterte Ashe mit seltsam kehliger Stimme, die ihr dennoch so vertraut und warm vorkam.

Tränen traten ihr in die Augen, Tränen des Glücks, und sie entgegnete: «Wir sind zu Hause, nicht wahr?»

«Ja, zu Hause.» Ashe beugte sich zu ihr hinab für einen endlosen Kuss, und als Leylah das nächste Mal die Augen öffnete, sah sie wieder den Ashe, den sie kannte, vor sich. Sie spürte wieder die harte Hantelbank unter ihrem Rücken und ein Gefühl der Enttäuschung stieg in ihr auf.

Ashe nahm ihren Arm und zog sie sanft hoch.

«Also ist alles wahr», sagte Leylah leise und Ashe nickte nur. Er stand auf, ging zum Fenster und sah auf die Straße hinunter.

«Ich habe schon lange gespürt, dass sich etwas in mir veränderte, oder besser ausgedrückt: sich freischaufelte. Ich dachte, dass mir eine Droge vielleicht dabei helfen könnte, ein wenig mein Innerstes zu erforschen und den Geist weiter zu öffnen. Dabei wurde eine Barriere eingerissen und mir gezeigt, was ich wirklich bin ... wer ich war ... und wer wir wirklich sind.»

Er drehte sich wieder zu ihr um, verschränkte die Arme vor der Brust und sah sie eindringlich an. Sein Mund war geschlossen und doch hörte Leylah seine Stimme weiter zu ihr sprechen: «Wir sind die Nachkommen, die Kinder des Wesens, das Marten und all die anderen getötet hat. Es ist unser Vater. Und ich war der Vater von Marten.»

Leylah wurde blass, diese Offenbarung schlug wie eine Welle über ihr zusammen. Ihre Beine wurden weich und sie musste sich abstützen, um nicht einfach wegzukippen.

Ja, mit einem Mal wurde auch ihr alles klar, alles ergab einen Sinn. Ihr ganzes menschliches Dasein, bevor sie Ashe kennen gelernt hatte, in dem sie immer auf der Suche nach etwas war – da war sie bereits sie selbst gewesen und hatte ihr wahres Ich gesucht. Leylah war nie ein Mensch gewesen, nur ihre Hülle war es.

Und all die Zufälle, ihr Umzug in eine fremde Stadt und ihr Besuch in diesem Club damals – so unlogisch und untypisch für ihre Verhältnisse. So spontan. Sie war damals schon 23 Jahre alt gewesen und doch hatte sie sich niemals, wie andere junge Frauen, in einen normalen Mann verlieben können. Sie hatte stets das Gefühl gehabt, sich für den richtigen aufsparen zu müssen. Und ihre menschlichen Eltern, die sie nie wirklich verstehen konnten, weil sie so ganz anders war als andere Kinder, verstanden es auch nicht.

Nun wusste Leylah auch, warum sie sich unter Menschen immer so unwohl und fremd gefühlt hatte.

Alles, was ihr je widerfahren war, hatte nur diesen einen Sinn und Zweck gehabt, nämlich sie dahin zu führen, wo sie heute war: zu dieser einen Erkenntnis. Zu Ashe. Zu ihrer Vergangenheit, ihrer wahren Existenz, ihrem wahren Wesen.

Es wurde ihr beinahe zu viel und ihr schwindelte.

Ashe kam zu ihr und nahm sie in den Arm. «Nefertete ... endlich», hauchte er. «Ja, Akhen, ich bin es», antwortete sie.

† † †

Als Michael am frühen Morgen aufwachte, kam ihm die letzte Nacht wie ein verrückter Traum vor.

Jetzt, bei Tageslicht, wirkte alles nüchtern und ohne Mysterium. Die Wintersonne schien durch sein Schlafzimmerfenster auf sein Bett und tauchte alles in ein friedliches, kaltes Licht.

Er quälte sich aus der weißen, steril anmutenden Bettwäsche und hüpfte unter die Dusche. Dieser Raum – wie im Übrigen alle Räume seiner kleinen Wohnung – wirkte ebenfalls nüchtern und kühl. Er mochte dieses Klinikflair.

Das lag wohl daran, dass er einen großen Teil seiner Kindheit in Kliniken verbracht hatte, als Patient.

Michael war immer kränklich und schwach gewesen, jede Kinderkrankheit hatte ihn mehr mitgenommen als andere Kinder in seinem Alter.

Damals schwor er sich, später Arzt zu werden, um allen Krankheiten ein Schnippchen zu schlagen. Michael hatte seine Kränklichkeit so sehr gehasst, dass das Ganze regelrecht traumatisch wurde, als in der Pubertät dann auch noch Hautprobleme hinzukamen.

Seine Eltern schickten ihn auf eine Kur, in deren Verlauf er sein ganzes bisheriges Leben umkrempelte. Er lernte, sich anders zu ernähren, und wurde regelrecht besessen von Sport und Ausdauertraining. Michael wurde zum Gesundheitsfanatiker. Und als seine Eltern ihn nach zwei Monaten wiedersahen, hatte sich aus ihrem schwächlichen, hageren Sohn ein ansehnlicher, muskulöser und gesund wirkender junger Mann entwickelt.

Er begann schon vor seinem Medizinstudium, sich ein kleines, privates Labor einzurichten, um sein eigenes Blut und das seiner Freunde zu untersuchen, Bakterienstämme anzulegen und zu studieren und eigene Thesen zur Behandlung von Krankheiten zu entwickeln.

Später schaffte er seinen Doktortitel im Handumdrehen und war gleichermaßen beliebt bei Kollegen und Patienten, obwohl er eigentlich eher ein Misanthrop war.

Michael machte sich einen Kaffee und kippte ihn beim Anziehen nebenbei hinunter, denn er wollte vor den anderen Mitarbeitern seiner Praxis im Labor sein, um noch ungestört einige Tests durchzuführen. Alles Weitere würde er dann in der Mittagspause machen.

Er verließ seine Wohnung und ging die 500 Meter zur Praxis zu Fuß. Dabei fragte er sich, was Ashe und seine Gefährtin wohl gerade machten. Lagen sie in schwarzen Särgen und schliefen den Tag über?

Er konnte sich nicht erinnern, in Ashes Wohnung dergleichen gesehen zu haben. Aber die Schlafgelegenheiten konnten auch im Keller stehen, wie in den einschlägigen Filmen über Dracula und Co., überlegte Michael und musste grinsen angesichts der Skurrilität seiner Gedankengänge.

Ashe war kein Vampir, so etwas gab es nicht. Im schlimmsten Fall war der Typ eine Mutation oder Anomalie, eine interessante Variante der Evolution, nichts weiter. Aber trotzdem spektakulär, fand Michael.

Was er letzten Abend erlebt hatte, war schon sehr unheimlich gewesen, vor allem Ashes Veränderungen.

Michael stellte sich die Frage, wie so etwas möglich war, und würde es hoffentlich noch an diesem Tag herausfinden.

Als er angekommen war, kramte er seine Schlüssel aus der Jackentasche, schloss die Seitentür zu den Praxisräumen und Labors auf und verschloss sie auch gleich wieder hinter sich. Er würde jetzt noch zwei Stunden Zeit haben, bis seine Sprechstundenhilfe und die der anderen beiden Ärzte auftauchen würden. Seine Arztkollegen kamen von Haus aus erst eine halbe Stunde nach Betriebsbeginn der Praxis.

Michael tickte da anders – er sah seinen Beruf nicht als Privileg, sondern als Aufgabe.

Als Erstes machte er sich daran, das Blut von Ashe zu untersuchen.

Er stellte fest, dass es zu wenig Erythrozyten, rote Blutkörperchen, enthielt. Und die geringfügig vorhandenen hatten eine anämiespezifische, bläuliche Einfärbung und Verformung. Zudem schienen sie größer und dickwandiger zu sein als normal und keinen typischen Alterungsprozess durchzumachen, um irgendwann abzusterben. Was eigentlich bedeutete, dass sie alterungsresistent und uralt sein mussten. Für Blutkörperchen jedenfalls. Und das hieß auch, dass in Ashes Knochenmark keine neuen produziert wurden – für einen Menschen absolut tödlich.

Eine Knochenmarksprobe von Ashe, die würde Michael enorm weiterhelfen. Doch darauf ließ sich dieser mit Bestimmtheit nicht ein, zumal es ein durchaus aufwendiger und schmerzhafter Prozess war, eine solche zu entnehmen.

Michael hatte eine verrückte Idee: Er zapfte sich selbst aus der Fingerkuppe ein paar Tropfen Blut ab und fügte ein wenig davon mit einer Pipette der Probe von Ashe unter dem Mikroskop bei.

Er hatte derlei Experimente schon in Vampirfilmen gesehen und rechnete nicht wirklich damit, dass irgendeine Reaktion einsetzen würde. Im Film wurden die menschlichen Blutzellen immer von den vampirischen absorbiert, was die Gier selbst kleinster Teile eines Vampirs veranschaulichen sollte, ganz klischeehaft.

Hier geschah dies jedoch nicht. Im Gegenteil, Ashes Blutzellen kapselten sich von Michaels ab und bildeten eine Art transparente Membran um sich herum, um eine Vermischung zu verhindern. Das war mehr als seltsam.

Michael bestimmte noch aus dem Rest der Probe die Anzahl der Zellen, die natürlich weit unter den üblichen Referenzwerten lag, und widmete sich dann der Hautprobe. Dabei fiel ihm eher durch Zufall auf, dass sich die Poren der in einer Lösung zur Erhaltung der Vitalität befindlichen Probe, bei wenig Lichteinfall weiter öffneten und bei stärkerem Lichteinfall zusammenzogen, als wollten sie die Strahlung nicht an das Gewebe darunter vordringen lassen, was nämlich den normalen Alterungsprozess der Zellen einleiten würde.

Ist es so simpel?, fragte sich Michael selbst.

Kein Licht hieß keine Zellenalterung und kein Absterben, was wiederum keine Energie für Neubildung nötig machte. Eine uralte Haut, die immer noch wie neu wirkte? Lag hierin das Geheimnis von Unsterblichkeit?

Wieder wünschte sich Michael weitere Proben von Ashes inneren Werten, sprich Organproben.

Mit einem Mal konnte er die Motivation von Wissenschaftlern ein wenig nachvollziehen, die ein unbekanntes Geschöpf als Erstes aufschnitten, um es zu erforschen, anstatt sich mit Äußerlichkeiten aufzuhalten.

Doch ihm blieb nichts anderes übrig, als mit dem zu arbeiten, was er eben vorliegen hatte. Und mit jedem neuen Test stieß er auf noch mehr Ungewöhnliches, sodass er langsam, aber sicher zu der Überzeugung gelangte, dass er es bei Ashe tatsächlich nicht mit einem Menschen zu tun hatte. Oder war er doch einem genialen Illusionisten aufgesessen?

Irgendwann kamen auch die anderen Mitarbeiter. Michael hatte die Zeit völlig vergessen, angesichts des brisanten Materials, das da vor ihm lag.

Behutsam brachte er die Proben und Ergebnisse in sein Büro und verstaute sie in seinem privaten Safe. Dann ging er, als wäre nichts gewesen, wieder seinem normalen Job als Arzt nach. Und plötzlich kamen ihm die Wehwehchen seiner Patienten noch trivialer und bedeutungsloser vor.

Am frühen Nachmittag bekam er einen Anruf auf seiner Privatleitung. Ashe war dran und schlug vor, abends vorbeizukommen. Michael war einverstanden, fragte sich jedoch, warum Ashe nicht wollte, dass er ihn zu Hause aufsuchte. Traute er ihm plötzlich nicht mehr?

Michael hätte nach dem, was er herausgefunden hatte, vollstes Verständnis dafür gehabt. Irgendwie mochte er diesen seltsamen Mann, und dessen Partnerin faszinierte ihn ebenfalls. Er war niemals zuvor solch außergewöhnlichen Leuten begegnet. Allerdings fragte er sich auch, was geschehen würde, sollte Ashe den Eindruck gewinnen, dass er zu viel herausgefunden hatte ...

† † †

Ich konnte in der Nacht nach dem Drogenexzess nicht mehr schlafen. Also lag ich einfach da und beobachtete eine Weile Leylah beim Schlafen und dachte nach.

Immer noch stürmten Erinnerungen aus meinem Inneren auf mich ein, aber es waren jetzt eher Bilder aus der jüngsten Vergangenheit.

Vor kurzem hatte ich noch darüber spekuliert, ob mein Erinnerungsvermögen im Begriff war, sich zu verabschieden. Doch nun war die Situation komplett umgekehrt: Ich erinnerte mich an absolut alles. Und wenn ich es zuließ, trugen mich diese Erinnerungen in ihrer Heftigkeit und Fülle einfach davon. Also versuchte ich zu sondieren und mit Bedacht zu wählen, woran ich mich erinnern wollte.

Am meisten interessierte mich natürlich jenes vorherige Leben, das ich unter dem Namen Akhenaton geführt hatte. Die Bilder aus dieser Zeit waren momentan am klarsten und intensivsten, denn damals war ich völlig ich selbst gewesen. Schwer, das zu definieren – ich war nicht wie heute, auch wenn ich scheinbar gerade wieder zu dem wurde, was ich einst war.

Doch was war ich eigentlich? Der Begriff Vampir war von Menschen geprägt, die Wesen wie mir – mit Fähigkeiten, wie ich sie hatte – einen Namen geben wollten. Denn was einen Namen hatte, verlor sogleich etwas von seinem Schrecken für sie. Einen Namen zu haben, hieß greifbar zu sein.

Aber was ich einst war und wieder wurde, war nicht mehr greifbar, auch nicht für mich. Noch nicht.

Ich spürte, dass sich das sehr bald ändern würde.

Ich dachte über meinen Vater nach. Er war der unheimliche Killer, der umherzog, um meinesgleichen zu töten. Ich hatte keine Ahnung warum, aber er hatte mir gezeigt, wie er es tat. Er hatte während meines Drogentrips Verbindung zu mir aufgenommen.

Ich spürte seine Gedanken wie zähflüssigen, ätzenden Schleim in meinem Kopf. In kurzen, blutigen Bildern zeigte er mir seine grausamen

Taten. Ich sah Carsten von Hagens und seine Leute – und viele andere – immer auf dieselbe Weise sterben.

Dennoch verheimlichte mein Vater etwas vor mir. Er war nicht alleine auf diesen Streifzügen. Doch mit wem zusammen er diese Taten beging, zeigte er mir nicht. Nur seine Selbstgerechtigkeit und seinen Wahnsinn sah und spürte ich. Und das wiederum weckte zunächst meinen Hass, der sich dann in eine Kälte wandelte, die mir zwar nicht ganz fremd, aber dennoch ungewohnt war.

Ich würde meinen Vater finden und aufhalten müssen. Nicht um meinetwillen, sondern für Leylah und die anderen im fernen Toronto, die mir am Herzen lagen. Denn wenn Jordan – so nannte sich mein Vater jetzt – hier fertig war mit seinem Wahnsinn, würde er ihn dort fortsetzen.

Dann zog er sich wieder zurück aus meinem Kopf und ich spürte ihn nicht mehr. Mir schien, auch Jordan war irgendwie überrascht worden. Er hatte nicht damit gerechnet, mir schon jetzt zu begegnen. Und er konnte meine Fähigkeiten nicht einschätzen.

Das verschaffte mir vielleicht einen kostbaren Vorteil. Er war etwas konfus und ich rechnete nicht damit, dass er gleich reagieren würde. Wir hatten also etwas Zeit, um zu überlegen, was zu tun war.

Ich konnte nicht einfach warten, nicht mehr. Nach allem, was ich jetzt wusste oder ahnte, nach allem, was in und mit mir geschah, spürte ich, dass es Schicksal war, das sich zu erfüllen begann. Was immer auch geschehen würde, es würde unser ganzes Dasein und unsere Zukunft beeinflussen.

Als das Grau des anbrechenden Tages durch die Ritzen im Vorhang schimmerte, stand ich leise auf und zog mich an. Bei körperlicher Anstrengung konnte ich am besten nachdenken.

Als ich mich beim Anziehen im Spiegel sah, fiel mir auf, dass sich auch mein Körper veränderte. Mein Gesicht, meine ganze Gestalt. Es war, als schälte sich etwas, jemand, aus mir heraus, der lange im Innern geschlummert hatte. Und es wirkte befreiend, all das festzustellen.

Und irgendwann, als mein Blut aufgeputscht von der körperlichen Anstrengung der Übungen durch meine Adern jagte und mein Hunger immer stärker und drängender wurde, roch ich Leylah. Der Geruch von Schlaf und ihrem wunderbaren Körper wehte mir von der Zimmertür her entgegen.

Ich hatte schon immer eine sehr sensible Nase, aber wenn der Hunger mich überkam, war mein Geruchsinn dem eines Wildtieres gleichzusetzen. Und als ich sie so sah, wie sie sich mir verschlafen gegenübersetzte, hatte ich das Bedürfnis, sie zu erwecken, ihr zu zeigen, wer wir waren, und sie sehen zu lassen, was ich gesehen hatte – und in der Erinnerung noch immer sah.

Ich zögerte nicht, zeigte ihr schonungslos unsere Vergangenheit und löste damit auch bei ihr eine endgültige Veränderung aus. In meinen Armen hielt ich sie und sagte: «Trink von mir.»

Sie sah mich unsicher an. Ich wusste, dass ich sie vollends verändern würde. Aber ‹verändern› war eigentlich falsch, eigentlich war es eher ein Erwecken zu dem, was sie einst war: ein mächtiges Wesen, hervorgegangen aus dem Schoß eines Geschöpfes, das nicht von dieser Welt sein konnte.

So viel ahnte ich, aber eine tatsächliche Erinnerung an unsere Mutter hatte ich noch nicht. Vielleicht würde Leylah den Schleier lüften, denn die weiblichen Nachkommen unserer Rasse standen ihren Müttern vermutlich näher.

Vorhin, als ich den Raum betreten hatte, hatte ich die Rollos geöffnet, sodass jetzt die ersten Strahlen der Wintersonne hindurchschienen. Vor noch gar nicht so langer Zeit hätte ich sie gemieden, da ihre Strahlen uns schwächten. Nun begann ich zu verstehen, warum das so war.

Die Sonne hatte nun einen Namen für mich: Aton. Und ich war der Sohn der Sonne, der Sohn Atons.

Dieser Gedanke war seltsam, altertümlich. Aber er strahlte auch etwas Wahres und Erhabenes aus und ich nahm es hin.

Ich setzte mich im Schneidersitz auf den Parkettboden und zog Leylah zu mir.

«Ich will alles wissen», sagte sie leise und hockte sich auf meinen Schoß. Sie strich eine Strähne meines Haares, die aus dem kurzen Zopf gerutscht war, zurück und zögerte einen Moment. Dann schloss sie die Augen, beugte sich meiner Schulter entgegen und biss so kräftig zu, wie sie nur konnte.

Ich stöhnte schmerzerfüllt auf und drückte sie doch fester an mich. In heißen Wellen durchfluteten mich Pein und Wollust gleichermaßen. Ich spürte, wie Leylahs Lippen begannen, in einem gnadenlosen Rhythmus an der großen Wunde zu saugen, und öffnete ihr meinen Geist.

Wie feine Spinnenbeine griffen ihre geistigen Fühler in mein Inneres und krempelten es um, saugten alles heraus und bohrten sich immer tiefer in mich.

Nun wusste ich, was Stephen damals gefühlt hatte, als er Leylah in der Dachstube von Aarons Haus ausgeliefert gewesen war und sie versuchte, seinen Wahnsinn zu ergründen. Es fühlte sich genauso an wie Mias Vortasten vor so langer Zeit, als ich unter ihr im Schnee lag, aufgeputscht von der Jagd und dem frischen Blut, und sie mir meine Geheimnisse entriss.

Leylah, Mia, Nefertete ...

Unsere Seelen waren Wanderer durch die Zeit, immer wieder einen neuen Körper besetzend und Leben saugend.

Mir wurde schwindelig und meine Hände und Beine begannen zu zittern, denn Leylah saugte alles aus mir heraus.

Irgendwann, nach einer Ewigkeit, ließ Leylah heftig atmend von mir ab. Fahrig wischte sie sich das Blut vom Mund und seufzte aus tiefstem Herzen.

Ich stand etwas wackelig auf und hob sie mit letzter Kraft hoch, um sie ins Schlafzimmer zu tragen. Dort legte ich sie aufs Bett, deckte sie mit dem kühlen, schwarzen Tuch zu und wankte hinüber ins Arbeitszimmer. Am offenen Fenster ließ ich Atons Strahlen meine kalte Haut erwärmen.

Mein Hunger war übermächtig, raste in Wellen durch meinen Körper und wollte mich verschlingen. Ich spürte, wie meine Gedanken ins Irrationale abdrifteten und sich Geifer in meinem Mund sammelte. Ich brauchte Blut, sonst würde ich durchdrehen.

Michael fiel mir ein, der heute noch vorbeikommen wollte. Ich konnte nicht so lange warten und suchte nach seiner Telefonnummer.

Leylah hatte drei Nummern auf einen Zettel geschrieben, als sie mich am Vorabend gesucht hatte. Ich wählte die erste Nummer und hatte gleich Glück. Am anderen Ende meldete sich Michael mit einem kurzen «Ja?».

Ich musste mich beherrschen, um meine Stimme ruhig und neutral klingen zu lassen, als ich ihm vorschlug, zu ihm zu kommen, anstatt er zu mir.

Michael war einverstanden, doch ich musste sicher gehen, dass er alleine war. Also verabredeten wir uns für siebzehn Uhr – dann würde die Praxis bereits geschlossen haben – in den Laborräumen, wo wir auch die letzte Nacht verbracht hatten. Ich verabschiedete mich und da es noch früher Vormittag war, wollte ich versuchen bis zum Treffen mit Michael noch etwas zu schlafen.

Im Schlafzimmer legte mich zu Leylah, die tief und fest schlummerte, und hoffte, ebenfalls ein wenig erholsamen Schlaf zu finden, um nicht den Schmerzen des Hungers ausgesetzt zu bleiben.

† † †

Aaron hatte in einem Hotel nahe dem Heathrow Airport eingecheckt und sich in der Hotellobby einen Wagen bei der dort ansässigen Autovermietung geliehen. Es war ein durchschnittlicher Mittelklassewagen, der nicht auffallen würde.

Er hatte nicht vor, Ashe davon in Kenntnis zu setzen, dass er in London war, denn er wollte erst einmal nur beobachten. In der letzten Zeit hatte er in seinen immer wiederkehrenden Visionen viele Dinge gesehen, die ihn erschreckt und gewarnt hatten.

Sein Schöpfer, Vater, wie immer man es auch nennen wollte, hatte Kontakt mit ihm durch diese Visionen aufgenommen. Er war derjenige, der sich damals im alten Rom Mercutio genannt und ihn zu dem erweckt hatte, was Aaron nun seit so langer Zeit war.

Mercutio hatte ihm seine Abstammung und seine Bestimmung gezeigt, sein Leben, lange vor seiner Geburt in Rom. Vor einer Ewigkeit in einem fernen Land, bei den Mayas. Gezeugt von zwei Wesen, die nicht von dieser Welt waren.

Aaron war durch Mercutios bildliche Offenbarungen anfangs verwirrt worden, aber nach und nach erschloss sich ihm der Sinn und die Logik, die dahinter standen, und er wusste, dass er wahrscheinlich der Einzige war, der das Schicksal ihrer ganzen Rasse mit seinem Wissen in Händen hielt. Vorausgesetzt, Ashe hatte inzwischen noch keinen Kontakt zu dem Killer gehabt, denn spätestens dann würde auch ihm das ganze Ausmaß ihres Daseins eröffnet werden. Und davor hatte Mercutio Aaron gewarnt.

Er wurde den Eindruck nicht los, als Spielball für ein Wesen zu dienen, das ihn zwar Sohn nannte, aber nicht wirklich emotional mit ihm verbunden war. Mercutio hatte Angst vor Ashes Vater und vor Ashe, spürte Aaron. Und deshalb war er jetzt hier: um herauszufinden, warum.

Aaron beschloss, Ashe und Leylah zu beschatten. Dabei musste er nicht befürchten, dass die beiden seine Anwesenheit spüren würden, denn er war ein Meister darin, sich vor den Wesen seiner Rasse zu verbergen. Er sah sich selbst als Neutrum und war bemüht darum, dass andere ihn auch so sahen und damit ignorierten. Er öffnete sich sogar den Wesen, die er liebte, nie ganz. Aaron hatte bisher nicht gewusst, warum das so war, aber so langsam erschloss sich ihm auch der Hintergrund dieser Angewohnheit.

Nach seiner Ankunft in London am Abend hatte er sich in der Nähe von Ashes und Leylahs Appartement postiert und nur beobachtet – auch als irgendwann spätabends Jordan mit einem kleinen Mädchen an der Hand das Haus betrat.

Aaron hatte Ashe und einen ihm unbekannten Mann wegfahren sehen, aber aus einem unbestimmten Gefühl heraus beschlossen, ihnen nicht zu folgen. Er wusste, dass Leylah und Marten noch in der Wohnung weilten.

Irgendwann gegen Mitternacht fuhr dann auch Leylah mit Martens Wagen weg. Dabei schien sie es sehr eilig gehabt zu haben.

Und noch immer hatte Aaron eine innere Stimme befohlen, auszuharren und zu warten.

Wenige Minuten später wusste er, warum. Nachdem Jordan und das Mädchen das Haus betreten hatten, stieg Aaron aus seinem Wagen und folgte ihnen.

Die Haustür war nicht zugefallen, sodass er sie aufdrücken und den Flur betreten konnte. Das Haus hatte drei Stockwerke. Ganz oben wohnten Ashe und Leylah, eine eigenen Etage nur für sie. Und von dort hatte er plötzlich Geräusche gehört, Geräusche eines Kampfes.

Aaron blieb im Dunkeln stehen und lauschte. Seine Nerven waren zum Zerreißen angespannt, denn er wusste, warum Jordan hier war und mit wem er gerade rang. Aber Aaron war zur Untätigkeit verdammt, es war nicht seine Aufgabe, jetzt schon einzugreifen. Auch nicht, als er hörte und spürte, wie Marten seinem übermächtigen Gegner schließlich unterlag.

Das Ganze spielte sich in der Dunkelheit und erstaunlich leise ab. Aaron hörte Martens Keuchen und die Stimme von Jordan – und roch schließlich übermächtig das Blut, das vergossen wurde. Martens Blut.

Aaron schloss die Augen und unterdrückte krampfhaft jegliche Gefühlsregung, die in ihm aufwallen wollte. Martens Schicksal hatte sich in diesem Moment erfüllt und Aaron konnte nichts mehr für ihn tun, selbst wenn er gewollt hätte.

Wie er das Haus betreten hatte, so verließ er es auch wieder. Wie ein Schatten huschte er zu seinem Wagen und wartete, die Hände ins Lenkrad verkrampft und auf den Hauseingang starrend.

Es dauerte nicht lange und Jordan und das kleine Mädchen kamen aus dem Haus, über Jordans Schulter hing der Körper von Marten.

Niemand außer Aaron sah sie, es war eine ruhige Nebenstraße und die meisten Leute schliefen schon. Jordan packte die Leiche in den Kofferraum und schnallte das Mädchen auf dem Rücksitz an. Dann fuhr das Auto, an dessen Nummernschild Aaron erkannte, dass es sich ebenfalls um einen Mietwagen handelte, davon.

Aaron gestattete sich nun, seinem Entsetzen Luft zu machen, indem er fassungslos aufstöhnte und die Hände vors Gesicht schlug. Er hasste es, untätig zuzusehen und nichts tun zu können, weil er es nicht durfte.

Aber seine Zeit würde kommen.

† † †

Als Leylah aufwachte, fühlte sie sich wie neu geboren. Sie brauchte einen kurzen Moment, um sich zurechtzufinden, dann setzte die Erinnerung ein. Die vollkommene Erinnerung. Sie hatte alles gesehen, was Ashe gesehen hatte, wusste alles, was er wusste, und fühlte sich endlich vollständig.

Leylah spürte Ashes Anwesenheit in der Wohnung und als sie das Schlafzimmer verließ, sah sie, dass er sich im Arbeitszimmer verschanzt hatte. Die Tür war geschlossen.

Sie fühlte seine fiebrigen, wilden Gedanken, seinen Hunger und hatte ein wenig ein schlechtes Gewissen. Aber als sie Ashe vorhin erst einmal gebissen hatte, kannte sie kein Zurück mehr. Ihr Körper und ihr Geist hatten sich verselbständigt und sie hatte Ashe alles genommen.

Andererseits war keine Reue in ihr. Ashe hatte ihr all die Jahre, die sie sich jetzt kannten, so vieles verschwiegen, aus Rücksicht. Es war klar gewesen, dass irgendwann der Moment aller Offenbarungen kommen musste, auch wenn es ihn vorübergehend angeschlagen zurückließ. Aber er würde sich schon Abhilfe schaffen, dessen war sie gewiss.

Nach einer ausgiebigen Dusche und mit frischen Anziehsachen fühlte Leylah sich noch besser und war bereit für alles, was da kommen sollte.

Die vielen negativen Dinge, die sie von Ashe mitbekommen hatte, verdrängte sie einfach. Zumindest für den Moment.

Sie klopfte leise an die Tür zum Arbeitszimmer und hörte Ashes Stimme in ihrem Kopf, der sie bat, hereinzukommen. Ashe saß mit ausgestreckten Beinen auf dem modernen Bürostuhl und sah sie aus umschatteten Augen an.

Draußen brach schon die Dunkelheit herein, obwohl es erst später Nachmittag war. Im Restlicht des Tages sah sie die blasse Haut seines Gesichts mit dem dunkleren Schatten beginnenden Bartwuchses über der Oberlippe.

Man sah deutlich, wie sehr Ashe sich auch äußerlich veränderte und seinem einstigen Erscheinungsbild als Akhenaton immer mehr anglich.

«Wenn du dir jetzt noch die Augen schwarz umranden würdest ...», sagte Leylah nachdenklich und sah ihn fasziniert an.

Ashe zwinkerte ihr zu und obwohl es ihm schlecht gehen musste, grinste er breit, als er leise erwiderte: «Und du solltest mal in den Spiegel sehen, meine Schöne.»

Leylah stutzte. «Wieso? Habe ich irgendwas ...?», fragte sie erstaunt und betastete ihre Haut. Sie hatte vorhin nach dem Duschen nur flüchtig in den Spiegel gesehen, mit den Gedanken sowieso ganz woanders. Auf Kleinigkeiten zu achten, dafür war nicht Zeit gewesen.

Jetzt lachte Ashe kehlig und rau auf. «Nicht im Gesicht, sondern das Gesicht an sich. Ich hätte nie für möglich gehalten, dass du noch schöner werden könntest.»

Leylah ging zu Ashe, sah auf ihn herab und knuffte ihn in die Schulter. «Du Schmeichler! Aber ich gebe das Kompliment zurück», sagte sie neckisch.

Ashe grunzte: «Ja, klar, gerade in diesem Zustand.» Seine Stimme ließ Zweifel an Leylahs Worten erkennen. «Ich fahre gleich zu Michael. Ich habe ihm gesagt, dass er nicht hierher zu kommen braucht.»

Sein Blick wurde verschlagen und Leylah schwante, warum Ashe das so geregelt hatte.

«Willst du ihn erwecken oder einfach nur als Nahrung? Ich frage mich eh schon die ganze Zeit, was du an ihn findest und warum du ihm so vertraust», sagte sie und Ashes Gesicht wurde ernst.

«Da ist nichts zum Erwecken in ihm. Er ist nur ein ganz normaler Mensch. Na ja, vielleicht nicht ganz so durchschnittlich wie andere. In ihm ist eine umtriebige Seele, die ihn zu etwas Besonderem macht, ihn ein wenig abhebt von anderen. Das macht ihn ...», er dachte kurz nach, «interessant. Er wird mir helfen herauszufinden, wo unsere Schwachstellen sind», führte er aus, doch seine Augen sagten etwas anderes.

Jetzt grinste Leylah und fragte unschuldig: «Darf ich mitkommen?»

Sie kraulte Ashe am Kinn und dieser packte blitzschnell ihre Hand und stand auf. Sein Gesicht war dicht vor ihrem und sein Atem war heiß, als er heiser flüsterte: «Ich sollte mir etwas von dem, was du mir genommen hast, zurückholen. Jedenfalls den flüssigen Teil davon.»

Seine Lippen zogen sich in die Breite. «Aber dann wirst du dir wiederum etwas besorgen müssen als Ausgleich. Und mir ist lieber, dich nicht alleine zu lassen ... solange ‹er› lebt.»

Leylah sah ihm herausfordernd in die Augen und entgegnete: «Ich bin wie du. Glaubst du, ich würde nicht mit ihm fertig werden? Warum hat er mich wohl damals verschont?» Sie lächelte geheimnisvoll, ließ Ashe stehen und ging zum Fenster, um auf den Garten hinunterzusehen.

Ashe stockte der Atem und seine Augenbrauen zogen sich zusammen. «Du meinst doch nicht etwa ... es hat nie ... ich meine ... ich dachte, unsereins könnte sich nicht auf diese Art vermehren», stammelte er unsicher und starrte Leylahs Rücken an.

Sie lächelte in sich hinein und flüsterte: «Tja, falsch gedacht, mein Liebster. So wie es damals in Ägypten möglich war, ist es auch jetzt möglich. Oder ich bilde mir nur ein, schwanger zu sein.»

Sie drehte sich um und zuckte zurück, denn Ashe stand schon dicht vor ihr, ohne dass sie ihn kommen gespürt oder gehört hätte.

Er legte seine flache Hand auf ihren Bauch und küsste sie lange und innig. Leylah fühlte seinen Hunger fast körperlich, aber auch die Verwirrung und seinen Stolz.

«Unser Leben wird sich vollkommen ändern», sagte er in Gedanken zu ihr. Das versetzte ihr einen Stich, denn es klang so endgültig und sie wusste nicht, ob sie sich freuen oder fürchten sollte. Sie hoffte inständig, dass sich die Geschichte nicht wiederholte und sie Ashe erneut verlor.

Sie wischte den negativen Gedanken fort und erwiderte bemüht lässig: «Dann lass Michael nicht warten, ihn und deinen Hunger.»

Sie knuffte ihn in die Seite und zusammen brachen sie auf, um zu dem jungen Arzt zu fahren.

Als sie die Wohnung verließen, wurden beide sehr ernst, denn Martens Tod holte sie im Treppenhaus wieder ein. Sein Geruch lag noch immer in der Luft.

Tod und neues Leben, beides lag so dicht beieinander – und sowohl Ashe als auch Leylah ahnten, was es bedeutete.

Ein Hauch von Wiedergeburt umfing sie. Sie wussten nur noch nicht, wem sie ein neues Leben schenken würden.

Zu lieben, heißt zu verlieren.
Und zu verlieren, heißt zu sterben.
Zu sterben, heißt zu leben.
Zu leben, heißt loszulassen.
Loszulassen ist Freiheit.
Freiheit ist es, wozu es sich lohnt zu leben, zu lieben und zu sterben.

9

Khadi schrie. Es war ein unwirklicher, unheimlicher Laut. Es hörte sich an wie ein verletztes Tier, ein Reh oder etwas Ähnliches.

Jordan zog die Augenbrauen hoch bei diesem Vergleich. Wie kam er auf solch menschliche Floskeln? Interessiert beobachtete er das schlafende, scheinbar in einem furchtbaren Traum gefangene Mädchen.

Ihr Wehklagen ging in ein Wimmern über und verstummte schließlich. Sie seufzte mit der Stimme eines normalen, menschlichen Kindes, drehte sich auf die Seite und schlief weiter.

Jordan saß in einem unbequemen Sessel Khadis Bett gegenüber und dachte nach. Er sollte nicht zürnen mit dem Kind, immerhin war ihr mütterlicher Anteil menschlich.

Celines Gene waren noch in diesem kleinen Körper aktiv, wenn auch stark unterdrückt von seiner dominanten DNS. Aber es war nur eine Frage der Zeit, dann würden seine nichtmenschlichen Gene den Körper des Mädchens ganz übernehmen und Celines genetische Hinterlassenschaft schlichtweg auslöschen.

Sie hatte schon so viele ihrer Art – Vampire, wie die Menschen sie nannten – in sich aufgenommen, dass ihr kleiner Körper fast barst vor all dieser Energie, die sie damit auf sich übertragen hatte. Denn Khadi absorbierte sie, hielt sie in sich gefangen und wandelte ihre Lebensenergie, die sonst in einem neuen Körper wiedergeboren werden würde, in ein machtvolles Potential um. Nur war sie noch viel zu jung, um dieses für sich zu nutzen.

Viele von denen, die sie in sich aufgenommen hatte, waren schwächliche, verwässerte Nachkommen ihrer selbst gewesen. Von Generation zu Generation seichter und ihrer Art unwürdiger geworden. Es war fast zu leicht gewesen, sie zu töten. Abfall waren sie, wie er fand, nicht mehr würdig, seine und die Gene der beiden anderen, mit denen er in diese Welt gekommen war, weiterzutragen.

Die beiden anderen - einer von ihnen war in den Körper eines weiblichen Menschen geschlüpft. Er, Jordan und der Dritte – er hatte keine Ahnung, wie sich dieser heute nannte – hatten sich mehrfach mit ihr gepaart, um ihre Rasse in dieser Welt weiterexistieren zu lassen.

Den reinrassigen Nachkommen von ihnen war es ebenfalls möglich, sich untereinander zu paaren. Nur wenn sich ein Abkömmling ihrer Rasse mit einem Menschen paarte, war eine weitere Vermehrung nicht mehr möglich.

Während es den Reinrassigen ihrer Art möglich war, nach einer längeren Regenerationsphase einen neuen menschlichen Körper zu besetzen, wenn der bisherige durch widrige Umstände zerstört worden war, konnten dies die Nachkommen mit Menschenanteil nur durch Seelenwanderung vollziehen.

Jordan wusste, dass die Menschen es Seele nannten, obwohl eigentlich die reine Lebensenergie damit gemeint war. Aber Menschen waren abergläubische Kreaturen, die sich scheuten, Dinge, die sich ihrem Begreifen entzogen, realistisch zu betrachten und zu benennen. Nur deswegen hatten sie drei es auch vor vielen tausend Jahren so leicht gehabt, die Bewohner dieser Welt zu beeinflussen und ihnen so genannte Hochkulturen zu errichten.

Die Menschen allein hätten das nicht zustande gebracht, mit ihrem sich selbst beschränkenden Wissen. Sie nahmen nur zu gerne neue ‹Götter› an, was es Jordan und seinen Gefährten leicht machte, sie unter Kontrolle zu halten und auszupressen. Letztendlich waren Menschen mit ihrem Blut nämlich nur Energielieferanten, Nahrung.

Wären sie statt nur zu dritt in einer ganzen Schar auf dieser Welt eingefallen, die Menschheit wäre wohl längst ... ausgesaugt. Aber sie drei waren die Letzten ihrer Art und hatten daraus gelernt, was ihrer Heimatwelt widerfahren war. Denn dort war es genau dieser hemmungslose Raubbau an Ressourcen gewesen, dem ihre Art schließlich zum Opfer fiel.

Doch je länger Jordan auf dieser Welt hier weilte und je mehr er auf diesen menschlichen Körper angewiesen war, umso schwächer wurde er. Er vermenschlichte schlicht und einfach. Als er begann, das zu spüren, reifte sein Plan in ihm.

Er hatte keine Ahnung, wo das ‹Weibchen› seiner Rasse abgeblieben war. Nachdem sie einige Nachkommen gezeugt hatten, verteilten sie sich auf verschiedene Kontinente und verloren sich aus den Augen.

Er dachte an Ashe und Leylah, die von ihr geboren wurden, aber von verschiedenen Vätern waren. Ashe hatte er gezeugt, Leylah war von dem anderen gezeugt worden. Die beiden kamen zusammen als Zwillinge auf die Welt, wurden jedoch voneinander getrennt. Leylah wuchs bei ihrem

Vater auf, auf einem anderen Kontinent, ohne zu wissen, wer ihr Erzeuger war. Genauso wenig wie Ashe wusste, dass Jordan sein Vater war. Ashe brauchte es nicht zu wissen, wichtig war nur, dass Jordan in der Nähe war, wenn er herausfand, was er selbst war. Doch es war ihm außer Kontrolle geraten. Sie hatten nicht gewusst, wie ihre Nachkommen in dieser Welt geraten würden.

Anfangs war Ashe, dem er damals den Namen Akhen gegeben hatte, wie ein ganz normaler Menschenjunge aufgewachsen. Niemand merkte, dass er das nicht war, auch er selbst nicht. Dann, als er das, was die Menschen geschlechtsreif nannten, wurde, veränderte er sich. Seine Fremdartigkeit kam zum Vorschein und die Menschen begegneten ihm mit einer Mischung aus Furcht und Ergebenheit.

Akhen sollte das weiterführen, was Jordan in die Wege geleitet hatte, nämlich die Menschen zu regieren und durch die Anbetung der von ihm erfundenen Götter einzuschüchtern und gefügig zu halten. Menschenopfer, die diesen Göttern dargebracht wurden, waren die ideale Vertuschung für das Stillen seines Bluthungers und dem seiner Nachkommen.

Auch Akhen fand großen Gefallen daran, sich hemmungslos an Menschenblut zu laben – da kam er ganz nach seinem Vater. Doch dann schickte er nach Nefertete, wie Leylah damals hieß, um zusammen mit Akhen für reinrassigen Nachwuchs zu sorgen, und alles veränderte sich.

Nefertete und Akhen, der sich – nach seinem eigenen, selbst definierten Gott Aton – fortan den Namen Akhenaton gab, schafften die alten Götter samt Opferungen ab und stellten sich selbst in den Mittelpunkt der Anbetung. Sie wussten beide sehr genau, dass sie andere, nichtmenschliche Wesen waren, und hielten es nur für natürlich, auch als solche verehrt zu werden. Gleichzeitig wollten sie den Menschen klar machen, dass sie keine Opfer forderten, um ihren Hunger zu stillen, sondern dass es eine Ehre war, ihnen Blut zu darzubringen.

Die Menschen in dem Teil des Landes, wo die beiden regierten, nahmen diese Neuerung nur zu gerne an, denn im Gegenzug versprach ihnen Akhenaton Wohlstand und das Ende aller Kriege.

Das hieß aber auch, dass Jordan, der sich selbst zum Hohepriester der althergebrachten Götter erhoben hatte, mit einem Mal in Lebensgefahr war, denn Akhenaton ließ alle gnadenlos töten, die weiterhin den alten Götzen frönten und sich seinem Atonkult verweigerten. Und das war der

Moment gewesen, in dem Jordan beschlossen hatte, seinen Sohn sterben zu lassen – oder zumindest seinen Körper zu zerstören.

Jordan streckte sich. All das war sehr, sehr lange her.

Irgendwann wurde Akhen als Ashe in der Keltenzeit wiedergeboren und er brauchte verdammt lange, um herauszufinden, wer er wirklich war.

Jordan hatte damals, als er ihn zum zweiten Mal erweckte, keinen Grund gesehen, ihm diesbezüglich auf die Sprünge zu helfen, denn das hätte nur zur Folge gehabt, dass Ashe sich seinem Einfluss entzogen hätte. Allerdings kam es dann so, dass sein, Jordans, Körper von Menschenpack zerstört wurde und es ihn viel Zeit kostete, seine Energie in einer Zwischendimension wieder so weit herzustellen, dass er einen neuen Körper übernehmen konnte. Es war für ihn ein Leichtes, die menschliche Lebensenergie, die diesen Körpern schon innewohnte, zu zerstören.

Für Jordan war es beschlossene Sache, dass er Ashe, jetzt wo dieser die Erinnerung an seine erste Existenz wiedergefunden hatte, erneut töten würde. Er musste es, denn sonst würde Ashe ihm zuvorkommen. Bei Wesen ihrer Rasse gab es so etwas wie eine emotionale Bindung zwischen den Eltern und Nachkommen eigentlich nicht. Es waren nur die menschlichen Körper, in die sie schlüpften, die ihnen so etwas dann vorgaukelten und sie diesbezüglich beeinflussten, denn Moral war eine rein menschliche Eigenschaft. Deshalb war es auch nicht wichtig, dass die Nachkommen wussten, wer ihre Eltern waren. Und darum nannte Khadi ihn ‹Onkel› Jordan, denn er hatte ihr nie gesagt, dass er eigentlich ihr Erzeuger war. Sie war nur ein Werkzeug für ihn, um ihre Rasse neu zu begründen und wieder reinrassig werden zu lassen. Er selbst würde sich mit ihr paaren, wenn sie reif dafür war. Zeit spielte für ihn da keine Rolle, auch nicht die paar Jahre, die vergehen mussten, bis Khadis doch noch überwiegend menschlicher Körper in der Lage sein würde, zu gebären.

Jordans Gedanken drifteten weiter ab und ergingen sich in wirren Machtphantasien, während er still das schlafende Kind beobachtete und seine unheimlichen Augen im Dunkeln wahnhaft glühten.

† † †

Michael saß in seinem Büro und schlürfte einen Kaffee nach dem anderen, während er auf Ashe wartete. Vor einer halben Stunde waren auch die Putzfrauen mit dem Reinigen der Praxisräume fertig gewesen, und so saß er ganz allein in dem Gebäude. Allein mit sich und seinem verwirrten Kopf.

Vor seinem geistigen Auge ließ er noch einmal die letzten beiden Tage Revue passieren und wusste nicht, ob er in sich hineingrinsen oder sich fürchten sollte. Es war, als wären seine heimlichen Gebete um einen aufregenden medizinischen Fall erhört worden. Sein Frust war verflogen und er fragte sich gespannt, was als Nächstes auf ihn warten würde.

Ashe war ihm ein Rätsel. Wenn Ashe um seine ‹Andersartigkeit› und um die Brisanz, die dahinter stand, wenn sein Fall publik würde, wusste, warum hatte er sich dann gerade ihm, einem stinknormalen Allgemeinmediziner, anvertraut? Musste er nicht fürchten, dass Michael mit den Ergebnissen an die Öffentlichkeit ging?

Aber Ashe hatte schon Recht damit, dass es nicht so einfach war, so etwas Glauben zu schenken. Niemand glaubte an Wesen, die den Menschen in ihren Fähigkeiten überlegen waren. Man würde versuchen, Michael als Betrüger oder Phantasten hinzustellen, nur um nicht anerkennen zu müssen, dass der Mensch doch nicht das alles überragende Meisterstück der Evolution war. Aber was war Ashe? Und wie viele gab es noch, die wie er waren oder gar noch ungewöhnlicher?

Michael beschloss, ihn einfach darüber auszufragen, wenn er kommen würde, und das musste eigentlich jeden Moment der Fall sein, denn es war schon zehn nach fünf und die Dämmerung bereits hereingebrochen. Seine Gedanken wurden spezifischer, medizinischer. Jetzt, wo es dunkel wurde, würden Ashes Hautporen sich weit öffnen, um ... ja, um was eigentlich? Welche Funktion hatte dies bei einem Wesen wie ihm? Dass sie sich bei Licht bzw. UV-Strahlung verengten, um die Strahlung nicht durchzulassen, war nachvollziehbar, denn genau das verhinderte ja das Altern der Hautzellen und ihr Absterben. Und warum war es wichtig, das Ashe sich vom Blut anderer nährte? Waren es bestimmte Nährstoffe im Blut seiner – Michael wagte es nicht, das Wort ‹Opfer› zu gebrauchen – Spender oder eher eine spirituelle Substanz, die er zum Leben brauchte? Was würde geschehen, wenn er kein Blut trank? Unzählige Fragen kamen in Michael auf und seine Neugier wurde immer drängender und ungeduldiger.

Urplötzlich wurde er aus seinen Gedanken gerissen, als sich von hinten eine Hand auf seine Schulter legte. Michael wirbelte erschrocken auf seinem Drehstuhl herum und sah Ashe vor sich stehen. Gefolgt von seiner Partnerin Leylah. Beide sahen ihn lächelnd an.

Michael war so ins Grübeln versunken gewesen, dass er nicht gehört hatte, wie sie hereingekommen waren. Er hatte die Tür zur Praxis ganz bewusst offen gelassen, denn um diese Zeit kamen ohnehin keine Patienten mehr.

Hektisch stand er auf und war ein wenig verlegen. Er hatte sich so viel Gedanken um Ashe gemacht und seine Natur so hinterfragt, dass es seltsam war, ihn jetzt wiederzusehen, dicht vor sich, und festzustellen, dass Ashe sich seit der letzten Nacht tatsächlich irgendwie verändert hatte. Er wirkte jetzt irgendwie noch dunkler, fremdartiger und irgendwie ... unberechenbarer.

Michael besaß viel Einfühlungsvermögen – nicht zuletzt deswegen war er ja ein guter Arzt geworden – und darum spürte er auch fast körperlich die fiebrige Welle, die von Ashe ausging. Seine Nackenhärchen stellten sich auf und er machte verlegen zwei Schritte zurück, raus aus der heißen Aura des Mannes vor ihm. Um seine Unsicherheit zu überspielen, ordnete er einen Stapel Papiere auf seinem Schreibtisch und versuchte seine Stimme neutral freundlich klingen zu lassen, als er die beiden begrüßte.

«Freut mich, dass Sie gekommen sind, Ashe ... und auch Sie zu sehen, Leylah.» Er nickte beiden zu und verzog seinen Mund zu einem Lächeln.

Ashe hakte lässig seine Finger in die vorderen Hosentaschen seiner Jeans, lehnte sich leicht gegen Michaels Schreibtischkante und sah ihn weiter unergründlich an. Leylah lächelte zurück und sagte leise: «Freut mich auch, Sie wiederzusehen, Michael.» Sie drehte sich suchend um und zog sich schließlich den Besucherstuhl heran, um sich geziert darauf niederzulassen. Dann sah sie Ashe an, der mit dem Rücken zu ihr stand.

Um die unangenehme Stille zu überbrücken, begann Michael mit seinen Ausführungen: «Also, ich habe Ihre Proben eingehend untersucht. Natürlich mit aller gebotener Vorsicht. Leider bin ich zu keinem Ergebnis gekommen, denn was ich herausgefunden habe, ist mir vollkommen unbekannt. Ich will damit sagen», er räusperte sich kurz verlegen, «dass es in der Medizin keine Fallbeispiele gibt, die dem, was mir vorliegt, entsprechen oder zumindest nahe kommen.»

Der Arzt setzte sich wieder in seinen Stuhl und bat Ashe den zweiten Besucherstuhl an, doch dieser ignorierte die Geste und fragte stattdessen: «Ich will nicht wissen, was die Medizin darüber denkt, sondern was du denkst, Michael.» Er hatte sich leicht vorgebeugt und seine Stimme klang rauer und akzentuierter als noch am Vorabend. Neugierig oder besser gesagt gierig starrte er Michael, und diesem wurde der Kragen seine Hemdes eng. Er fühlte sich wie das berühmte Kaninchen vor der Schlange.

Michael schalt sich selbst einen Narren und drückte den Rücken durch, um nüchtern und souverän zu wirken. Bemüht um Sachlichkeit antwortete er: «Ich denke, dass Sie ein außergewöhnlicher Mensch sind, Ashe. Aber Sie baten mich um medizinische Ergebnisse und unter dieser Prämisse möchte ich Ihren Fall auch weiter behandeln, sofern Sie sich als mein Patient sehen möchten.» Er wollte noch etwas hinzufügen, wurde aber von einem kehligen Lachen unterbrochen.

Ashes Gesicht strahlte vor Vergnügen und wenn er lachte, sah er richtiggehend ... nett aus, fand Michael, wurde jedoch noch in der gleichen Sekunde eines Besseren belehrt. Denn plötzlich stand Ashe nicht mehr vor ihm am Schreibtisch, sondern direkt neben seinem Stuhl, schwang diesen herum in seine Richtung und zog Michael mühelos hoch und zu sich heran. Dieser war viel zu überrascht, um zu reagieren. Verdutzt ließ er sich von Ashe hinter dem Schreibtisch hervor und an die Wand daneben ziehen.

Michael war einen halben Kopf größer als Ashe und dank regelmäßigem Sport auch ziemlich durchtrainiert. Aber der Blick aus Ashes Augen machte jede Gegenwehr in ihm zunichte. Er verlor sich in diesen großen, jetzt wieder grünlich schimmernden Augen.

Eher instinktiv hatte Michael die Arme gehoben, in einer Art Abwehrhaltung. Ashe packte ihn bei den Handgelenken und drückte sie herunter, mühelos und mit ausdrucksloser Miene. Michael keuchte hilflos auf und wollte etwas sagen, aber kein Wort kam über seine Lippen. Es war, als hätte er seine Stimme verloren. Er hörte Ashe in seinem Kopf, ohne dass dieser den Mund bewegte.

«Lass es einfach geschehen», säuselte Ashes Stimme, und Michael erschlaffte in seinem Griff.

Aus den Augenwinkeln sah er Leylah, die die Szene von ihrem Stuhl aus interessiert und ebenfalls mit Gier in den Augen beobachtete. Michael sah Ashes Gesicht nur wenige Zentimeter vor sich, spürte dessen heißen Atem auf seiner Haut, fühlte den schlanken, sehnigen Körper an seinem und verlor sich vollkommen in diesem Wesen, begehrte es plötzlich, wie er noch nie zuvor etwas begehrt hatte. Und in dieser Situation schoss ihm ein belustigender Gedanke durch den Kopf: «Ist es das, was Vampire immer auf Menschen ausübten? Dieses Begehren?»

Ashes Mund kam ganz nah an seinen, als er zurückhauchte: «Ja, das ist es.»

Michael spürte, wie Ashe seine Arme losließ und im nächsten Moment einen scharfen Schmerz an seiner Halsbeuge. Dann lief etwas Warmes seine Haut hinab.

Ashe fetzte mit der anderen Hand den Kragen von Michaels Hemd weiter auf, sodass die Knöpfe davonflogen, und presste seinen Mund auf die schmerzende Stelle.

Michael keuchte auf, als der mörderische Sog einsetzte. Es fühlte sich an, als würde Ashe sein komplettes Innerstes umkrempeln, verflüssigen und durch diese eine Stelle an seinem Hals heraussaugen. Ihm wurde heiß und schwindelig zugleich und seine Beine zitterten unkontrolliert.

Ashes Körper presste sich an seinen und Michael fühlte die Wellen, die Ashes Körper mit jedem Schluck von seinem Blut wie Strom durchliefen. Unfähig sich zu halten, sank Michael zu Boden, doch Ashe blieb weiter an ihm dran. Wie ein Raubtier hockte er nun über ihm und so etwas wie Überlebensinstinkt erwachte in Michael. Mit seinen jetzt freien Armen versuchte er, Ashe von sich wegzudrücken.

Er keuchte verzweifelt, als Ashe ein Knie in seinen Magen drückte, um ihn ruhig zu halten. Dann ließ er von Michaels Hals ab und starrte ihn wild an. Der sah sein eigenes Blut am Mund dieses Satyrs und fand seine Stimme wieder.

«Warum tun Sie das? Ich wollte Ihnen doch helfen ...», krächzte er in einer Mischung aus Schmerz und Verwirrung.

Flink wie eine Schlange leckte Ashes spitze Zunge das Blut von den Lippen und antwortete: «Weil ich es will.»

Seine Stimme klang dabei so selbstverständlich dominant und keinen Widerspruch duldend, dass Michael ihn nur noch fassungslos anstarren konnte. Ashe beugte sich wieder hinab, und nun sah Michael das silberne Ankh, das an einem schwarzen Lederband um seinen Hals hing und in einer skalpellartigen Klinge endete. An dieser Klinge klebte Blut. Im nächsten Moment fielen Ashes Haare in sein Gesicht und der mörderische Sog an seinem Hals begann erneut.

Michael dachte, er würde jetzt sterben, und schrie verzweifelt auf: «Nein!»

Und wieder hörte er Ashes Stimme in seinem Kopf: «Du wirst nicht sterben!»

Dann verlor Michael die Besinnung.

† † †

Ich erhob mich langsam und sah auf Michael hinab, der reglos vor mir lag. Mein Körper zitterte vor Anspannung und sein Blut schoss durch meine Adern – besser gesagt das, was in Michaels Blut von mir als Nahrung verwertet wurde. Seine Essenz, seine Energie, sein ‹Sein›. Seine Gefühle, Erinnerungen, alles, was ihn ausmachte, wurde von mir aufgenommen und meinem Kreislauf zugeführt. Es füllte mich auf und gab mir neue Energie.

Leylah kam zu mir. Ich küsste sie, öffnete dabei den Mund, und ihre Zunge ertastete die feinen Geschmacksnuancen von Michaels Blut. Dann löste sie sich wieder von mir und sah auf den Bewusstlosen hinab.

«Er liebt dich», sagte sie und sah mich an, «er konnte gar nicht anders und ich verstehe es.» Sie lächelte.

Ich grinste leicht verlegen zurück. «Und er wird mich hassen, wenn er aufwacht», antwortete ich leise, «weil er auch weiterhin ein Mensch sein wird und nicht teilhaben kann an dem, was wir sind.»

Leylah schüttelte den Kopf: «Nein, du hast ihn gut ausgewählt. Er ist Rationalist. Ich glaube nicht, dass er je solch eine Hoffnung gehegt hat. Er weiß Wunschdenken von Realität zu unterscheiden.»

Und als hätte Michael das gehört, erwachte er mit einem langgezogenen Stöhnen und schlug die Augen auf. Er sah zu uns hoch und stemmte seine Ellbogen auf den Boden, um ein Stück weit von uns wegzurutschen. Sein Blick war eine Mischung aus angefahrenem Reh und Wut. Ich hatte mit meinem Übergriff seinen Stolz verletzt. Wie außergewöhnlich! Die meisten meiner Opfer, die ich am Leben ließ, waren eher verwirrt denn wütend. Meine Sympathie für Michael stieg weiter.

Ich beugte mich leicht hinab und streckte ihm meine Hand entgegen, um ihm aufzuhelfen. Er zögerte, funkelte mich erbost an und griff sie schließlich doch. Michael konnte nicht anders, mein Wille war stärker als sein Stolz.

Als er noch etwas wackelig auf den Beinen schließlich vor uns stand, traf mich plötzlich ein Hammerschlag. Jedenfalls fühlte es sich so an. Ich taumelte zwei Schritte zurück und meine Hände fanden gerade noch Halt am Schreibtisch. Es war ein Gefühl, als hätte jemand meine Schädeldecke aufgeklappt um hineinzusehen, und ich konnte nichts dagegen tun. Mein Geist wurde für einige Sekunden gewaltsam in die hinterste Ecke meines Bewusstseins gedrängt und ich sah mit den Augen eines anderen.

Er sah in die Runde, sah Leylah an, Michael. Dann zwang er meine Beine, mich zum Fenster zu tragen und hinauszusehen, sah sich die Gegend draußen genau an, merkte sich das Straßenschild einige Meter entfernt und zog sich schließlich genauso schnell aus mir zurück, wie er gekommen war.

Ich taumelte zu Michaels Stuhl und ließ mich darauf fallen. Geschockt. Ich wusste nur zu gut, auf wessen Konto dieser Überfall ging, und war fassungslos, dass es ihm gelungen war. Es war Jordan gewesen, mein Vater. Und er hatte gnadenlos den Moment genutzt, in dem mein Geist offen und mit dem Verdauen von Michaels Blut beschäftigt war. Es waren diese Momente, in denen unsereins am angreifbarsten war.

Für mich war klar, dass nun der Zeitpunkt gekommen war, da er handeln würde, und ich wusste, dass wir jetzt nur noch zwei Optionen hatten: Flucht - oder einfach hier auf ihn zu warten.

† † †

Jordan kniete in seinem Hotelzimmer am Boden. Seine großen, sehnigen Hände umschlossen die kleinen, zierlichen Finger von Khadi, die ebenfalls vor ihm kniete und die Augen geschlossen hatte. Er selber war in seinem jetzigen, menschlichen Körper immer schwächer geworden. Es verlangte ihm zu viel an Reserven ab, ihn am Leben zu erhalten, und es war bereits ewig her, seit er sich genährt und neue Energie zugeführt hatte. Also nutzte er Khadi und die Energie der vielen Leben in ihr für seine Zwecke. In diesem Fall, um Kontakt zu Ashe aufzunehmen, was er alleine nicht mehr geschafft hätte. Er zapfte Khadi an wie eine Batterie, musste dabei jedoch aufpassen, ihr nicht zu viel zu nehmen, denn sonst wäre alles umsonst gewesen. Es war wichtig für Khadis Entwicklung, dass sie so viel Energie wie möglich zum Verwerten bekam und speicherte. Sonst würde sein Plan nicht funktionieren und Khadi nicht vollständig reinrassig werden.

Jetzt zog er sich aus Ashe zurück. Er hatte sehr genau dessen Verblüffung und Wut über seinen Angriff gespürt. Allerdings wusste Ashe nun auch, was Jordan vorhatte, und war gewarnt. Doch das war Jordan egal. Wie er seinen Sohn kannte, würde dieser nicht davor zurückscheuen, sich ihm zu stellen.

Jordan war bestrebt, die Vergangenheit zu wiederholen, nur würde er es diesmal mit Hilfe von Khadi zu etwas endgültigem für Ashe machen. Und auch Nefertete, Leylah, würde nicht verschont werden. Die Geschichte wiederholte sich, ja. Als er in Ashe war, hatte er nicht nur erfahren, wo sie sich gerade aufhielten, sondern auch, dass Leylah schwanger war.

Wie damals. Er hatte sie damals nicht auch töten können, weil es seiner Natur widersprach, ein trächtiges Weibchen zu töten. Aber die lange Zeit unter den Menschen und das Nutzen ihrer Lebensenergie, ihrer Körper, hatten sein Wesen verändert und rücksichtslos der eigenen Art gegenüber werden lassen. Ja, die menschliche ‹Moral› versaute mit der Zeit jedes Wesen, das unter ihnen weilen musste. Es schien ganz automatisch zu geschehen, sodass manchmal doch die Frage in Jordan aufkam, wer hier die dominierende Spezies war. Und umso mehr wunderte es ihn, warum Ashe, der sich ja fast ausschließlich von Menschen nährte, immer mehr zu seiner ursprünglichen Wesenheit zurückfand: Ashe, sein einstmals so emotional gebeutelter Sohn.

Jordan erinnerte sich an die Zeit vor vielen hundert Menschenjahren, als er Akhen zum zweiten Mal erweckte. Brutal und rücksichtslos hatte er ihm seine eigentliche Natur gezeigt und emotionslos mit angesehen, wie er fast daran zerbrach, weil er zu lange unter den Menschen geweilt hatte. Zwanzig Jahre hatten gereicht, um ihn zu einem emotionalen Wrack zu machen, das kaum in der Lage war, sich gegen Jordan zu wehren. Doch letztendlich war aus Akhen Ashe geworden und es hatte lange gedauert, bis er seine Fähigkeiten zu nutzen verstand. Ohne die so hinderliche Moral. Jordan musste zugeben, dass, wenn so etwas wie Stolz in seinem Repertoire vorgekommen wäre, er tatsächlich stolz auf seinen ersten Nachkömmling gewesen wäre.

Khadi öffnete die Augen und sah ihn mit ihrem spiegelartigen Blick an. Das war kein menschlich-kindlicher Blick, sondern der eines reifen, nicht irdischen Wesens, das danach hungerte, endlich ausgewachsen und frei zu sein – und sie nahm es Jordan übel, dass er ihre Energie benutzte. Jordan fragte sich, ob er Khadi noch gewachsen sein würde, wenn sie ausgereift war und so viel Energie und dadurch Macht angesammelt hatte. Er würde es wahrscheinlich schwer haben, ihr seinen Willen weiter aufzuzwingen. Was, wenn er es nicht schaffte, seine Reserven wieder aufzufüllen, um sie weiter zu kontrollieren? Was, wenn sie sich irgendwann gegen ihn wandte und sich einer Paarung mit ihm verweigerte, weil er durch diesen verfluchten menschlichen Körper nicht mehr reinrassig genug für sie war?

Jordan schirmte diese zweifelnden Gedanken gegen sie ab, denn sie offenbarten seine Schwäche – und die wollte er Khadi auf keinen Fall spüren lassen. Er befand sich in einer Zwickmühle: Er musste dringend Nahrung aufnehmen, aber auch Khadi musste dringend gefüttert werden. Ashe und Leylah würden ihn erwarten, dessen war er sich sicher. Aber sie wussten nichts von Khadi, das war sein Vorteil. Oder Nachteil? Schließlich war es Ashe noch – oder wieder? – ein Leichtes, Khadi zu töten. Kind hin oder her. Wenn Ashe oder Leylah sie als Bedrohung empfanden, würden sie sie beseitigen, und das Risiko wollte Jordan nicht eingehen. Also musste er die beiden erst einmal so weit schwächen, dass er sie gefahrlos Khadi übergeben konnte. Er sah seine kleine Tochter an, dann sagte er eindringlich und streng: «Hol Mekhtep hervor und lass ihn sprechen!»

Khadis Augen wurden wieder zu den dunklen braunen Kinderaugen und sie sagte mit ihrer normalen Kinderstimme: «Ich kann nicht, Onkel Jordan. Ich bin so müde.»

Jordan packte sie grob an den Schultern und zischte: «Dann streng dich gefälligst etwas an! Es ist wichtig!» Sein Gesicht sah unbarmherzig auf sie hinab und der noch kleine menschliche Teil des Kindes bekam es mit der Angst zu tun. Tränen traten in ihre Augen und sie nickte schüchtern. Sie verschränkte ihre Finger fest im Schoß und senkte den Kopf, um sich zu konzentrieren. Ihr braunes Haar fiel wie ein Schleier vors Gesicht, und nach einigen Sekunden ging ein Ruck durch ihren kleinen Körper.

Ihr Kopf hob sich wieder und aus dem kleinen Kindergesicht starrten Jordan die hasserfüllten braunen Augen Martens entgegen. Seine tiefe Stimme schleuderte ihm aus dem Kindermund entgegen: «Das wirst du bereuen, du verdammtes Arschloch!»

10

Aaron fuhr nur in sein Hotel, um zu essen und ein wenig Tagschlaf zu halten. Immer wenn er der Meinung war, dass Ashe und Leylah ruhten, gönnte auch er sich eine Pause. Aber das ‹normale› Essen stillte natürlich nicht seinen eigentlichen, immer vorhandenen Hunger. Doch er hatte keine Zeit, sich ein passendes Opfer zu suchen.

In diesen Momenten stellte er seine ‹Mission› in Frage und kam sich albern dabei vor, Ashe nur zu beschatten, statt einfach aus dem Wagen auszusteigen und sich seinen Freunden zu zeigen. Zusammen konnten sie viel mehr erreichen. Was sprach dagegen, Jordan aufzustöbern und zu stellen?

Nein, Aaron wusste sehr wohl, dass es so einfach nicht sein würde. Alles, wie es war, hatte schon seinen Sinn – das sagte die Stimme in ihm immer wieder. Die Stimme seines Erzeugers. Natürlich passte es Aaron nicht, dass er durch ihn so unter Kontrolle gehalten wurde und sich dessen Wunsch oder Willen fügen musste. Aber er spürte auch, dass es irgendwie richtig war. Dass es wichtig war, sich noch zurückzuhalten. Er, Aaron, war der Einzige von ihnen, der einen Überblick über die Gesamtsituation hatte, und wenn er handelte, musste es besonnen und im richtigen Moment sein.

Er wusste, was gerade in Ashe und Leylah vorging, hatte ihre Veränderungen gesehen, wenn sie das Haus verließen. Von Mal zu Mal mehr. Es war nichts direkt greifbar Körperliches, sondern ganz subtile kleine Metamorphosen. Aaron wusste, dass Ashe und Leylah ihre ursprüngliche Gestalt wieder annahmen, und er wusste auch, dass, wenn dieser Prozess abgeschlossen war, beide ein neues Leben beginnen mussten. Das hieß, falls sie Jordan entkommen oder ihn loswerden konnten, denn dieser hatte nicht die Absicht, irgendjemanden von ihnen lebend aus dieser Sache herauskommen zu lassen.

Aaron fragte sich, warum er selbst nie solche Wandlungen durchgemacht hatte. Lag es an seinem Geheimnis, das er selbst Ashe nie offenbart hatte? Es gab nämlich noch einen anderen Grund, weshalb Aaron unbedingt dafür sorgen musste, dass Jordan gestoppt wurde. Aaron nährte sich nämlich ausschließlich von seiner eigenen Art. Er tat somit dasselbe wie Jordan: Er jagte seinesgleichen. Nur dass Aaron sie nicht tötete. Er zapfte sie lediglich an. In dieser Hinsicht war Aaron Gourmet, denn das Blut eines Artgenossen war wesentlich reichhaltiger und komplexer als das von Menschen, und Aaron hatte nicht vor, wegen Jordan seine Spezialisierung aufzugeben. Aaron war sich im Klaren, dass Jordan das Blut nicht für sich brauchte. Gleichwohl spürte er, dass dieser unter einem enormen Energiedefizit litt – was ihn aber keinesfalls ungefährlicher machte. Dieses Wesen war immer noch stärker als jeder andere ihrer Rasse, von Aarons Erzeuger einmal abgesehen. Aber der war weit weg und so musste Aaron die Sache selbst in die Hand nehmen.

Am späten Nachmittag war er Ashe und Leylah mit dem Wagen gefolgt, als sie das Haus verließen. Sie parkten nahe der Innenstadt vor einer Arztpraxis und betraten diese durch einen Nebeneingang. Aaron runzelte die Stirn und fragte sich, was die beiden dort wollten, denn ihresgleichen mied Ärzte normalerweise wie der Teufel das Weihwasser. Zwar tickten ihre Körper – da ja überwiegend menschlich – genauso wie andere auch, doch bei schwerwiegenderen Verletzungen oder Krankheiten kamen ohnehin ihre speziellen, nicht-menschlichen Selbstheilungskräfte zum Tragen, und das konnte, gelinde gesagt, sehr verwirrend auf Ärzte wirken. Also bestand an sich kein Anlass für einen ihrer Art, auf einen Mediziner zurückzugreifen.

Aaron beschloss einfach abzuwarten, was weiter geschah. Irgendwann, er war dösend im Sitz seines Wagens zusammengesunken, wurde er von einem seltsamen Gefühl aufgeschreckt. Es war wie ein Lufthauch, so, als hätte jemand eine Tür geöffnet – und im selben Moment spürte Aaron die machtvolle Präsenz eines anderen Wesens ihrer Art. Reflexartig reagierte er und verschloss seine Gedanken. Er starrte zu dem Gebäude hinüber, in dem Ashe und Leylah verschwunden waren, und sah Ashes Gesicht an einem der Fenster. Sein Blick war sondierend und seine Augen wirkten seltsam spiegelnd. Aaron drückte sich noch tiefer in den Sitz, um nicht gesehen zu werden, und kam erst wieder hoch, als er spürte, dass die geistige Gegenwart des anderen wieder verschwunden war. Und jetzt fühlte er auch, dass Gefahr im Anzug war: Jordan. Er würde hierher kommen. Jordans mentaler Angriff hatte Ashe gegolten, um dessen aktuellen Aufenthaltsort ausfindig zu machen. Es würde also hier und heute passieren.

Aaron nahm sein Handy und wählte die Nummer seines Hauses in Toronto. Nach mehrmaligen Klingeln wurde abgehoben und Nicolas‘

Stimme meldete sich. Als Aaron antwortete, hörte er Nicolas erleichtert aufatmen.

«Mann, bin ich froh, von dir zu hören. Ich habe inzwischen im Internet noch ein wenig nachgeforscht – und jetzt halt dich fest: Dieser Killer scheint ein Mann mit einem Kind zu sein, und die beiden haben in den letzten vier Monaten in Europa gewütet und Familien unserer Art ausgelöscht. Ich habe von mehr als zwanzig Toten erfahren!», erzählte er mit aufgeregter Stimme.

Das war keine Neuigkeit für Aaron. Doch das ließ er Nicolas nicht wissen, sondern fragte: «Und dir und Isabella geht es gut? Kommt ihr zurecht?»

Nicolas grunzte empört: «Na klar! Meinst du, wir kommen nicht ein paar Tage ohne dich klar? Endlich mal sturmfreie Bude!»

Aaron lächelte, wusste aber, dass Nicolas mit seiner frechen Art nur seine Sorge um sie alle überspielen wollte. «Schön», antwortete er, «ich habe hier noch zu tun und wenn alles gut geht, bin ich bald wieder zurück. Ich liebe euch beide.»

Nicolas schwieg einige Sekunden und Aaron fühlte, wie dessen Gedanken nach seiner Antwort noch sorgenvoller wurden. Dann sagte Nicolas: «Wir lieben dich auch. Bitte komm heil wieder zurück, okay?»

Aaron seufzte innerlich und antwortete: «Ja, versprochen!» Dann legte er auf, sah ernst zu dem Haus hinüber, in dem Ashe und Leylah auf Jordan warteten, und beschloss, ihnen Gesellschaft zu leisten. Aber er hatte zu lange gewartet. Eine dunkle Gestalt mit einem Kind an der Hand bog um die Ecke und verschwand im Hauseingang.

†††

Ashe und Leylah überlegten, ob sie Michael warnen sollten, damit wenigstens er Gelegenheit hatte, sich in Sicherheit zu bringen, denn ihn betraf diese ganze Sache, die bald folgen würde, ja gar nicht. Ashe hatte ihm zwar einen kleinen Einblick in ihre Art gewährt, aber Michael verstand nicht wirklich, wen oder was er vor sich hatte und wie die Zusammenhänge waren. Ihm zu offenbaren, dass sie ursprünglich aus einer anderen Welt stammten, wäre zu viel für ihn gewesen. Er war schon Zweifler genug und hatte genügend Probleme damit, das zu verdauen, was Ashe mit ihm angestellt hatte.

Wie ein Häufchen Elend hing er auf dem Besucherstuhl und erholte sich von seinem Schwächeanfall, während Ashe sinnend an die Wand gegenüber starrte und abwesend wirkte. Leylah stand hinter ihm, ihre Hände lagen auf seinen Schultern und sie fragte sich, was geschehen würde, wenn Jordan eintraf. Er wollte sie töten, so viel war klar. Und sie würden das natürlich zu verhindern suchen.

Leylah hatte Angst. In diesem Leben musste sie sich noch nie im offenen Kampf jemandem stellen, der so mächtig war und gegen den sie beide antreten mussten, um eine Chance zu haben.

Michael spürte, dass etwas Bedeutsames vorgefallen war, aber seine Gedanken waren zu durcheinander, um vernünftige Fragen zu formulieren. Die Wunde, die Ashe ihm beigebracht hatte, hätte eigentlich genäht werden müssen, doch Ashe meinte dazu nur lakonisch, dass sich das von alleine erledigen würde, wenn Michael ein wenig wartete. Und als hätte er Michaels Gedanken in diesem Moment gelesen, fügte er noch hinzu: «Das bei Raziel oder Frank, wie immer er auch heißt, war Absicht. Er kann mich nicht leiden, und so soll er ein wenig leiden an dem Biss, den ich ihm beigebracht habe.» Er lächelte boshaft und damit war die Sache für ihn abgehakt.

Tatsächlich tat Michaels Wunde nach ein paar Minuten nicht mehr weh und eine feine Haut bildete sich darüber. «Was wird jetzt mit mir geschehen?», fragte Michael, und Leylah lachte trotz der ernsten Lage leise.

«Was glaubst du denn? Dass du jetzt so etwas wie infiziert bist?», erwiderte sie und sah Michael mitleidig an.

Ashe schaltete sich ein: «Ich hatte Hunger und hab mir genommen, was ich brauchte. Sonst nichts. Du bist ein Mensch und wirst auch weiterhin einer bleiben, wenn dich das beruhigt.»

Michael wurde zornig: «Ach, so einfach ist das für euch, was? Ihr kommt hierher, schmeißt mein ganzes Leben und alles, was ich zu wissen glaubte, über den Haufen und bedient euch dann einfach wie an einem Buffet an mir. Super!» Er war mit den Nerven am Ende. «Und was wird noch passieren? Kann mich mal jemand aufklären?» Er hatte kaum registriert, dass Ashe sich bewegt hatte, da hing er schon mit dem Rücken an der Wand, einen halben Meter über dem Boden, an Ashes ausgestrecktem Arm und die Luft wurde ihm knapp.

Das Gesicht dicht vor ihm zischte Ashe: «Ich habe dir dein Leben gelassen und einen Haufen Informationen herausgerückt, mehr als irgendein anderer Mensch je von mir erfahren hat! Du hast die einmalige Gelegenheit, eine neue Rasse zu erforschen ... sofern du diesen Abend überlebst. Also wie wäre es mit ein wenig Bescheidenheit und Demut?»

Michael wurde noch bleicher, als er nach dem Blutverlust ohnehin schon war, und Leylah sagte: «Ach Akhen, lass ihn doch.»

Ashe löste seinen Griff um Michaels Hals und dieser stand wieder auf seinen Beinen. Verlegen rieb er sich die wunde Haut.

«Akhen? Ich dachte, Sie heißen Ashe? Und was passiert hier eigentlich?», krächzte Michael, nun etwas zurückhaltender, und bedachte die beiden mit einem finsteren Blick.

Ashe sah ihn ernst und überheblich an und antwortete: «Das ist einer meiner Namen. Aber das zu erklären, dauert zu lange, und Zeit ist etwas, was wir nicht mehr haben.» Er drehte sich um und sah zum Fenster. Fühlte Jordan nahen und noch jemand anderen. Es war ein seltsam bekanntes Gefühl und doch konnte er nichts Genaues darin erkennen. Erinnerungen überkamen ihn, Bilder aus einer anderen Zeit.

Ashe sah sich auf einem schlichten, goldenen Thron sitzen und vor ihm stand ein Priester in weißem Leinen. Es war Jordan und er weigerte sich, vor Akhenaton zu knien. Er sprühte dem jungen Herrscher seinen Hass entgegen, ohne sein wahres Wesen zu offenbaren. Ashe hörte die Worte in der kehligen Sprache, die er an den Pharao richtete: «Ihr werdet für euren Frevel bezahlen. Niemand stellt sich ungestraft gegen die alte Ordnung und kann dann in Frieden leben. Euer Gott ist ein Gott des Tages. Doch in der Nacht, wenn Aton hinter dem Horizont weilt, kann er euch nicht beschützen. Dann wird Amun jenen beistehen, die in ihrem Glauben nicht von ihm abfallen, mögen eure Strafen dafür auch noch so hart sein.»

Die Drohung war eindeutig, doch Akhenaton kommentierte sie nicht. Schweigend sah er den Priester mit seinen dunklen Augen durchdringend an. Dann machte er eine Handbewegung und sein Gardechef trat an ihn heran und verbeugte sich.

«Schaff ihn mir aus den Augen. Er soll im Steinbruch arbeiten und so seine Demut vor Aton, der durch mich spricht, bekunden. Seine Worte sollen ihn reuen, deshalb bekommt er nur die halbe Ration Wasser», befahl er dem Bediensteten. Dieser nickte zustimmend und winkte seinen Helfern, die Jordan daraufhin in die Mitte nahmen und abführten. Dieser fügte sich ohne Gegenwehr. Doch dann wandte sich Akhenaton noch einmal an ihn und sagte: «Ich habe dir dein Leben geschenkt, erinnere dich dessen, wenn du darüber brütest, wie du mich töten kannst.» Leylah tippte Ashe an und dieser kehrte mit den Gedanken zurück in die jetzige Zeit. Er wandte sich an Michael: «Mach, dass du verschwindest! Verlass dieses Haus und die Gegend, bevor es zu spät ist!»

Michael starrte ihn verdutzt an und öffnete den Mund, um eine empörte Antwort zu geben, doch das übernahm jemand anderes für ihn.

«Lass ihn nur bleiben, mein Sohn. Seine Neugier soll ausreichend befriedigt werden!»

Jordan stand in der Tür. Neben ihm an seiner Hand ein kleines, langhaariges Mädchen von etwa drei Jahren, das alle Anwesenden unbeteiligt und mit ausdruckslosem Gesicht musterte. Niemand hatte sein Eintreten bemerkt. Doch jetzt füllte seine Anwesenheit den Raum, trotz der hellen Deckenlampen, mit einer fast greifbaren dunklen Aura. Und diese Aura ging auch von dem Kind aus.

Wie hat er es damals in Ägypten geschafft, diese Ausstrahlung vor mir zu verbergen?, fragte sich Ashe zweifelnd und fühlte, wie sich Leylahs Hand, die noch flach auf seinem Rücken lag, verkrampfte.

Jordan, der Ashes Gedanken gelesen hatte, antwortete: «Es war genauso einfach wie die Kunst, deine Gedanken vor mir zu verschließen. Du wirst unachtsam, Akhen.» Jordan grinste süffisant, als er sich an Leylah wandte: «Nefrete», er sprach den Namen in seinem eigentlichen, altägyptischen Dialekt aus, «wie schön, auch dich wiederzusehen. Nur werde ich dich diesmal nicht verschonen können, selbst wenn du eine Brut austrägst.» Er deutete auf Leylahs Bauch. Ashe trat schützend vor sie. «Da musst du erst an mir vorbei!», sagte er kalt und funkelte Jordan an.

Dieser schüttelte den Kopf: «Immer noch der sture, eigensinnige Herrscher von damals. Warum habe ich das nicht vorausgesehen, als ich dich zum zweiten Mal erweckte? Unsereins ändert sich nie. Nun, die Bilder, die ich dir sandte, haben dir also Klarheit über dein Selbst gegeben. Somit ist die alte Situation wiederhergestellt – und wie damals werde ich dich wieder zerstören müssen.» Jordan sagte das mit absoluter Gleichgültigkeit, als erklärte er einem lästigen Insekt, warum er es gleich zerquetschen würde. Dann sah er Michael an, der mit großen Augen an der Wand lehnte und Verwirrung pur war. Jordans Augen schienen sich bis auf den Grund seiner Seele vorzuarbeiten und Michael standen die Nackenhaare zu Berge. Ashe war ihm schon fremdartig vorgekommen, aber dieser Kerl hier vor ihm ließ ihn schier die Fassung verlieren. Er spürte, wie Jordan in seinem Kopf herumwühlte, mit seinen geistigen Fühlern, und ihm jedes Geheimnis entriss, das er gut verborgen glaubte in der hintersten Ecke seines Bewusstseins.

Schlagartig zog sich Jordan wieder aus ihm zurück und lächelte kalt: «Sie haben dir also nicht von mir erzählt, Menschlein. Dann darf ich mich selbst vorstellen: Ich bin derjenige, auf dessen Konto die Morde hier in London in letzter Zeit gingen. Und ich und meine Tochter Khadi», er zeigte auf das Kind, das teilnahmslos das Geschehen verfolgte, «sind hier, um mit unserer Arbeit fortzufahren.»

Für einen kurzen Moment spürte Ashe den menschlich anmutenden Wahnsinn in Jordan und erkannte es sofort als Schwäche, bevor dieser sich wieder verschloss.

Michael schüttelte den Kopf und stieß sich von der Wand ab. «Das geht mir hier alles zu weit! Ich werde die Polizei rufen!», sagte er und nahm Kurs auf das Telefon, das auf dem Schreibtisch stand.

Jordan machte nur eine kurze Bewegung und Michael knallte wieder gegen die Wand, diesmal seitlich. Benommen rutschte er daran herab und ging zu Boden. Aus seiner Nase schoss ein Schwall Blut, sie war gebrochen.

Ashe sah zu, ohne einzugreifen. Er schob Leylah ein Stück zurück und trat auf Jordan zu, bis er dicht vor ihm stand. Beide waren gleich groß und sahen sich nun in die Augen. Leylah fröstelte bei dem Anblick. Während Jordan es scheinbar nicht schaffte, den Ausdruck menschlicher Gefühle, Hass und Verachtung, zu unterdrücken, strahlten Ashes Augen nur eisige Kälte aus. Gebannt sah sie zu, wie Ashe eine Hand hob und sie Jordan flach an die Wange legte.

† † †

Ich hasste Jordan nicht. Ich empfand gar nichts für ihn. Er ließ meine Hand gewähren, und ich fühlte die kühle, harte Haut seiner Wange. Es war ein Moment, in dem ich einfach sichergehen wollte, dass dies alles real war.

Ständig war ich in den letzten Tagen zwischen Vergangenheit und jetzt hin und her geworfen worden. Ich brauchte einen fühlbaren Beweis für all diese Visionen. Wissen war schön und gut, aber der Körper verlangte etwas Greifbares.

Ich stand also meinem Vater, meinem Erzeuger gegenüber und tausende von Jahren wurden bedeutungslos. Nur ein kurzer Moment im Lauf der Zeit, die für uns keine Bedeutung hatte.

»Warum?», flüsterte ich.

Jordan hatte mich einst auf grausame Art getötet. Niedergeknüppelt wie einen gewöhnlichen Sterblichen. Meinen Körper verstümmelt und zerstört. Und mich danach in einem neuen Körper wiedererweckt. Warum? Ich hatte so viele Fragen, die nur er mir beantworten konnte. Und er wusste das. Nur seine menschlich anmutende Eitelkeit hinderte ihn daran, mich gleich zu töten, denn er wollte seine vermeintliche Überlegenheit voll auskosten.

«Wann geschah es, dass aus einer überlegenen Spezies wie dir ein solch emotionales Wesen wurde?», fragte ich ihn.

Er zuckte zurück. «Du wagst es, so mit mir zu reden?», blaffte es mir aus seinem Mund entgegen. Dabei merkte er nicht, dass er damit nur meine Worte bestätigte.

Ich hörte Leylahs Gedanken, die mich fragten: «Was tust du da, Ashe?» Ich hätte ihr gerne geantwortet, durfte dies aber nicht, denn Jordan hätte es mitbekommen.

Ertappt, wie es schien, versuchte mein Vater seine Gesichtszüge wieder unter Kontrolle zu bringen und seine Gefühle zu verstecken, doch ich hatte längst das Bröckeln der scheinbar unverwundbaren Fassade bemerkt. Und das ließ ihn nur noch wütender werden.

«Du willst Antworten?», zischte er mir ins Gesicht. «Dann sieh her!»

Wie ich es einmal bei Leylah getan hatte, so legte auch er Zeige- und Mittelfinger seiner linken Hand auf meine Stirn und öffnete seinen Geist für mich. Ich hörte noch leise Leylah im Hintergrund erschreckt aufschreien, dann riss mich die Bilderflut davon.

Ich wurde tausende von Jahren in die Vergangenheit zurückgeschleudert. Und ich sah mit Jordans Augen. Wie er nach langer Reise im Nichts das erste Mal seine Augen in einem menschlichen Körper aufschlug. Er hatte den Körper eines vierzigjährigen Mannes erwählt. Dann sah ich die anderen beiden Wesen, mit denen er gereist war. Auch sie in den menschlichen Körpern eines Mannes und einer Frau. Ich sah, wie sie sich fasziniert befühlten und so etwas wie Erleichterung sie durchströmte. Erleichtert, eine neue Heimat gefunden zu haben. Zusammen zogen sie los und fielen wahllos über die ersten Menschen her, die ihnen begegneten, um ihr Blut in großen Mengen zu kosten. Dann paarten sie sich und zeugten Wesen ihrer Art in menschlich anmutenden Körpern. Die ersten Nachkommen töteten sie, indem sie ihnen das Blut aussaugten, um noch mehr zu erstarken. Dann erblickte ich meine und Leylahs Geburt. Man trennte uns, und das eine männliche Wesen nahm Leylah mit auf einen anderen Kontinent. Das andere männliche Wesen, mein Vater, gab mich zu einem ägyptischen Herrscherpaar, das mich als ihren Sohn großziehen sollte. Er selber blieb in meiner Nähe, indem er als Priester im Tempel des Amun, in der Stadt Karnak des alten Ägyptens, diente. Das weibliche Wesen verschwand im Nirgendwo. Jordan schien es seitdem nicht mehr wiedergesehen zu haben.

Ich bewegte mich weiter auf der Achse der Zeit, sah mich selbst als jungen, androgyn wirkenden Mann, dessen Ziehvater gerade ermordet worden war und der außer sich vor Wut in den Amuntempel stürmte und alle Götzenbilder von den Opferaltären fegte. Ich sah meine Krönung als neuer Herrscher und Pharao von Ägypten, Nachfolger meines Ziehvaters. Zu dieser Zeit war mein Name noch Akhen, Amenophis IV.

Jordan ließ mich durch Gerüchte, die er verbreiten ließ, wissen, dass die Priesterschaft für den Tod meines Ziehvaters verantwortlich war. Und dies sollte mir aufzeigen, wer wirklich die Macht in Ägypten in Händen hielt. Man wollte mich mit Hilfe der alten Götter zu einem machtlosen Schattenpharao degradieren, wie man es schon bei meinem Vorgänger versucht hatte. Doch ich war kein Mensch und ich wusste das. Niemand hatte es mir gezeigt oder mich erweckt, ich spürte es einfach. Jordan hingegen wähnte mich noch hilflos und formbar nach seinem Gutdünken.

Ich wollte aufräumen mit den althergebrachten Dogmen und Machtspielen in meinem Reich und führte den Monotheismus ein. Ich stand über den Menschen, es war einfach so. Also sollten sie mir dienen und mich als Gottheit, wenn sie denn schon so etwas brauchten, verehren.

Ich nannte mich fortan Akhenaton, nach der Gottheit Aton, die ich in den Vordergrund hob, um die alten Götter zu verdrängen. Ich machte Schluss mit den sinnlosen Menschenopfern für fiktive Götter, die nur dem Machterhalt einer kleinen Kaste dienten. Sie sollten mich, als greifbare Verkörperung eines neuen – alten – Gottes anbeten, und ich hatte ihnen dafür Frieden und Wohlstand geschenkt. Vor allem mir natürlich, denn das Führen von Kriegen war sinnlos und dumme Zeitverschwendung. Mir war es lieber, wenn die wenigen Opfer, die mein Hunger forderte, sich mir freiwillig und in Liebe hingaben. Denn das Lieben war eine menschliche Eigenschaft, die mir gefiel, die ich schätzte. Eine der wenigen positiven Eigenschaften der menschlichen Rasse.

Aber vorher schaffte ich meine Feinde und jene, die an meiner Stelle herrschen wollten, aus dem weg. Ja, ich ließ morden und zerstören, um meine Vision eines friedlichen Reiches unter der Sonne von Aton zu schaffen. Ich hatte kein Problem damit, denn Moral stand mir nicht im Weg. Ich handelte logisch. Was nicht hieß, dass mir Gefühle vollkommen fremd waren. Darum ließ ich nach meiner Zwillingsschwester Nefertete schicken, von deren Existenz man mir berichtet hatte. Sie lebte auf einem anderen Kontinent und wartete auf Nachricht von mir. Nur mit ihr wollte ich fortan zusammenleben und herrschen, mit einem gleichen Wesen.

Es war und ist die Sonne, deren Strahlung unsereins schwächen kann, wenn wir uns ihr länger aussetzen. Das wusste ich wohl, daher verehrte ich sie auch. Denn wenn schon der Mensch nicht an uns heranreichte, so war es dieser Stern, der es schaffte, uns in die Schranken zu weisen.

Das ließ mich Demut vor ihr empfinden und darum stellte ich sie unter dem Namen Aton in den Mittelpunkt aller Verehrung. Das war ein Affront gegen alle unserer Art, und vor allem Jordan konnte dies nicht verzeihen.

Erst nahm ich ihm die Macht, die er bisher als Priester uneingeschränkt ausüben konnte, und dann erhob ich unseren ärgsten Feind zur Gottheit.

Jordan musste mich stoppen, und dass ich sein Nachkomme war, spielte dabei keine Rolle. Doch er merkte schnell, dass es schwieriger werden würde, mich zu beseitigen, als meinen Ziehvater. Jordan wusste, dass mein wahres Wesen erwacht war und ich ihm somit ebenbürtig wurde.

Anfangs hatte er die Tempelwachen bestochen, mir Gift in meine Speisen zu tun. Denn trotz aller Nichtmenschlichkeit im Inneren verlangte der überwiegend menschliche Körper doch auch nach normaler Nahrung.

Das Gift vermochte mich allerdings nicht zu töten bzw. meinen Körper zu zerstören. Also wandte Jordan eine List an und schaffte es eines Nachts, mich so weit zu betäuben, dass er meine Frau Nefertete und mich mit Hilfe anderer ehemaliger Amunpriester, die treu zu ihm standen, gefangen nehmen konnte.

Wieder erlebte ich bewusst mit, wie er mich demütigte und verhöhnte. Und dann sah ich Marten in der Gestalt eines jungen Dieners der Priester, der den Befehl bekam, mich schließlich eigenhändig zu töten. Mein unehrenhafter Sohn, den ich aus einer Laune heraus mit einer Menschenfrau gezeugt hatte und der von Jordan zu meinem Henker abgerichtet worden war.

Ein Blick von mir in seine Seele genügte, um ihn diese Absicht vergessen zu lassen. Er fürchtete mich, wie sie es alle taten, ohne zu wissen, wer ich wirklich war. Das tat mir weh, hatte ich doch nur die besten Absichten.

Und wieder erlebte ich also die Zerstörung meines Körpers mit, wie damals zu Hause vor dem Spiegel, als Jordan mir diese Bilder als Vision schickte.

Etwas in meinem Inneren schlug Alarm, zwang mich aufzuwachen aus diesem Alptraum, den Jordan mir durch seine Hand bescherte. Ich spürte, wie sich mein Blick wieder klärte. Genau im richtigen Augenblick, denn Jordan hatte den anderen Arm gehoben und war im Begriff, ihn von der Seite her auf mich zuschnellen zu lassen.

Ich hörte Leylahs erschrockenen Aufschrei, zuckte instinktiv zurück und versuchte gleichzeitig, Jordans Arm abzuwehren. Ich traute meinen Augen kaum, als ich statt seiner Hand eine lange, silbrig schimmernde Klinge sah, zu der sich seine Finger verformt hatten.

Der Anblick brachte mich so aus dem Konzept, dass ich seinen Arm nur halb erwischte und Jordan mir die Klinge, anstatt meine Kehle damit aufzuschlitzen, wuchtig in den Leib rammte. Ich fühlte dieses Ding in mich fahren und durch den Rücken wieder aus mir heraustreten.

Jordan zog seine Hand zurück und ich knickte mit den Beinen ein, konnte mich plötzlich nicht mehr halten, weil eine übermächtige Schwäche und grausamer Schmerz mich überkamen. Aus den Augenwinkeln sah ich einen Schemen an mir vorbei auf Jordan zuhechten. Im nächsten Moment prallte Leylahs Bein wuchtig gegen Jordan und warf ihn zurück, sodass er neben dem kleinen Mädchen gegen die Tür prallte.

Leylah setzte sofort nach und drosch ihm den einfachen Besucherstuhl aus Holz gegen den Kopf, noch bevor Jordan Zeit hatte, seinerseits zu reagieren.

Ich versuchte krampfhaft, den Schmerz zu ignorieren und wieder auf die Beine zu kommen. Plötzlich fühlte ich zwei starke Arme, die mich hochhoben, und sah in Michaels entsetztes und gleichzeitig besorgtes Gesicht.

Ich krallte mich an seiner Schulter fest, schloss kurz die Augen, holte Luft und konzentrierte mich. All meine Gedanke, die auf mich einstürmen wollten, löschte ich und ließ die Kälte zu, die nun durch meinen Körper kroch und von mir Besitz ergreifen wollte.

† † †

Michael wurde von Leylahs Schrei wieder wach. Er sah, wie dieser unheimliche Kerl gerade Ashe mit etwas aufspießte, was unmöglich real sein konnte. Vielleicht war es nur eine ungewöhnliche Waffe, dachte sich Michael und weigerte sich vorerst vehement, darüber nachzugrübeln, warum diese aus Jordans Hand wuchs.

Michael sah, wie Ashe in die Knie sank, und dann, wie Leylah mit hassverzerrtem Gesicht auf den Killer zusprang.

Er spannte seine Muskeln an und rappelte sich hoch, den Schwindel im Kopf und seine gebrochene Nase einfach ignorierend. Er wankte auf Ashe zu und zog ihn an den Schultern hoch.

Eine große Blutlache hatte sich schon zu dessen Füßen gebildet, und mit einem völlig unpassenden Anflug von Ironie dachte Michael bei sich, dass ein Teil des Blutes wohl auch von ihm selbst stammte. Für einen kurzen Moment trauerte er um diese Verschwendung. In Stress- und Ausnahmesituationen war es ein Schutz für Michael, einfach ironisch zu werden.

Ashe klammerte sich an ihm fest, um sich auf den Beinen halten zu können. Gerade als Michael dachte, dass Ashe ohnmächtig würde, weil er die Augen schloss, fühlte er etwas, was ihn vollkommen aus der Fassung brachte.

Er wollte sich von Ashe losreißen, weil die Angst wie flüssiges Eisen in ihn kroch und seinen Verstand auszuschalten drohte. Doch Ashes Hand hatte sich wie eine Kralle in seiner Schulter verhakt und ließ ihn nicht los.

Etwas strömte von ihm aus, was Michael in Panik versetzte. «Einen Moment noch», flüsterte Ashe mit einer Stimme, die in Michaels Ohren so seltsam und fremd klang, dass er sich fragte, ob wirklich Ashe gerade gesprochen hatte.

Dann öffnete dieser die Augen wieder. Und sie sahen so aus wie bei Ashes Drogentrip am Abend zuvor. Große, grünlich milchige Schlitze, die seltsam reflektierten.

Ashe löste seine Hand, und Michael entfernte sich schnell von ihm, als hätte er eine ansteckende Krankheit.

Ashe ging auf Leylah zu, die vor Jordan stand und kampfbereit wie eine Amazone darauf lauerte, dass dieser zum Gegenangriff überging.

Als sie Ashe sah, trat sie beiseite. Auch in ihr wütete etwas, das töten wollte um des eigenen Überlebens willen, aber sie ließ Ashe den Vortritt. Dessen Kälte wollte jetzt scheinbar den ganzen Raum ausfüllen.

Leylah kannte ihre dunklen Seiten. Sie hatte in ihren Visionen gesehen, wozu ihre Art fähig war, und musste sich auch selbst erst einmal daran gewöhnen, dass sie ursprünglich nicht viel Menschliches an sich gehabt hatte ... und dieser nichtmenschliche Teil nun gnadenlos hervorbrach.

Aber Ashe zu sehen, wie er nun dem anderen Geschöpf namens Jordan gegenüberstand, so verändert und fremdartig, war irgendwie erschreckend.

«Du bist stärker geworden», sagte Jordan mit derselben seltsamen Stimme wie Ashe zuvor und fügte spöttisch hinzu: «Mein Sohn!»

Ashe reagierte nicht auf die Worte, sondern sah ihn einfach nur an, mit diesen unheimlichen Augen.

Jordan indes war bemüht, seine Gedanken vor Ashe zu verbergen, damit dieser nicht bemerkte, dass er geschwächter war, als er sich selbst eingestand. Das Verändern der Moleküle war eine Fähigkeit, die nur er, Jordan, und die beiden anderen Wesen seiner ursprünglichen Welt, beherrschten. Aber es kostete unglaublich viel Kraft und Energie.

Als Jordan aus seiner Hand die Klinge entstehen ließ, kostete ihn das fast seine letzten Energiereserven. Er hatte einfach nicht damit gerechtet, dass man ihm so viel Widerstand entgegensetzen würde. Eigentlich hätte Ashe jetzt durch eine klaffende Halswunde von Khadi ausgesaugt werden sollen.

Arrogant und vermenschlicht, wie er geworden war, hatte Jordan Leylah keine große Gegenwehr zugetraut. Das rächte sich jetzt.

Ashe trat blitzschnell auf Jordan zu, packte dessen Kopf mit beiden Händen und drehte ihn mit einem kurzen, aber kraftvollen Ruck zur Seite. Man hörte laut das Knacken, als zwei Wirbelknochen von Jordan brachen.

Michael stöhnte im Hintergrund entsetzt auf.

Ashes Gesicht blieb vollkommen ausdruckslos, als Jordans Körper zusammensank und sein Kopf in einem skurrilen Winkel wegknickte.

Leylah trat neben Ashe und sah auf den sich seltsam windenden Körper von Jordan. Dieser versuchte krampfhaft, sich selbst zu heilen. Seine letzten Energien verpufften, als er es schließlich schaffte, seinen Kopf wieder in eine gesünder aussehende Lage zu biegen und die beiden Wirbel zusammenzufügen.

«Wenn du wieder aufstehst, werde ich dir den Kopf ganz abreißen», sagte Ashe ausdruckslos und sah mit eisigem Blick auf Jordan herab.

Leylah musterte ihren Geliebten von der Seite und ihr fiel das viele Blut auf, das sich unter ihm am Boden sammelte. Ashe blutete aus, nur das instinktgesteuerte Wesen in ihm hielt seinen Körper noch aufrecht.

Auch Jordan registrierte das, obwohl seine Lage immer noch mehr als misslich war, denn Ashe würde nicht zulassen, dass er einen neuen Angriff startete. Also spielte Jordan auf Zeit und setzte seinen Trumpf ein: Khadi.

Er drehte seinen Kopf zu dem Mädchen, das noch immer neben der Tür stand und die ganze Szenerie teilnahmslos beobachtet hatte.

«Khadi», krächzte Jordan einschmeichelnd. «Zeige meinen Nachkommen doch bitte, wen du mitgebracht hast.»

Khadi wandte Jordan ihr kleines Gesicht zu und starrte ihn einen Moment verständnislos an. Dann nickte sie und begann sich zu konzentrieren, wobei ihre Miene sich verzog, als leide sie Schmerzen.

Schließlich öffnete sich ihr Mund und Martens Stimme drang daraus hervor: «Es tut mir Leid, Ashe, sie zwingt mich dazu.»

† † †

Leylahs Hand verkrallte sich in Ashes Arm. Sie sog hörbar die Luft ein vor Entsetzen.

Michael lehnte mit weit aufgerissenen Augen an der Wand und war kurz davor überzuschnappen. Denn was er hier mitbekam, überstieg alles, was bisher in sein Weltbild passte.

Ashes Augen klärten sich und wurden wieder normal. Er schwankte und stützte sich schwer auf Leylahs Schulter ab. Verwirrt starrte er auf das kleine Mädchen, ebenso wie Leylah und Michael.

Jordan verzog spöttisch den Mund und nutzte die Zeit, in der man ihn nicht beachtete, um seine Kräfte noch einmal zu sammeln.

Er deutete mit der Hand auf die Blutpfütze unter Ashe und sagte: «Nähre dich, mein Kind.»

Khadi sah zu Boden und wollte Jordans Befehl folgen, doch sie blieb stehen, wo sie war, und ihre Miene verriet, dass sie innerlich einen Kampf ausfocht. Dann aber setzte sie sich ruckartig in Bewegung und ging auf Ashe und Leylah zu. Vor ihnen blieb sie stehen und sank auf die Knie hinab, um wie ein Hund Ashes Blut aufzulecken.

Leylah stöhnte fassungslos, und Ashe schüttelte gleichermaßen entsetzt den Kopf. Die Skurrilität der Situation brachte alle an ihre Grenzen.

Jordan spannte seinen Körper an und im nächsten Moment sprang er auf Ashe zu und riss ihn mit sich zu Boden.

Leylah strauchelte und prallte mit den Füßen gegen Khadi, was auch sie schließlich zu Fall brachte. Das Kind kroch erschrocken weg und starrte sie an. Khadis Mund war blutverschmiert und ihre Augen sahen ebenso fremd aus wie jene von Ashe zuvor.

Ashe wollte sich zur Seite rollen, aber er hatte kaum noch Kraft und ihm wurde schwindelig von dem Blutverlust. Jordan kam auf seinem Rücken zu liegen und legte von hinten seinen Arm um Ashes Kehle, um ihm den Rest zu geben.

Leylah kroch zu den beiden hin und versuchte, Jordan von Ashe wegzuziehen. Als ihr das nicht gelang, kam Panik in ihr auf und im nächsten Moment übernahm etwas anderes in ihr die Kontrolle. Sie fletschte die Zähne und schlug sie mit aller Kraft in Jordans Hals. Der schrie wütend auf und versuchte, sie mit seinem freien Arm wegzustoßen. Doch Leylah hing wie eine Klette an ihm und vergrub die Zähne immer tiefer in sein Fleisch.

Mit schier unmenschlicher Kraft riss sie dann ihren Kopf zur Seite, und ihre Kiefer fetzten ein großes Stück Fleisch aus Jordans Hals.

In hohem Bogen spritzte das Blut aus seiner Arterie. Doch Jordan lockerte den Griff um Ashes Kehle nicht.

In diesem Moment betrat Aaron den Raum, und seinen Augen bot sich ein wahres Chaos. Er sah Jordan wie einen blutspritzenden Alptraum auf Ashe hocken und ihn würgen.

Aaron spürte sehr deutlich, dass Ashe im Sterben begriffen war. Leylah kniete daneben und spuckte angeekelt einen blutigen Klumpen Haut und Fleisch aus.

Dahinter, an die Wand gelehnt, stand ein Mann mit entsetzt aufgerissenen Augen und war dabei, seinen Verstand zu verlieren.

Das Ganze registrierte Aaron in nur einem Sekundenbruchteil. Er nahm eine Bewegung neben sich wahr und sah zu Boden. Das kleine Mädchen, das mit Jordan gekommen war, kroch auf allen vieren auf ihren Begleiter zu und begann das Blut, das aus seiner offenen Halsseite spritzte, aufzulecken.

Aaron verdrängte sein Entsetzen und stürmte auf Jordan zu. Er packte ihn brutal an den Haaren und riss ihn von Ashe weg.

Überrascht starrte Jordan Aaron an. Dann schlug die Überraschung in Wut um und er wollte sich auf den Angreifer stürzen, erstarrte jedoch mitten in der Bewegung.

Leylah stand plötzlich hinter Jordan und sah über seine Schulter hinweg Aaron an.

«Für Akhenaton!», zischte sie hasserfüllt und zog das große Skalpell, das sie Jordan in das Fleisch gerammt hatte, aus seinem Rücken, um es wieder und wieder hineinzustoßen. Blut benetzte ihr Gesicht. Blut, das immer noch im Schlagtakt seines Herzen aus Jordans Körper gepumpt wurde.

Am Boden hörte man ein tierhaft anmutendes Wimmern, das Khadi ausstieß, während sie wie im Wahn herumkroch, um alles Blut aufzulecken, was aus Ashes und Jordans Körpern herausströmte.

Dann sackte Jordans Körper in sich zusammen und blieb reglos liegen.

Leylah wischte sich nachlässig das Blut aus dem Gesicht, ging neben Ashe in die Knie und versuchte ihm aufzuhelfen.

Aaron ging ihr zur Hand, und gemeinsam zogen sie ihn in eine kniende Position. Er sah Leylah ernst an und sie flüsterte: «Nein, er darf nicht noch einmal sterben ...»

Aaron nickte und schob sich vor Ashe. Er hob dessen Kopf an, sah seinem Freund in die Augen, doch Ashe bekam kaum noch etwas mit.

«Aaron, was machst du denn hier?», krächzte er schwach und stützte sich schwer auf seinen Handflächen ab.

Aaron antwortete nicht, sondern griff nach dem blutigen Skalpell, das Leylah achtlos hatte fallen lassen. Mit einer schnellen Bewegung und ohne nachzudenken zog er die Klinge mit einem kurzen Schnitt über seine Kehle und befahl Ashe in Gedanken: «Trink!»

Der reagierte nicht. Seine Augen wurden trüb, und Aaron dachte, er würde einfach wegkippen. Doch dann griff Ashe mit einer unvermutet schnellen Bewegung Aarons Kopf und zog ihn an sich heran. Sein Mund presste sich auf die klaffende Wunde und er begann, um sein Leben zu trinken.

† † †

Leylah saß auf dem Boden, versuchte ihre Gedanken zu ordnen und wieder einen klaren Kopf zu kriegen.

Sie spürte, wie es Ashe mit jedem Schluck Blut von Aaron wieder besser ging. Sie wollte aufstehen, um einen Verband oder etwas Ähnliches zu suchen und Ashes immer noch blutende Wunde damit zu versorgen. Angeekelt sah sie auf den reglosen Körper von Jordan am Boden. Seine weit aufgerissenen Augen starrten sie blind an. Ein Schauer lief Leylah über den Rücken, als sie daran dachte, was sie eben getan hatte. Nicht, dass es sie reute oder etwas in der Art, aber es war das erste Mal in diesem Leben, dass sie jemanden getötet hatte. So etwas ließ selbst ein Wesen, wie sie es jetzt war, nicht kalt.

Nicht weniger angewidert sah sie, wie das kleine Mädchen um Jordan herumkroch, um noch den letzten Rest Blut von ihm aufzulecken.

Was war das für ein Ding in dem Körper eines harmlosen Kleinkindes?

Sie konnte Khadi bei ihrem Tun nicht länger zuschauen. Es machte sie krank. Leylah ging zu Michael und berührte ihn sanft an der Schulter. Er schien vollkommen abwesend zu sein und Leylah befürchtete schon, er wäre übergeschnappt.

Aber nachdem sie ihn sanft rüttelte, wurde sein Blick klarer und er sah sie bestürzt an: «Was war das?», hauchte er kraftlos. «Was ist hier geschehen?»

Leylah hatte ein wenig Mitleid mit ihm, immerhin war er nur ein gewöhnlicher Mensch, der mit ansehen musste, wie etwas vollkommen Fremdes sich in seine Welt stahl und sie umkrempelte. Doch sie hatte keine Zeit für Erklärungen, also fragte sie ihn nach Verbandszeug. Michael verstand zunächst nicht recht, was sie wollte, doch dann zeigte er auf einen kleinen Metallschrank. Leylah fand darin, was sie brauchte.

Nachdem Ashe von Aaron abgelassen hatte, verband sie die beiden Wunden an seinem Körper.

Die große Klinge war knapp unter seinem Magen eingedrungen und am Rücken wieder ausgetreten. Beide Wunden begannen an den Rändern schon wieder zu heilen. Dennoch legte Leylah beidseitig einen Druckverband an.

Inzwischen hatte auch Michael sich wieder gefangen und begann – erst einmal ohne weiter Fragen zu stellen –, sich um Ashe zu kümmern und Aarons Wunde am Hals zu versorgen.

Dieser quittierte das mit einem leicht amüsierten Lächeln, denn es war eigentlich nicht nötig. Aber er spürte, dass es Michael ablenkte von dem, was er mit ansehen musste, und diese Routine als Arzt ihn ein Stück weit beruhigte.

Khadi saß inzwischen in einer Ecke des Raumes und starrte sie wieder teilnahmslos an.

Leylah ging vor ihr in die Hocke und streckte eine Hand nach ihr aus.

«Ich will dir nichts tun», flüsterte sie Vertrauen einflößend, doch das Mädchen sah sie nur stoisch an.

«Kannst du das noch mal machen, was du vorhin getan hast? Kannst du Marten sprechen lassen?», fragte Leylah angespannt.

Sie hatte keine Ahnung, wie es möglich gewesen war, aber was sie gesehen hatte, reichte ihr, um einen Verdacht zu hegen. Jordan hatte das Mädchen von seinen Opfern trinken und deren Blut aufnehmen lassen, und sie schienen dadurch irgendwie in ihr weiterzuleben. Oder zumindest ein Teil von ihnen, bis ihre Lebensenergie aufgebraucht wurde.

Nun sah Khadi die Frau vor sich neugierig an und fragte mit kindlicher Stimme: «Ist Onkel Jordan kaputt?»

Leylah runzelte die Stirn. Das war eine seltsame Umschreibung für Jordans derzeitigen Zustand, und sie musste grinsen. Aber dann fiel ihr wieder ein, wie Khadi sein Blut aufgeleckt hatte, und sie fragte zurück: «Spürst du ihn denn in dir? Ist er da drin?»

Leylah tippte dem Mädchen leicht auf die Brust, und dieses verzog gequält das Gesicht.

«Ich weiß nicht. Mir ist komisch da drin», antwortete Khadi und legte ihre Hand auf die Stelle, auf die Leylah gerade getippt hatte. Dann veränderten sich die Augen des Kindes plötzlich, wurden etwas heller und ernster wie die eines Erwachsenen, und Leylah konnte Martens Stimme in ihren Gedanken hören: «Es ist okay. Ich bin endlich frei.»

Dann verebbte seine Stimme, und Leylah traten Tränen in die Augen. Sie fühlte eine Art Erleichterung und wusste, dass sie von ihm kam.

Khadis Augen wurden wieder zu ihren eigenen und sie rappelte sich auf ihre kurzen Beine auf, strich mit den kleinen Händen geziert ihr Kleid glatt und sah zu Jordans Körper.

«Ihr müsst ihn ganz wegmachen», sagte sie altklug und deutete auf den Toten.

Aaron stellte sich vor sie und sah zu ihr hinunter. «Das werde ich tun», sagte er bestimmt und hob die Kleine auf seinen Arm.

Khadi ließ es sich gefallen und sah Aaron nun, da auf Augenhöhe mit ihm, neugierig ins Gesicht.

«Ich nehme dich mit zu mir nach Hause und werde auf dich aufpassen. Ist das in Ordnung?», fragte Aaron sie mit einer gewissen Väterlichkeit in der Stimme, und Khadi nickte artig. Leylah war erstaunt über die Konversation der beiden und musste daran denken, dass auch sie ein Kind in sich trug: Ashes und ihr Nachkomme.

† † †

Michael erwies sich in den folgenden Stunden als noch außergewöhnlicher, als Ashe ihn eingeschätzt hatte.

Natürlich brannten dem Arzt tausend Fragen auf der Zunge, aber er spürte, dass jetzt nicht der Zeitpunkt war, sie zu stellen, und dass er keine Antworten bekommen würde.

Ashe hing bleich und mit schmerzverzerrtem Gesicht in dem bequemen Ledersessel, in dem sich Michael sonst in seiner Mittagspause herumfläzte. Sein Blick war abwesend, und Michael fragte sich, ob er nicht mehr tun konnte für ihn.

Es war seltsam, er mochte diesen sonderbaren Mann auf eine Weise, die nichts Körperliches ansprach, sondern seine Seele. Michael wusste nun, dass er mit Ashe ein verdammt altes Wesen vor sich hatte, und seine Faszination, aber auch der Schrecken angesichts der Erkenntnis, dass so etwas möglich war, tauchten ihn in ein Wechselbad der Gefühle.

Er hatte Ashe vorgeschlagen, ihn zu untersuchen und seine Wunden zu nähen. Dabei konnte er kaum begreifen, dass Ashe überhaupt noch lebte. Aber dieser war ihm schon damals, vor vier Jahren, mehr tot als lebendig vorgekommen und dann einfach geflohen, als wären die lebensgefährlichen Verletzungen nicht der Rede wert.

Ashe sah ihn von seinem Sessel aus an und lehnte dankend ab mit den Worten: «Das wird nicht nötig sein.»

Michael hatte das Gefühl, dass Ashe seine Gedanken lesen konnte. Und dessen Blick war nun so fixierend und auch leicht amüsiert, dass Michael verlegen wurde.

Aaron hatte Leylah gebeten, sich eine Weile in einem Nebenraum um Khadi zu kümmern, während er selber sich Jordans sterblicher Hülle annehmen wollte. Wie Khadi mit ihren unbeholfenen Worten schon erwähnt hatte, würde man Jordans Körper so weit zerstören müssen, dass er sich auf keinen Fall wieder regenerieren konnte, da sie nicht wussten, wie viel Khadi letztendlich von ihm in sich aufgenommen hatte.

Es kostete Michael einiges an Nerven, Aarons Bitte nachzukommen und ihm ein paar geeignete chirurgische Instrumente herauszusuchen, mit denen er Jordan zumindest das Herz entfernen konnte.

Michael war zwar der Arzt und hätte diese Aufgabe als solcher sicher professioneller bewältigen können, aber er traute sich nicht näher an diesen unheimlichen Leichnam heran.

Er hatte noch immer das Bild vor Augen, als Jordan auf unmenschliche Weise – trotz gebrochenem Genick! – wie eine Kreatur aus einem Alptraum unbeirrt Ashe töten wollte.

Diese drei Männer, Ashe, Jordan und Aaron, auch Leylah und selbst das Kind waren keine Menschen, obwohl es Michael schwer fiel, dies zu akzeptieren. Aber was er miterlebt und gesehen hatte, konnte keine Täuschung gewesen sein. Und bisher gab es keine rationale Erklärung für so etwas.

Michael wusste nicht, ob er Ashe dafür danken oder ihn verdammen sollte, dass er ihn da mit hineingezogen hatte, in all diese Zweifel und Schrecken. Aber eigentlich war es ja er selbst gewesen, der nicht nachgegeben hatte und alles wissen wollte. Er fragte sich, ob es so etwas wie Schicksal oder Vorherbestimmung gab. Und wenn ja, welche Aufgabe dann für ihn noch vorgesehen war.

Aaron nahm die Instrumente von Michael entgegen und nickte dankend. Er wirkte müde und angespannt, was nicht verwunderlich war, denn er hatte viel Blut an Ashe verloren. Dieser sah ihm nun aufmerksam dabei zu, wie er Jordans Oberkörper entkleidete und sich die Stichwunden am Rücken ansah, die Leylah ihm beigebracht hatte.

Der Körper wirkte leicht und leer, die Haut hatte einen fahlen grauen Teint, und Aaron hatte Jordan die stumpfen, ausdruckslosen Augen zugedrückt, weil auch er dessen Anblick nicht ertrug.

Leylah musste mit dem Skalpell einige Organe getroffen haben, was Jordan nach dem Blutverlust aus der Halswunde den Rest gegeben hatte. Aber sicher war sicher, und so begann Aaron mit einem Instrument, das aussah wie eine große Geflügelschere, eine Rippe nach der anderen zu durchtrennen, bis er ans Herz von Jordan gelangte.

Ashe sah ihm mit ausdrucksloser Miene dabei zu. Dann stand er auf und kam auf den Tisch zu, wo Aaron den Leichnam abgelegt hatte. Aaron trat einen Schritt zurück, und sein Freund beugte sich über die sterblichen Überreste seines Erzeugers. Ashe berührte vorsichtig die kalte, tote Haut, als müsse er sich davon überzeugen, dass sie real war. Dann griff er mit der rechten Hand in den offenen Brustkorb und riss mit einem Ruck Jordans Herz heraus.

Michael und Aaron beobachteten ihn gespannt.

Ashe hielt das große, blutleere Herz vor sein Gesicht und schloss die Augen. Seine lange Zunge kam zwischen den Lippen hervor, und die Spitze leckte über das Organ, als wolle sie es liebkosen. Ein Zittern ging durch seinen Körper, dann öffnete Ashe die Augen wieder und ließ das Herz achtlos in den kleinen Mülleimer unter dem Tisch fallen. Er wischte sich die Hand an Jordans Hosenbein ab und verließ ohne ein weiteres Wort den Raum.

Michael starrte ihm nach und sah dann fragend Aaron an. Dieser holte tief Luft.

«Fragen Sie mich nicht, Michael. Irgendwann wird er es Ihnen erklären ... oder auch nicht», sagte Aaron und deutete auf Jordans Körper. «Haben Sie eine Idee, wo man die Leiche entsorgen kann? Am besten rückstandslos.»

Michael dachte einen Moment nach, dann antwortete er: «Ich habe einen Bekannten, der Bestatter ist. Ich könnte ihn fragen, ob er einen Schlüssel fürs Krematorium hat. Ich habe ihm schon einige Kunden verschafft und er schuldet mir noch etwas.»

† † †

Ich hatte genug gesehen, genug erfahren und genug durchgemacht. Ich wollte nicht mehr, hatte die Nase voll von diesem unberechenbaren Faktor, der sich Schicksal nannte.

Wütend ging ich ins Wartezimmer der Praxis, öffnete dort das große Fenster und sah in den Abendhimmel hinauf. Eine Windböe fuhr herein und zerzauste mein Haar. Ich wollte vergessen, einfach alles vergessen, was ich erlebt hatte die letzten Tage. Alles vergessen, was ich gesehen hatte, was Jordan mir gezeigt hatte aus meinem vorherigen Leben.

Die Erkenntnis, schon einmal gelebt zu haben und ermordet worden zu sein, all der Schmerz, der damit einhergegangen war und das Wissen, dass man nur die Nachzucht eines Wesens war, das über die Jahrtausende hinweg in dieser Welt den Verstand verloren hatte – all das machte mich wütend. Und ich fragte mich, ob ich genauso werden würde. Würde auch ich irgendwann den Verstand verlieren? Manchmal kam es mir schon so vor. Ich war einmal ein sehr emotionales Wesen gewesen. Was war daraus geworden? Ich fühlte mich leer und ausgebrannt. Ich wollte so nicht mehr leben.

Ich fragte mich, wie Leylah mit damit umging. Auch sie war nur ein Spielball des Schicksals gewesen, und scheinbar wiederholte sich die Geschichte. Nur, dass diesmal Jordan und nicht ich gestorben war.

Und außerdem: Was würde Leylah gebären? Was hatte dieses fremdartige Wesen, das ich war, ihr, die sie meine Schwester war, eingepflanzt? Wieso hatte ich all die vielen Jahrhunderte vorher in diesem Leben keine Kinder zeugen können? Diese Frage hatte mir Jordan nicht beantwortet.

Ich schloss das Fenster wieder und ging in den Raum, in dem Leylah und Khadi waren. Als ich das Zimmer betrat, sah ich das kleine Mädchen auf Leylahs Schoß sitzen, während diese leise auf sie einredete.

Beide sahen mich an, als ich hereinkam und mich vor sie hinkniete.

† † †

Leylah sah mich besorgt an. «Alles okay mit dir?»

Ich nickte und nahm ihre Hand, die so warm und tröstend war. Meine Wut war verflogen und ich starrte einfach nur auf diese wundervolle Frauenhand und dachte gar nichts, genoss einfach nur diesen Moment.

Khadi streckte ihre kleinen Finger nach mir aus und zupfte an einer Haarsträhne von mir. Sie spielte damit, ließ sie durch ihre Finger gleiten und ich ließ es geschehen, ohne mich zu rühren. Ich wusste um die vielen – ja, wie sollte man es nennen, Seelen? – die vielen Seelen von Geschöpfen wie uns in ihrem kleinen Körper. Waren sie dort Gefangene oder Behütete?

Schon bald, wenn Khadi wachsen würde und mehr Energie verbrauchte, würden sie verschwinden. Ausgelöscht, einfach so. Ohne Chance auf Wiedergeburt. War das eine tröstliche oder erschreckende Aussicht?

Ich sah Khadi an, und sie schien meine Gedanken erraten zu haben, denn in ihrer kindlichen Art sagte sie: «Es wird alles gut, Onkel Ashe.»

Leylah lächelte und sah mich und das Mädchen abwechselnd an.

Dann fügte Khadi altklug hinzu: «Du musst suchen. Du musst dich suchen.»

Sie schaute mich wissend an und ich runzelte die Stirn. «Was meinst du damit, Kleines?», fragte ich, immer noch mit kratziger Stimme, denn Jordan hatte mir vorhin übel die Kehle abgedrückt.

Dann erklang die Stimme von Marten aus dem kleinen Mund von Khadi, und mir lief ein Schauer über den Rücken.

«Akhen, du musst deinen Körper finden. Unsere Körper. Nur dann wirst du Frieden finden. In Achet Aton.»

Ich starrte das Kind an, und die Gedanken wirbelten in meinem Kopf durcheinander.

Dann sah ich zu Leylah und diese nickte.

«Wir müssen nach Ägypten, mein Liebster», sagte sie mit einer Überzeugung, als hätte sie dies schon seit längerem gewusst.

Khadi sah mich an, nickte ebenfalls beflissen mit dem Kopf und griff nach meinem Gesicht, um ihre Finger daran entlang gleiten zu lassen, und sagte wieder mit ihrer Kinderstimme: «Tante Leylah und du, findet den Weg. Onkel Mekhtep wird euch führen.»

Sie ließ sich von Leylahs Schoß hinabgleiten, umarmte mich mit ihren kleinen Armen und rief dann, so laut sie konnte: «Onkel Aaron! Ich bin müde! Bring mich nach Hause!»

† † †

Aaron im Nebenzimmer verdrehte die Augen, als er Khadis Stimme hörte. Er sah Michael lächelnd an: «Was habe ich mir da bloß angetan?», sagte er leise. «Jetzt bin ich doch glatt so etwas wie Vater geworden.»

Michael musste ebenfalls grinsen. Es war eine seltsame Situation. Er stand hier mit einem übermenschlichen Wesen, und dieses plagten ganz menschliche Sorgen. Er bot sich an, die Leiche verschwinden zu lassen, wenn Aaron ihn noch helfen würde, sie abzutransportieren. Aaron stimmte zu, und Michael holte den Schlüssel für den praxiseigenen Dienstwagen, der den Ärzten zur Verfügung stand, falls ein Notfall einmal einen dringenden Hausbesuch nötig machte.

Der Wagen stand in einer Garage direkt beim Nebeneingang, sodass sie den Körper von Jordan unbemerkt in den Kofferraum laden konnten. Vorher hatte Aaron ihn noch in mehrere Lagen Tücher eingewickelt.

Dann gingen sie in den Raum, aus dem Khadis Ruf gekommen war, und sahen Ashe, Leylah und das Kind dort wie eine kleine Familie zusammensitzen.

Khadi lief auf Aaron zu und wollte, dass er sie hochhob. Aaron grinste unbeholfen und nahm sie auf den Arm. Anscheinend sah Khadi jetzt tatsächlich so etwas wie einen Ersatzvater in ihm, und er wirkte verlegen, denn mit Kindern hatte er nie Erfahrungen gemacht. Aber Khadi schien ihn zu mögen und er sah es als seine Pflicht und Aufgabe an, für sie zu sorgen.

Sie war vermutlich das ungewöhnlichste Kind auf dieser Welt und in ihr waren viele Wesen vereint. Sie alle sollten nicht umsonst gestorben sein.

Ashe trat zu ihnen. Er wirkte immer noch arg angeschlagen und das Gehen tat ihm weh.

«Michael wird Jordans Körper beseitigen und ich nehme Khadi mit nach Toronto», sagte Aaron und Ashe nickte.

«Leylah und ich reisen nach Ägypten», entgegnete er. «Ich weiß nicht, was uns dort erwartet. Kann sein, dass wir nicht nach England zurückkehren.»

Dann wandte er sich an Michael: «Es tut mir nicht Leid, dass du dies alles mit ansehen musstest. Du hast diesen Weg gewählt, als du mich aufgesucht hast. Nichts war vorhersehbar, und es gibt nichts, was ich dir auf deine Fragen antworten könnte. Ich weiß nicht, wie wichtig es dir noch ist, unbedingt wissen zu müssen, was wir sind. Aber du weißt jetzt, wer wir sind. Es liegt an dir, auf welche Weise du mit diesem Wissen umgehst. Ich würde mich jedenfalls freuen, dich irgendwann wiederzusehen, als Freund. Du bist der einzige Mensch auf dieser Erde, der je so viel über uns erfahren hat und trotzdem noch lebt. Mach das Beste daraus.»

Ashe reichte Michael die Hand. Dieser ergriff sie verlegen und antwortete: «Dann bin ich jetzt wohl so etwas wie Dr. Polidori und mir bleibt nur, meine Eindrücke für die Nachwelt festzuhalten.» Womit auf eine Figur aus den Romanen über Lord Byron anspielte.

Ashe lächelte breit und kam mit seinem Mund ganz dicht an Michaels Ohr. «Ich war auf Polidoris Beerdigung. Er war verarmt, sein Ruf ruiniert und die Syphilis fraß seinen Körper auf. Anschließend gingen Byron und ich einen trinken ...», flüsterte er und klopfte Michael auf die Schulter. «Du willst doch nicht genauso enden, hm?»

Michael starrte ihn an und Ashe zwinkerte ihm zu. Aaron grinste über beide Ohren und nickte bestätigend.

«Nehmt den armen Michael doch nicht so hoch!», tadelte Leylah die beiden und wandte sich an den Arzt. «Du bist ein außergewöhnlicher Mann, Michael. Es war nicht umsonst, dass du uns kennen gelernt hast, und so das Schicksal will, werden wir uns auch wiedersehen.» Sie gab ihm einen Kuss auf die Wange, dann verließen sie das Haus.

Zurück blieb ein verwirrter junger Mann mit einer Leiche im Kofferraum und tausend unbeantworteten Fragen im Kopf.

Was ist Leben, wenn es beginnt
und endet mit der Geburt.
Körper werden zu Knochen,
Knochen werden zu Staub.
Der Wind führt uns fort
in einen neuen Kreislauf des Sterbens.
Das ist Leben.

11

Am Flughafen verabschiedeten wir uns von Aaron und Khadi.

Unser Freund und Bruder nahm uns noch das Versprechen ab, dass wir ihn und seine Familie irgendwann wieder besuchen würden, ansonsten würde er uns suchen und mit den seinen anrücken. Er teilte uns mit, dass er bald nach Deutschland zurückkehren würde, jetzt wo die Gefahr gebannt war.

Khadi würde es leicht fallen, die Sprache zu lernen und dort zurechtzukommen, würde sie doch sowieso niemals wie ein menschliches Kind aufgezogen werden.

Aaron und Isabella würden sie in allem unterrichten, was wichtig war, und Nicolas wäre für sie wie ein großer Bruder.

Dessen war sich Aaron sicher. Khadi würde das Kind sein, das Isabella und er nie hatten Zeugen können.

Ein paar Tage später packten Leylah und ich einige Sachen zusammen und stiegen in ein Flugzeug nach Ägypten.

Wir hatten es so geregelt, dass ein Geschäftsmann und Bekannter von Aaron, der diesem freundschaftlich zugetan war, uns in Kairo abholte und in ein kleines Dorf nahe Amarna brachte, wo man eine Unterkunft für uns bereithielt. Von dort aus würden wir zu Pferd nach dem ehemaligen Achet Aton aufbrechen. Die Stadt, die ich einst als Akhenaton hatte bauen lassen und von der heute nur die Reste der Grundmauern aus dem Wüstensand ragten.

Ich hatte gemischte Gefühle, als wir das Flugzeug bestiegen. In meinem langen Dasein war ich viel in der Welt herumgekommen, aber im arabischen Raum war ich nie gewesen. Ich würde dieses Land also zum ersten Mal in diesem Leben betreten und fragte mich, was mich dort erwartete.

Auch Leylah war nervös. Für sie war es auch eine Premiere. Als der Flieger in den Himmel stieg, wussten wir, dass es kein Zurück gab und wir unser ganzes bisheriges Leben, wie es gewesen war, hinter uns zurückließen. Denn was immer uns erwartete, es würde für einen Neuanfang stehen. Das wurde uns beiden schon klar, als wir Jordan sterben sahen. Eine Ära war mit ihm gestorben, so schien es.

Ich legte meine Hand auf Leylahs Bauch. Natürlich war von ihrer Schwangerschaft noch nichts zu sehen, aber ich fühlte das winzige Wesen in ihr bereits.

Vielleicht bildete ich mir das auch nur ein. Ich war in meinem Leben als Akhenaton mehrfacher Vater gewesen, hatte von dem entsprechenden Gefühl aber nichts in mir bewahren können. Ich mochte Kinder eigentlich nicht besonders, und Leylah ging es genauso.

Es war also doppelt spannend, auf das Kleine zu warten.

Leylah erriet meine Gedanken und lächelte: «Du machst das schon», sagte sie zwinkernd.

Einige Stunden später, als wir das stressige Abfertigen am Flughafen von Kairo hinter uns hatten, saßen wir auf den Rücksitzen eines staubigen Jeeps und ließen uns von einem aufgekratzten Mann mittleren Alters mit Indiana-Jones-Hut und braungebranntem Gesicht über das Land und die Mentalität der Ägypter aufzuklären. Während seinen Ausführungen versuchte er mehr schlecht als recht den Wagen auf der sandigen Piste zu halten, die man hier großspurig Straße nannte.

Ich fragte mich sarkastisch, wie hier dann eine unbefestigte Straße aussehen würde. Ein schmaler Pfad mitten durch die Einöde wahrscheinlich.

Der Kerl, der sich selbst ‹Indiana Krause› nannte, riss gerade wieder einen derben Witz über arabische Gewohnheiten, als das Auto bei einem Lenkmanöver gefährlich ins Schwanken kam.

Ich versuchte, einfach ein wenig abzuschalten, und sah aus dem dreckigen Fenster. Dabei fielen mir die fliegenden Händler auf dem Airport wieder ein.

Kaum hatten Leylah und ich die große Abfertigungshalle betreten, waren sie schon wie die Schmeißfliegen um uns herum gewesen und hatten versucht, uns ihren billigen Ramsch anzudrehen.

Ich wurde unglaublich wütend, als ich sah, was aus meinem einstigen, stolzen Volk geworden war. Schacherer, die die Kultur ihres Landes an geschmacklos gekleidete, schnatternde und dumme Touristen verscherbelten.

Leylah und ich fanden es nur natürlich, uns nach alter Tradition und dem Klima dieses Landes angemessen in weißes Leinen zu kleiden. Zwar nicht mehr so originalgetreu wie früher – das hätte etwas merkwürdig gewirkt –, aber zweckmäßig.

Natürlich fielen wir dadurch trotzdem auf, und als die Händler auf uns zustürmten, passierte etwas, das uns zeigte, wie seltsam wir tatsächlich erscheinen mussten.

Etwa drei Meter vor uns blieben die Araber stehen und starrten uns an, als wären wir aus einem Ufo gestiegen. Es waren insgesamt fünf Männer, beladen mit Ketten und Uhren und allem möglichen Tand, den sie überteuert loswerden wollten. Drei von ihnen verbeugten sich vor uns und zogen sich in dieser Haltung zurück. Und als sie unseren ‹Dunstkreis› verlassen hatten, redeten sie hektisch aufeinander ein und verschwanden in alle Richtungen.

Die beiden, die noch hartnäckig bei uns ausharrten, traf mein Blick und mein geballter Unmut. Auf Altägyptisch zischte ich ihnen zu: «Verschwindet!»

Ihre Münder klappten ungläubig auf, und schließlich trollten sie sich.

Die Touristen, die mit uns das Flugzeug verlassen und die Halle betreten hatten, sahen uns von oben bis unten an und flüsterten miteinander.

Ich begann, dieses geschmacklose Menschengesocks zu hassen, und war froh, als endlich unser Fahrer auftauchte. Anton Kraus, wie er eigentlich hieß, hatte eine Araberin geheiratet und lebte mit ihr in Kairo. Zwar arbeitete er wie Aaron als Börsenmakler, was ihn aber nicht daran hinderte, seiner Leidenschaft für Abenteuer und Indiana-Jones-Filme mit seiner Kleidung und durch entsprechendes Gebaren zum Ausdruck zu bringen.

Er war ein angenehmer Typ, der keine Fragen stellte und sich unseren Wünschen fügte.

Wenn er nur endlich die Klappe halten würde, seufzte ich in mich hinein und sah die helle Wüstenlandschaft an mir vorbeiziehen.

Ich fühlte mich wohl, jetzt, da ich meine eigentliche Heimat wiedersah. Alles kam mir wieder so vertraut vor. Meine geliebte Wüste und die unendliche Weite des Himmels über ihr.

Ich tippte Krause von hinten auf die Schulter und bat ihn, kurz anzuhalten.

«Ah, Sie müssen doch wohl nicht kübeln?», fragte er amüsiert und verzog sein faltiges Gesicht grinsend.

Ich ignorierte ihn und stieg aus. Leylah folgte mir und atmete tief durch, denn im Auto war es heiß und stickig gewesen. Wir hatten die Fenster während der Fahrt nicht öffnen können, weil sonst der Sand hereingewirbelt worden wäre.

Es war später Nachmittag und die Sonne brannte vom Himmel. Ich holte das weiße Tuch, das ich mitgenommen hatte, aus meinem Handgepäck und band es mir um den Kopf, denn mein tiefschwarzes Haar begann bereits, sich aufzuheizen.

Leylah tat es mir nach, und nun sahen wir wie echte Kinder der Wüste aus.

Ich machte ein paar Schritte und sah mich um. Um uns herum war nur endlose Wüste. Nicht diese hohen Sanddünen, wie weiter im Landesinneren, sondern eher feste Steppe und ein wenig Geröll.

In der Ferne konnte man ein paar Hügel erkennen, davor lag Achet Aton, und etwas in meinem Herz krampfte sich zusammen bei diesem Anblick.

Krause kurbelte sein Seitenfenster herunter und rief uns zu: «Ihr beiden Verrückten, geht aus der Sonne, wenn ihr nicht wie gekochte Hummer aussehen wollt! Wir sind in fünf Minuten sowieso am Ziel.»

Er kurbelte das Fenster schnell wieder hoch, als wolle er die Hitze draußen halten.

Ich nahm Leylah kurz in den Arm, fühlte ihre warme Haut durch die dünnen weißen Lagen des weiten Stoffes. Ein leichter Windhauch ließ die Enden unserer Kopftücher flattern und ein Kloß bildete sich in meinem Hals.

Wir stiegen wieder in den Wagen, und Krause drückte mit Gewalt den ersten Gang rein, sodass das Auto einen Satz nach vorne machte.

Tatsächlich dauerte es nur wenig mehr als fünf Minuten, und wir fuhren in ein Dorf ein, wie es schon seit Jahrtausenden so hätte aussehen können. Kleine Sandsteinbauten, gerade mal so groß wie in England eine Gartenlaube, mit eingefallenen, niedrigen Dächern, und davor Wege, auf denen Kinder und alte Leute der Sonne trotzten.

Krause hielt vor einer etwas größeren Hütte in der Ortsmitte, und wir stiegen aus.

Die Leute kamen näher und sahen uns neugierig aus ihren dunklen, wettergegerbten Gesichtern an. Die meisten von ihnen trugen ebenfalls helle Kleidung: die landestypischen, weiten Gewänder und Tücher um den Kopf als Schutz vor der Sonne.

Ich setzte meine Sonnenbrille ab und sah sie an. Ich bemerkte Erstaunen in ihren Gesichtern, manche flüsterten miteinander und zeigten verstohlen auf mich. Ich war mir ziemlich sicher, dass ich einen ungewohnten Anblick darstellte. Meine Haut war ungewöhnlich hell, auch in Europa war ich damit oft aufgefallen. Wo ich hinkam, wurde ich angegafft, das war ich gewohnt.

Aber während die Blicke in Europa eher Unsicherheit und Argwohn ausdrückten, waren sie hier freundlich und sogar ein tiefer Respekt darin zu erkennen.

Leylah stieg hinter mir aus dem Wagen und sah sich nervös um. «Warum verhalten die sich so?», flüsterte sie mir zu und nickte in Richtung der immer größer werdenden Schar Dorfbewohner.

Es war absolut ruhig, bis auf das Rauschen des leichten Windes und dem verhaltenen Geflüster einiger.

Krause gesellte sich schnaufend zu uns, wischte sich mit einem Taschentuch den Schweiß von der Stirn und sah verblüfft in die Runde.

«Eigentlich ist man hier die eine oder andere Touristengruppe gewöhnt. Ab und zu fallen Studenten der Archäologie hier ein und bringen alles durcheinander. Aber dieses hier Verhalten verstehe ich nicht», meinte er verdutzt und hielt Ausschau nach seinem Ansprechpartner, der uns hier empfangen sollte.

«Sie erkennen uns», flüsterte ich. «Irgendwie, eine Ahnung aus älteren Generationen, die sie spüren. Darum sind sie so.»

«Glaubst du?», fragte Leylah zweifelnd.

Krause drängte sich vor uns. «Also, ich weiß ja nicht, wovon ihr beide redet, aber da ist Abdul, euer Gastgeber», sagte er und ging einem älteren Araber entgegen, der aus der Menschenmenge heraustrat.

Sie umarmten sich kurz, wie es in diesem Land zur Begrüßung Tradition war, und Krause zeigte auf Leylah und mich.

«Die beiden jungen Leute dort werden Ihre Gäste sein für ein paar Tage.»

Abdul nickte und kam auf uns zu. Vor uns blieb er stehen und nach einem Moment des Zweifels, in dem er uns beide musterte, gab er zuerst mir die Hand und umarmte mich zaghaft, als wäre es ihm unangenehm. Leylah wurde mit einer höflichen, aber dezenten Verbeugung von ihm begrüßt. Es war bei den Arabern nicht üblich, fremde Frauen in der Öffentlichkeit zu umarmen. So hatte es uns jedenfalls Krause erklärt in seinem Crashkurs über Ägypten, den er uns während der Fahrt hatte angedeihen lassen.

Abdul gab uns ein Zeichen ihm zu folgen, also packten wir unsere Reisetaschen aus dem Auto und trotteten hinter ihm drein.

Leylah und ich hatten auf großes Gepäck verzichtet, zumal wir nicht wussten, wie lange wir in diesem Land bleiben würden. Es war noch nicht abzuschätzen.

Für unsere Katzen in England hatten wir einen Catsitter bestellt, der sich um sie kümmerte und auf Nachricht von uns wartete. Sollte unser Aufenthalt in diesem Land länger dauern, würde er die Katzen zu sich nehmen.

Eine Gasse bildete sich, als wir durch die Menge auf das größere Gebäude zugingen. So ärmlich die Behausung von außen aussah, so überraschend war ihr Inneres. Ein großer, schattiger Raum empfing uns, ausgelegt mit orientalischen Teppichen in dunklen Rottönen. An den Sandsteinwänden hingen wunderschöne Wandteppiche. Eine kleine Theke deutete an, dass dies das Gästehaus des Dorfes war. In der Mitte des Raumes, unter einer großen, reich geschmückten Hängelampe im orientalischen Stil, war eine gemütliche Sitzgruppe aufgestellt worden. Mit all seiner orientalischen Schlichtheit und Gemütlichkeit war das Haus schöner als jedes europäische Grandhotel.

Abdul forderte uns in gebrochenem Englisch auf, uns doch erst einmal zu setzen und auszuruhen, bevor man uns die Zimmer zeigen würde.

Leylah und ich wollten nicht wie normale Touristen gesehen werden, darum hatten wir nicht darauf bestanden, uns ein Zimmer zu teilen, sondern schliefen in getrennten Räumen, um die Sitten der arabischen Welt zu achten. Dies war einst unser Land gewesen, aber vieles hatte sich verändert. Auch und vor allem der Glauben der Menschen hier. Das wollten wir respektieren.

Ein Junge, den Abdul herbeiwinkte, nahm unser Gepäck und trug es fort.

Leylah und ich setzten uns auf die mit kunstvoll bemalten Tüchern drapierten Sitzgelegenheiten, und Abduls Frau – zumindest nahmen wir an, dass sie das war – brachte uns gekühlten Tee mit Zitrone und braunem Zucker in einer großen Karaffe.

Krause verabschiedete sich von uns, da seine Geschäfte ihn riefen. Er riet uns noch, uns nicht übers Ohr hauen zu lassen, auch wenn man nett zu uns war, und Abdul, der seine Worte mitbekommen hatte, boxte ihm freundschaftlich gegen die Schulter. «Eh, habe ich je einen deiner Gäste nicht mit Respekt behandelt?», schimpfte er gespielt erbost und umarmte den Geschäftsmann mit dem ungewöhnlichen Look zum Abschied wieder.

Abdul setzte sich zu uns und sah mich und Leylah neugierig, aber unaufdringlich an.

«Sie dürfen es den Leuten meines Dorfes draußen nicht übel nehmen, dass sie Sie so angesehen haben. Hier kommen für gewöhnlich nur wenige Fremde her. Und wenn, dann sind es arrogante amerikanische Wissenschaftler oder schnatternde und Alkohol trinkende Studenten. Sie beide hingegen ...» Er musterte uns wohlwollend, vor allem die dezente Kleidung im Landesstil, die wir trugen. «Man sieht Ihnen an, dass Sie sich Mühe geben, unsere Kultur zu respektieren. Das kommt nicht oft vor, müssen Sie wissen», führte er aus und goss Tee in unsere Gläser.

Ich bedankte mich und fragte ihn, ob Krause unsere Wünsche mitgeteilt hatte.

Abdul nickte beflissen und runzelte dann die Stirn.

«Die Pferde stehen bereit. Mein Sohn Muhad wird Sie begleiten. Aber es ist sehr ungewöhnlich, dass Sie bei Nacht reiten wollen. Es ist Sichelmond, Sie werden nicht sehr viel sehen können von den Ruinen», sagte er und hielt uns wohl für reichlich exzentrisch.

Ich trank einen Schluck, lobte das Getränk und antwortete: «Wir sind nicht in erster Linie an den Ruinen interessiert. Es ist für uns eher ... eine Heimkehr.»

Abdul starrte mich an. Seine Miene war ein lustig anmutendes Spiel aus wechselnder Mimik. Ich merkte, wie er uns nun noch genauer musterte.

Ich legte das Tuch, das immer noch meinen Kopf umschlang, ab und Leylah tat es mir gleich. Ich spürte die Verwirrtheit Abduls und gestand ihm das auch zu, ich gab ihm Zeit, die für ihn relevanten Fragen zu formulieren.

Leylah lächelte mich an und sah sich interessiert im Raum um. Sie strahlte vor Schönheit, innerlich wie äußerlich. Ihr langes Haar umrahmte ihr wunderbares Gesicht und fiel in Wellen ihren Rücken hinab.

Mit einem schelmischen Blick gab sie mir zu verstehen, dass auch sie mich zum Anknabbern fand.

Ich grinste. Abdul war ein aufmerksamer Beobachter. Er hatte unsere stille Konversation genau mitbekommen – was ihn nun noch zusätzlich verwirrte.

«Bitte verzeihen Sie», sagte er, «ich möchte nicht aufdringlich wirken. Aber Sie beide ... sind ziemlich ungewöhnlich für Europäer. Ich habe das Gefühl, Sie irgendwann schon einmal gesehen zu haben, doch das kann ja eigentlich nicht sein ...» Er erhob sich. «Ich werde jetzt meiner Frau sagen, dass sie Ihnen die Zimmer zeigt, damit Sie sich zurückziehen können. Um zehn Uhr wird Muhad für Sie mit den Pferden draußen bereit stehen.»

Ich stand ebenfalls auf und sagte in altägyptischem Dialekt mit der typischen, kehligen Betonung: «Hab Dank, Abdul.»

Er erstarrte und seine Augen wurden groß. Einige Sekunden stand er da und sah mich einfach nur ungläubig an. Dann nickte er, verbeugte sich und ging mit schnellen Schritten fort.

Leylah stieß mich in die Seite. «Du kannst ihn doch nicht so verwirren», rügte sie mich schmunzelnd. «Was soll der arme Mann denn jetzt denken?» Ich lachte.

Abduls Frau kam auf uns zu und bedeutete uns, ihr zu folgen. Sie konnte offenbar kein Englisch.

Ich nickte ihr zu, dann verbeugte ich mich vor Leylah und meinte wieder im selben Dialekt: «Die Schöne zuerst.»

Abduls Frau starrte mich nicht weniger verdutzt an wie ihr Mann zuvor und wandte sich dann verschämt ab, um vor uns herzueilen.

Unsere Räume waren klein und spartanisch eingerichtet. Aber anders wollten wir es gar nicht.

Leylah schmollte ein wenig, dass wir nicht im selben Zimmer schliefen, sah aber ein, dass es in einem muslimisch geprägten Land andere Regeln für Frauen gab, und fügte sich. Was sie dennoch nicht daran hinderte, mir glühende Blicke zuzuwerfen, bevor sie in ihrem Zimmer verschwand, um sich von der Sonne zu erholen.

Ich tat es ihr gleich, warf erst mein Gepäck in die nächste Ecke und mich dann auf das niedrige, aber bequeme Bett. Ein kleines Fenster mit nur einem Glasflügel war in die Wand gegenüber eingelassen, aus dem ich jetzt im Liegen hinausschaute.

Ich sah ein Stück Himmel, ein Häuserdach und die Spitze einer Palme, die sich sacht im Wind wiegte.

Ich war zu Hause, dachte ich und schlief kurz darauf ein. Die Strapazen der letzten Tage forderten einfach ihren Tribut.

† † †

Ein Klopfen an der Tür weckte Leylah. Sie fuhr erschrocken hoch und wusste im ersten Moment nicht, wo sie war. Dann setzte die Erinnerung wieder ein, und sie stand schwerfällig vom Bett auf.

Es war inzwischen dunkel geworden und hinter dem Fenster erstreckte sich der sternenübersäte Nachthimmel.

Mit den Händen ordnete Leylah schnell ihr Haar und ging zur Tür, um sie zu öffnen. Draußen stand Abduls Frau mit einem Tablett in der Hand, auf dem eine Schüssel mit Obst und eine Karaffe mit Tee standen.

Leylah hatte einen Mordshunger. Was hätte sie jetzt für ein Stück salzigen Lachs oder etwas ähnlich Appetitliches gegeben! Gleichwohl nahm sie der Frau lächelnd und dankend das Tablett ab und stellte es auf den kleinen Tisch in der Mitte ihres Zimmers.

Sie sah auf ihre Armbanduhr und stellte fest, dass es schon nach 21 Uhr war. Dann probierte sie von den frischen Feigen und Datteln und kam ins Schwärmen. Geschmacklich war es ein himmelweiter Unterschied gegenüber dem Obst, das man in europäischen Supermärkten zu kaufen bekam. Sie hatte das Gefühl, noch nie etwas Besseres gegessen zu haben.

Neben dem Tee entdeckte sie jetzt auch ein kleines Schälchen mit einfachen, dünnen Fladen, die gerollt waren und eine unglaublich leckere Fleischfüllung enthielten.

Von draußen hörte Leylah das mürrische Blöken eines Kamels und fragte sich, woraus die Fleischfüllung wohl genau bestand. Grinsend schüttelte sie den Kopf, aß rasch alles auf und zog sich frische Kleidung an: ein weites Oberteil aus naturfarbener Baumwolle und die entsprechende Hose dazu. Die Nächte in der Wüste konnten nämlich ziemlich kühl sein, wie sie erfahren hatte.

Statt einer Kopfbedeckung band sie sich die Haare nur zu einem lose geflochtenen Zopf zurück und verließ ihr Zimmer.

Im großen Eingangsraum fand sie niemanden vor. Es war relativ dunkel, nur zwei kleine Öllampen auf einer Anrichte spendeten ein wenig Licht.

Sie trat ins Freie. Dort war es angenehm kühl und ruhig, lediglich in den Ställen, die an die Häuser angrenzten, schnaubten leise irgendwelche Tiere. Dann hörte Leylah, wie sich ein paar Meter entfernt zwei Personen gedämpft unterhielten.

Sie erkannte Ashe, der in einem ihrem ähnlichen Gewand dastand, und neben ihm einen jungen Araber, der ihn um mehr als eine Haupteslänge überragte. Sein Kaftan war tiefblau, seinen Kopf zierte ein verschlungenes schwarzes Tuch und in der Hand hielt er eine brennende Fackel.

Anscheinend hatten er und Ashe nur auf Leylah gewartet.

Der junge Mann verbeugte sich leicht vor Leylah und stellte sich ihr auf Englisch als Muhad al Abhey vor. Dann ging er zu einem Verschlag und kam mit drei wunderschönen Araberpferden zurück, zierliche Tiere mit glänzendem Fell in Schwarz und Braun. Sie waren fertig gezäumt und gesattelt.

«Es war nicht einfach, sie zu bekommen, aber wenn man genügend bezahlt ...», sagte Muhad, zwinkerte ihnen zu und bestieg das braune Pferd. Die Tiere für Ashe und Leylah waren schwarz und schnaubten unternehmungslustig.

Als Ashe und Leylah ebenfalls im Sattel saßen, ritt Muhad voran der offenen Wüste entgegen.

Obwohl es Nacht war, hatten sie eine gute Sicht. Dadurch, dass die Luft hier sehr viel reiner war als in den Städten, erhellten unzählige Sterne und der schräg stehende Sichelmond den Sand mit bläulich kühlem Licht.

Leylah und Ashe ritten dicht nebeneinander, und Leylahs Gesicht sprühte vor Glück und Genuss. Sie hatte immer davon geträumt, auf einem wunderschönen Pferd nachts durch die Wüste zu reiten. An der Seite ihres Geliebten.

Es war tatsächlich wie ein Nach-Hause-Kommen. Sie sah Ashe an und bemerkte, dass auch er es genoss.

Nach dreißig Minuten Ritt erkannten sie in der Ferne die felsigen Hügel wieder, die sie schon am Tag gesehen hatten, und hielten darauf zu. Unmittelbar davor lag eine Ebene mit jahrtausendealten, aus dem Sand ragenden Gebäudeüberresten und daran angrenzend eine grüne Oase mit Palmen: Achet Aton.

Es dauerte noch eine weitere halbe Stunde, bis sie die vergessene Stadt erreicht hatten.

Ashe und Leylah stiegen ab und fassten sich an den Händen. Muhad hielt sich dezent zurück, nahm zwei Schalen und eine Wasserflasche aus Ziegenhaut aus seiner Satteltasche und tränkte die Pferde. Er band sie an den Stämmen der Palmen fest, setzte sich in den Sand und zündete sich eine Zigarette an, während er interessiert zusah, wie die beiden Europäer, die in ihren Gewändern alles andere als europäisch wirkten, Hand in Hand durch die Ruinen spazierten.

Nach einer kleinen Pause würde er ohne Ashe und Leylah zurückreiten und die beiden am nächsten Morgen, vor der großen Mittagshitze, wieder hier abholen.

Er fragte sich, was sie hier wohl vorhatten, machte sich aber keine Sorgen, denn das Paar vermittelte ihm den Eindruck, ganz gut alleine auf sich aufpassen zu können.

† † †

Es war ein seltsames Gefühl. Ich war überwältigt und enttäuscht gleichermaßen.

Leylah schien es genauso zu gehen. Nur noch kaum kniehohe Ruinen einer Stadt zu betreten, die einst das Schmuckstück des ganzen ägyptischen Reiches gewesen war, erfüllte uns beide mit großer Trauer.

Andererseits fühlte es sich so an, als würde die Zeit, die seitdem vergangen war, nur ein Wimpernschlag gewesen sein, als wären sie als Akhenaton und Nefertete einfach in die Nacht hinausgegangen, um einen Spaziergang zu machen.

Bis auf das leise Rauschen der Palmwedel im sanften Nachtwind war es eigentlich absolut still. Nur hin und wieder war da ein leises Rascheln zu vernehmen, wenn Skarabäen sich aus dem Sand wühlten, auf der Suche nach Nahrung, und zielsicher Kurs auf die angebundenen Pferde nahmen.

Mit jeder neuen Ruine, die wir betraten, stürmten Bilder auf uns ein. Erinnerungen aus vergangenen Tagen.

Wir sahen die ehemaligen Gebäude vor unserem geistigen Auge, erkannten Wege und Einzelheiten wieder. Orte, an denen wir einst glücklich gewesen waren.

Die weniger schönen Erinnerungen verdrängte ich vorerst, schob sie gewaltsam in die hinterste Ecke meines Bewusstseins.

Leylah und ich hatten die Schuhe ausgezogen. Barfuß liefen wir jetzt durch den Sand, zwischen den Steinen umher, und ließen einfach alles auf uns einwirken.

Irgendwann hörten wir leise Geräusche und wussten, dass Muhad nun davonritt und wir nun wirklich ganz alleine waren.

Wir schlenderten zur Oase hinüber und legten uns auf den grasbedeckten Boden, um in den Nachthimmel hinaufzusehen.

Ich stützte mich auf einem Arm ab und sah zu Leylah hinüber, in deren Augen Tränen glitzerten. Mit den Fingerspitzen fuhr ich die Konturen ihres schimmernden Gesichtes nach, und sie sah mich glücklich und traurig zugleich an.

Auch ich war in diesem Moment nah am Wasser gebaut, denn man kann mit Worten nicht beschreiben, welche Gefühle uns durchströmten.

Leylah schlang die Arme um meinen Nacken und flüsterte: «Akhen ... endlich.»

Ich beugte mich über sie und hauchte ihr einen Kuss auf die Stirn. «Nefrete, meine Liebste, in Ewigkeit», antwortete ich mit erstickter Stimme.

«Lass mich nie wieder los», flüsterte sie und zog meinen Körper an sich.

Ich fühlte ihre warme Haut unter dem fließenden Stoff und sie meine. Wir entkleideten uns gegenseitig – das Mondlicht schimmerte fahl auf unserer nackten Haut – und der Wind wehte kleine Sandkörner wie schmeichelnde Finger über unsere Körper, wollte sie zudecken und begraben, um sie für die Ewigkeit zu konservieren und liebevoll aufzubewahren.

Und während der Mond am Himmel entlangwanderte, dem Horizont entgegen, liebten wir uns, als wäre es das letzte Mal, während unsere Münder die Tränen von den Gesichtern küssten.

Später saßen wir eng umschlungen am Rand der Oase und blickten zum Horizont, wo schon bald die Sonne, Aton, aufgehen würde, um alles Leben neu zu erwecken.

Wir hatten niemals in unserem Leben ein Licht gesehen, das nur annähernd so schön war, als sich der Himmel erhellte und der Sonnenball sich in einer Kaskade aus Strahlen hinter den steinernen Hügeln von Achet Aton, Atons Horizont, hervorschob.

Leylah und ich waren erfüllt von Liebe und Demut, diesen wunderbaren Augenblick erleben zu dürfen.

Dann standen wir auf und gingen zu den Pferden. Sie standen ganz ruhig zwischen den Palmen und grasten.

Muhad hatte die Wasserflasche und die Schüsseln dagelassen, und ich gab den Pferden ihre Rationen. Dann stiegen wir auf und ritten los, auf die Hügel zu und ohne ein Wort zu sagen. Das brauchten wir auch, Leylah und ich kannten den Weg.

Die Sonne heizte die Luft gnadenlos auf, bereits nach kurzer Zeit war es um die dreißig Grad heiß. Und das am frühen Morgen!

Wir holten unsere Kopfbedeckungen aus den Satteltaschen und verringerten das Tempo, um die Pferde zu schonen. Was im Grunde gar nicht nötig war, denn sie waren dieses Klima schließlich gewöhnt.

Am Fuße der flachen Bergkette angekommen, suchten wir einen schattigen Platz für die Tiere und banden sie dort an einen vertrockneten, aber stabil wirkenden Baum fest.

Von dort aus machten wir uns zu Fuß auf, um das zu suchen, weswegen wir hergekommen waren. Wir gingen durch eine enge Schlucht zwischen den beiden höchsten Erhebungen, über denen am Morgen die Sonne aufgegangen war.

Nach dieser ungewöhnlichen Felsformation hatte ich damals, in meinem ersten Leben als Akhenaton, die Stadt benannt, die ich selbst erbauen ließ: Achet Aton – der Horizont, an dem jeden Morgen Aton erschien und mit seinem Licht den Himmel erhellte.

Leylah und ich blickten nach oben, denn weit über uns am azurblauen Himmel kreiste ein Falkenpärchen auf der Suche nach Nahrung für ihre Jungen. Sie stießen hohe Laute aus, die zwischen den Felswänden widerhallten.

Wir machten eine kurze Rast und tranken einen Schluck aus unseren Wasserflaschen, die wir in den Satteltaschen mitführten. Leylah war nicht wohl zumute, das sah ich an ihrem ernsten Blick, und auch ich fürchtete mich vor dem Augenblick, da wir finden würden, was wir suchten.

Wir machten uns daran, einen der Felsen zu besteigen. Ein schmaler, kaum sichtbarer natürlicher Pfad führte uns immer höher hinauf.

Obwohl es, anders als in England, eine trockene Hitze war, machte sie uns doch irgendwann arg zu schaffen. Zumal uns die massive Sonneneinstrahlung schwächte.

Und die Sonne stieg immer höher und heizte auch das Gestein auf.

Irgendwann erreichten wir ein kleines Plateau und hielten einen Moment inne, um das Gebiet unter uns zu überblicken. In der Ferne sahen wir die Palmspitzen der Oase von Achet Aton im Flimmern des heißen Sandes. Wir hatten niemanden davon in Kenntnis gesetzt, wo wir hingehen würden und was wir vorhatten. Ausgemacht war nur, dass uns Muhad am späten Vormittag wieder in der Oase abholen würde.

Sollte uns also jetzt etwas zustoßen oder die Sonne uns zu sehr schwächen, wären wir verloren. Niemand würde uns helfen kommen.

Es war ein Gefühl, als wären wir die einzigen Wesen auf diesem Planeten. Ein gar nicht mal so unangenehmes Gefühl, wie ich fand, und auch Leylah schloss kurz genießerisch die Augen, obwohl uns beiden der Schweiß in Strömen am Körper hinabfloss.

Dann bemerkten wir jenseits des Plateaus einige kleine, natürlich entstandene Höhlen in der Felswand – und sahen uns wortlos an.

Leylah und ich wussten, dass nun der Moment gekommen war, der unter alles einen Schlussstrich ziehen würde. Ich konzentrierte mich kurz, ließ die negativen Bilder zu, die ich verdrängt hatte. Durchlebte erneut Leid, aber nicht nur mein eigenes. In erster Linie war es das Leid des Mannes, der uns heute hierher geführt hatte und zeigen würde, wo die letzte Station meines und seines Lebens vor einigen tausend Jahren lag: Mekhtep, unser Freund Marten.

Ich öffnete die Augen wieder, und Leylah sah mich besorgt an.

«Es ist okay», flüsterte ich und nahm sie kurz in den Arm. Dann gingen wir los und hielten auf die Felsöffnung links außen zu. Insgesamt waren es fünf, versetzt angeordnete Höhlen.

Der Eingang war niedrig und kühle Dunkelheit schlug uns entgegen, als wir sie betraten.

Wir mussten uns leicht ducken, als wir tiefer vordrangen. Es wurde immer dunkler, doch unsere Augen hatten sich nach kurzer Zeit daran gewöhnt und wir konnten Einzelheiten erkennen: Höhlenwände, die aussahen, als hätte Wasser sie ausgewaschen.

Die Vorstellung, dass diese Felsen einst unter Wasser gelegen hatten, hier mitten in der jetzigen Wüste, war seltsam. Aber Tatsache, wie es schien.

Wir spürten, dass niemand - von uns und Mekhtep einmal abgesehen - diese Höhle je betreten hatte. Hier in ihrem Inneren war es still wie in einem Grab. Und das war sie auch, ein Grab.

Leylah sah es zuerst und drehte sich schnell zu mir um. Sie atmete heftig und sah mich panisch an.

«Ich weiß nicht, ob ich das kann», keuchte sie entsetzt, und ich sah an ihr vorbei auf die beiden unförmigen Bündel, die am Ende der Höhle lagen.

Auch ich atmete tief ein und spürte das Zittern, das sich meines Körpers bemächtigte. Mein Herz schlug mir bis zum Hals und mein Mund wurde trocken. Dann strich ich Leylah über die Wange und sagte beruhigend, obwohl sie nur zu deutlich merken musste, dass auch ich ein Nervenbündel in diesem Moment war: «Ich lebe. Hier und jetzt. Das dort war ein anderes, vergangenes Leben.» Meine Stimme klang rau in meinen Ohren.

Ich drehte mich um und ging auf die sterblichen Überreste von Mekhtep und mir zu.

†††

Leylah blieb stehen, wo sie war.

Sie bemerkte Ashes Zögern, als dieser sich vorbeugte und die Hand nach einem der Bündel ausstreckte. Seine Finger zogen dunkelbraunen, von der Zeit zerfressenen, groben Stoff beiseite. Dann hielt er inne.

Sie sah nur seinen Rücken und hörte seine Stimme, leise und schockiert: «Mein Gott! O mein Gott!»

Er ließ sich auf die Knie sinken und seine Finger betasteten die Knochen, die vor ihm lagen. Leylah fasste sich ein Herz und trat neben ihn.

Er blickte zu ihr hoch und sein Gesicht erschreckte sie bis ins Mark. Spontan sank auch sie zu Boden und nahm ihn in die Arme, drückte sein Gesicht an ihre Schulter und schaute auf die Knochen seines Leichnams.

Sie waren noch fast vollständig erhalten. Aber alle waren an verschiedensten Stellen geborsten oder ganz gebrochen. Der Schädel wies mehrere große Löcher auf. Furchtbare Gewalt hatte darauf eingewirkt.

Allmählich stiegen auch in Leylah die so lange verdrängten Bilder wieder auf. Damals, als sie mit ansehen musste, wie ihr Gemahl und Pharao von einer Horde aufgebrachter Priester im nächtlichen Hof ihres Tempels brutal erschlagen worden war.

Sie schluchzte auf und spürte Ashes Hand warm und tröstend auf ihrem Rücken. Und lebendig. Sie fühlte Ashes leichtes Zittern und ließ ihn los.

Er sah sie liebevoll an und strich ihr langes Haar zurück. Da legte sie ihre Hand auf seine Wange und fühlte seine Haut und das Leben darunter. Sie roch ihn und schmeckte ihn, als sie ihn küsste.

Ashe drehte sich zur Seite und wandte sich dem anderen Bündel zu. Es lag dicht neben seinem Leichnam, wirkte friedlich und sah unbeschadet aus.

Damals, als Mekhtep spürte, dass er sterben würde, hatte er den Körper von Akhenaton, seinen Vater, hierher getragen und sich selbst in seinen letzten Stunden daneben gelegt.

Nun hatte sich Martens Schicksal erfüllt, in diesem Leben, und Leylah und Ashe spürten, dass er dort, wo er jetzt war, seinen Frieden gefunden hatte. Es lag etwas Tröstliches im Anblick der beiden Körper, die dort mehr als dreitausend Jahre beisammen gelegen hatten, um nun gefunden und bestattet zu werden.

Zumindest war das Ashes und Leylahs Plan gewesen, bevor sie die Körper gefunden hatten. Doch Ashe entschied anders. Er wollte nicht, dass sein Leichnam in der Erde verscharrt wurde, um letztendlich nach seinem Tod wie ein gewöhnlicher Mensch behandelt zu werden.

Er nahm seine Kopfbedeckung ab, die ausgebreitet nichts anderes als ein großes, viereckiges Tuch war. Leylah tat es ihm gleich, und vorsichtig legten sie Knochen für Knochen der beiden Skelette darauf und wickelten sie darin ein. Es waren leichte Bündel, als hätten die uralten Gebeine kaum noch Substanz.

Dann machten sie sich auf, wieder in die Schlucht hinabzusteigen.

Die Sonne brannte dabei gnadenlos auf ihre Köpfe nieder und ließ sie schon nach kurzer Zeit schwindeln. Das mitgenommene Wasser war aufgebraucht und sie hatten noch einiges an Wegstrecke, bis sie die Pferde erreichen würden.

Diese blickten ihnen neugierig entgegen, als Ashe und Leylah kurze Zeit später auf sie zu wankten. Sie schienen von der Hitze vollkommen unberührt, während Ashe und Leylah sich kaum noch auf den Beinen halten konnten. Eine unendliche Müdigkeit hatte sich über sie gelegt und ließ sie schon fast halluzinieren.

Was, wenn sie die Pferde freiließen und sich einfach hier in den Schatten legten und einschliefen? Ganz friedlich. Für alle Ewigkeit vereint im Land ihrer Herkunft. Doch dann dachte Leylah an das Leben in ihrem Leib, an ihren Nachkommen, ihre Zukunft, und sie riss sich zusammen.

Sie sah Ashe an, dass er wohl denselben Gedanken wie sie hegte: In der Flasche für die Pferde waren noch wenige Schlucke Wasser, und die tranken sie nun gierig aus.

Dann machten sie sich auf den Weg zurück nach Achet Aton. Ashe hoffte, dass Muhad noch nicht auf dem Weg war und sie noch genügend Zeit hätten, ihr Vorhaben auszuführen.

Vollkommen erschöpft erreichten sie die Oase und sammelten mit letzter Kraft einen Haufen trockener Zweige von verdorrten Büschen auf.

Dann legten sie die Bündel mit den Knochen in die Mitte des aufgeschichteten Holzes, und mit Streichhölzern, die sie eigentlich mitgenommen hatten, um in der Nacht eventuell eine Fackel zu entzünden, entfachte Ashe ein Feuer. Sofort loderten die Flammen hoch, verbrannten den Stoff und leckten über die alten Knochen.

Ashe und Leylah setzten sich neben dem Feuer in den Sand, Arm in Arm, und sahen zu, wie die Gebeine eines einst mächtigen Pharaos und

Visionärs und die seines Sohnes in Rauch aufgingen und zu Aton emporstiegen.

† † †

Als Muhad gegen elf die Ruinenstadt erreichte, sah er schon von weitem den Rauch eines Feuers.

Er fragte sich, warum der Mann und die Frau aus England bei der Hitze ein Feuer entzündet hatten. Und als er darauf zuritt, sah er die beiden eng umschlungen an besagter Feuerstelle sitzen und dem Rauch nachblicken. Irgendetwas schienen sie verbrannt zu haben.

Muhad stieg ab und ging zu ihnen. Vorher holte er zwei frische Wasserflaschen aus der Satteltasche, weil er schon vermutet hatte, dass die Vorräte der beiden aufgebraucht waren.

Als der junge Araber neben ihnen stehen blieb, sah er, dass sowohl der Mann als auch die Frau vollkommen ausgetrocknet waren. Ihre Gesichtshaut war trocken und rissig, die Lippen waren schorfig und ihre Augen schienen in weite Fernen gerichtet.

Sie bemerkten ihn zunächst gar nicht. Erst als Muhad sich vor ihnen niederließ und ihnen die Flaschen in die Hände drückte, schienen sie von weit her ins Bewusstsein zurückzukehren und sahen ihn stumm an.

«Ihr verrückten Europäer! Was habt ihr nur getrieben? Ihr seht aus wie verschrumpelte Greise! Los, trinken!», tadelte er sie zornig und deutete befehlend auf die Flaschen.

Ashe sah ihn mit einer Mischung aus Zorn und Amüsement an, und irgendwie kam er Muhad bekannt vor. Er war sicher, ihn schon einmal gesehen zu haben, oder jemand, der ihm ähnlich sah. Auf einem Bild vielleicht, oder –

Die Erkenntnis traf Muhad wie ein Hammerschlag! Es war absolut unmöglich, widersinnig, aber er spürte im selben Moment, dass es wahr sein musste. Denn auch Leylah, ihre Gesichtsform, dieser Mund mit der markanten Oberlippe ...

Muhad schüttelte den Kopf und starrte die beiden an. Konnte es sein, dass ein ägyptisches Herrscherpaar vor ihm saß, das schon seit tausenden von Jahren zu Staub zerfallen sein musste?

Er schalt sich selbst einen Narren und schickte ein stilles Gebet zu Allah, damit dieser ihm wieder Vernunft schenkte. Heute war ein besonders heißer Tag, und sie sollten machen, dass sie zurück ins Dorf kamen, sonst würde die Sonne ihnen noch vollständig das Gehirn verbrennen.

Nachdem Ashe und Leylah getrunken hatten, schaufelten sie mit den Füßen Sand auf die Feuerstelle, um die restlichen, noch glühenden Herde zum Erlöschen zu bringen.

Muhad musste ihnen helfen, auf die Pferde zu steigen, so geschwächt waren sie. Dennoch wirkten ihre Gesichter gelöst und irgendwie erhaben. Was immer sie getan hatten, um in diesen Zustand zu kommen, es schien sie auf irgendeine Weise befreit zu haben. Denn sie erschienen Muhad nun ganz anders als noch in der letzten Nacht, und er spürte großen Respekt vor ihnen.

12

Im Dorf angekommen kümmerte sich sofort Abdul um Ashe und Leylah und beauftragte seine Frau, ein ganz besonderes Mahl für die beiden zu bereiten, während sie ihre vertrocknete Haut in einem eigens für sie hergerichteten Bad, natürlich getrennt voneinander, einweichen sollten, um sie zu regenerieren.

Als das Paar später in weiche Gewänder gehüllt im Essensraum saß und speiste, wirkte es wieder einigermaßen erholt. Ashe und Leylah fütterten sich gegenseitig mit den arabischen Köstlichkeiten und tuschelten miteinander.

Ab und zu kam Abduls Frau herein, um sie in Landessprache nach weiteren Wünschen zu fragen. Sie wusste, dass die beiden Europäer sie verstehen konnten.

Für Ashe und Leylah war nun klar, dass sie nicht mehr lange in diesem Land verweilen würden.

Es war nicht mehr ihr Land. Alles, was einst für sie Heimat bedeutet hatte, war nun zerstört. Und dass Archäologen immer mehr Reste und Trümmer davon ausgruben, war auch nicht gerade tröstlich.

Dieses Land, Ägypten, hatte einen anderen Glauben als damals. Die Menschen waren andere. Nicht mehr die von Demut erfüllten Menschen mit ihren feinen Gesichtszügen, die ihren Göttern Opfer brachten, weil sie glaubten, dass diese ihr Schicksal bestimmten.

In diesem Land gab es nur noch einen Gott, den der Großteil der Bevölkerung anbetete. Aber es war nicht Ashes und Leylahs Gott.

Es war der Lauf der Zeit. Hochkulturen kamen und gingen. Wechselten sich ab. Und die heutigen Hochkulturen, wenn man sie so nennen konnte, hatten nichts mehr gemeinsam mit den damaligen.

Man konnte die Vergangenheit nicht wieder lebendig werden lassen. Und Ashes und Leylahs Vergangenheit war am Vormittag in Rauch aufgegangen, gen Himmel gestiegen und verschwunden.

Aber niemals vergessen.

Ende

Nachwort

Vampire sind längst nicht mehr, was sie einmal waren. Die Moderne hat ihnen ein neues Gesicht gegeben. Hat sie zu rüschenbehängten, weinerlichen Schnöseln oder unfreiwilligen Witzfiguren in Lack und Leder mutieren lassen.

Darum war es mir und Leah B. Natan, Mitautorin der vorherigen beiden Teile der Verdammten-Trilogie, wichtig, den Vampiren ein neues, realistisches und nachvollziehbares Gesicht und Wesen zu geben. Weg von den Schnörkeln übertriebener Romantik und der futuristischen Cybermentalität modernerer Verfilmungen.

Unsere Vampire sind direkt aus dem Hier und Jetzt, aus dem Leben um uns herum gegriffen. Das kommt nicht von ungefähr, denn Wer ein wenig Phantasie hat und sich unsere Hauptfiguren plastisch ausmalen konnte, weiß spätestens dann, was ich meine, wenn er unsere Autorenwebseite oder eine unserer Lesungen besucht hat. Denn lassen wir den Mythos mal außen vor, wird das Klischee unhaltbar und zurück bleibt ... nun, schauen Sie sich einfach mal genau um, wenn Sie mal wieder den Eindruck haben, jemand starre ihnen auf den Hals.

In diesem Sinne, Ihr Jay Kenshaw.

Im Folgenden möchte ich noch meinen besonderen Dank aussprechen:

Leah B. Natan/Mo fürs Korrigieren und dafür, dass es sie gibt. Ubooks fürs Veröffentlichen. Andreas Mayerle, unserem Lektor, für die Mühe meinen teilweisen Kauderwelsch in sinnvolle Sätze zu verwandeln. Hannah für schwesterliche Liebe und Anteilnahme und das Testlesen. Velvet Acid Christ für «Timeless Visions» als den perfekten Soundtrack zum Roman. Agnieszka Szuba fürs Coverdesign. Marten im Bart-Nirwana.

BEREITS 3. AUFLAGE

Leah B. Natan
Unsterblich
Opulenter erotischer Vampirroman

erschienen 2004, 3. Auflage erhältlich
ISBN-10: 3-937536-75-2
ISBN-13: 978-3-937536-75-0

Taschenbuch
13,5 x 21 cm, 232 Seiten

VK: 14,95 Euro

UNSTERBLICH

Ashe ist eines der unsterblichen Geschöpfe, die in diesem Buch ihre Geschichte erzählen. Zusammen mit Alex, Mia und dem jungen Zögling Stephen durchlebt er ebenso sinnliche wie qualvolle Zeiten, erfährt Lust, Verlangen und Aufopferung. Er entführt mit seinen Schilderungen in eine fremdartige Welt, die gar nicht so weit entfernt von der menschlichen Ebene existiert und doch völlig fremdartig erscheint, denn es ist die Welt der Vampire.
Auf einer gewissen Ebene beherrschen uns noch immer die alten Instinkte. Die zweite Natur, das Tier wartet nur darauf, wieder die Oberhand zu ergreifen ...

«Es gibt viele Bücher über Vampire, und trotz dieser Vielfalt wird wenig Neues geschrieben. Die meisten Geschichten bauen auf dem gleichen Prinzip auf und unterscheiden sich lediglich in Details. Hier allerdings ist es anders. Glaubhaft wird die Entstehung der Vampire geschildert und ihnen eine Verhaltensweise angedichtet, die es möglich macht zu glauben, es könnte sie tatsächlich geben. Eine sehr sinnliche und anspruchsvolle Geschichte.» **media-mania.de**

«Sehr malerisch und poetisch.» **Orkus**

«Besonders auffällig ist die opulente Sprache, die der ganzen Erzählung eine wunderbare Erotik verleiht. So entsteht ein wunderbar lebhaftes Sittengemälde der Rasse, die sich vom Blut der Menschen nährt.» **media-mania.de**

SPANNENDE FORTSETZUNG

Leah B. Natan & Jay Kenshaw
Die Verdammten
Geniale Fortsetzung von «Unsterblich»

erschienen September 2006
ISBN-10: 3-937536-63-9
ISBN-13: 978-3-937536-63-7

Taschenbuch
13,5 x 21 cm, 218 Seiten

VK: 14,95 Euro

DIE VERDAMMTEN

Dies ist die Fortsetzung des Romans «Unsterblich». Ashe und sein Zögling Stephen kämpfen sich durch die Wirren von Verlust und dem schweren Erbe der Vergangenheit.
Die Zeit der dekadenten Ausschweifungen vergangener Tage und Nächte ist vorbei, heute, im Hier und Jetzt geht es um das pure Überleben.
Abseits der Menschen und doch mitten unter ihnen sind Ashe und Stephen gefangen in Leidenschaft und der Jagd nach Leben.

Eine treibende und ereignisreiche Fortsetzung, an den Grenzen von Moral und Vernunft, stößt dieses Werk in ungeahnte Tiefen der Seele vor. Nachdem der erste Teil dieser Reihe von Leah B. Natan alleine geschrieben wurde, arbeitete sie für dieses Buch mit Jay Kenshaw zusammen.

«Ein wirklich guter Vampirroman, der dem Vorgänger in nichts nachsteht.» **Orkus**

«Abermals ein prachtvoller Vampirroman ... Ein äußerst anspruchsvolles und komplexes Exemplar vampirischer Literatur, welches ein fesselndes Leseerlebnis garantiert.» **gothicparadise.de**

«Gerade im Bereich der überfüllten Vampirliteratur ein erfrischend interessanter und niveauvoller Leckerbissen, den man mit Genuss und Freude verschlingt.» **media-mania.de**

LILIENBLUT

FESSELNDER VAMPIRHORROR

loaquin Ferrier, Arzt und Okkultist, wird zum Haus eines renommierten Bankiers erufen, dessen Tochter an einer rätselhaften Erkrankung leidet.
loch für die Tochter des Bankiers kommt jegliche Hilfe zu spät. Sie stirbt – mit emselben mysteriösen Namen auf den Lippen, den Ferrier schon von den anden Opfern der Epidemie erfahren hat ...
ine atemlose Jagd beginnt – und Ferrier ahnt nicht, dass er sich damit auf ein piel eingelassen hat, aus dem es kein Entrinnen mehr gibt ...

In geradezu atemberaubender Geschwindigkeit jagen wir an der Seite der Proagonisten durch die schattigen Gewölbe des Schreckens! Blutig und unheilvoll pannend!»

erschienen Mai 2007
ISBN-10: 3-86608-077-8
ISBN-13: 978-3-86608-077-5

Ascan von Bargen
Lilienblut
Blutiger Vampirhorror

VK: 12,95 Euro

Taschenbuch
13,5 x 21 cm, 192 Seiten

DIE LEGENDEN DES ABENDSTERNS

HORROR & DARK FANTASY

Duncan erfährt an seinem 21. Geburtstag vom mysteriösen Vermächtnis seines Vaters. Schnell begreift er die verstörende Wahrheit: Er soll zum Mörder werden! Nur so lässt sich die unaussprechliche Gefahr noch abwenden, die sein eigener Vater vor vielen Jahren aus den namenlosen Abgründen des Schreckens heraufbeschworen hat, ehe er sich schließlich selbst das Leben nahm.
Ein blutiger Wettlauf gegen die Zeit beginnt: Duncan Clairebourne bleiben nur wenige Tage, das Unsagbare zu verhindern, bevor die Sonnenfinsternis anbricht, von der in den kabbalistischen Schriften seines Vaters die Rede ist.
Denn im Licht der schwarzen Sonne werden die Mächte des Bösen auf dem Höhepunkt ihrer Macht sein – und genau zu dieser Stunde wird die Hurentochter Ronové zurückkehren und mit ihren beiden Schwestern zu neuem, mordlüsternem Leben erwachen ...

«Man kommt nicht umhin, weiterzulesen, denn man möchte wissen, wie es am Ende für alle Beteiligten ausgeht.» **Orkus**

«Ein gutes Buch für schaurige Stunden, das an die Klassiker des Genres erinnert.» **media-mania.de**

erschienen Februar 2006
ISBN-10: 3-937536-95-7
ISBN-13: 978-3-937536-95-8

Ascan von Bargen
Die Legenden des Abendsterns
Horror im 19. Jahrhundert

VK: 12,95 Euro

Taschenbuch
13,5 x 21 cm, 288 Seiten

BEREITS 3. AUFLAGE

Jeanine Krock
Der Venuspakt
Elfen treffen auf Vampire!

erschienen 2006, 3. Auflage erhältlich
ISBN-10: 3-86608-044-1
ISBN-13: 978-3-86608-044-7

Taschenbuch
13,5 x 21 cm, 230 Seiten

VK: 12,95 Euro

DER VENUSPAKT

Das Feenkind Nuriya will mit der Magie ihrer Vorfahren nichts zu tun haben, doch kann sie ihre Kräfte nicht immer verbergen. Als sie den Blick eines außergewöhnlichen Fremden spürt, ahnt sie sofort, dass diese Begegnung ihr Leben auf den Kopf stellen wird.
Kieran ist sinnlich, sexy und sehr gefährlich. Seine Welt ist die Dunkelheit. Seit Jahrhunderten arbeitet der Vampirkrieger als Auftragskiller und tötet jeden, der es wagt, die alte magische Ordnung zu stören.
Als er selbst die Regeln bricht, wird der Jäger zum Gejagten und mit ihm Nuriya, denn die widerspenstige Feentochter hat längst sein Herz geraubt ...

«Nicht nur für Vampirliebhaber eine feine Kost!» **Orkus**

«Dieser wunderschöne Roman entführt in eine Welt voll sinnlicher Erotik, Begehren und Magie.» **gothicparadise.de**

«Einmal in der Hand, will man es kaum noch weglegen, um das ganze Intrigenspiel, sowohl von Vampiren wie auch Feen zu durchblicken und zu sehen, ob die Liebe Sieger bleiben wird.» **media-mania.de**

«Ein sehr schönes Buch mit der Symbiose von Dunkelheit und Licht, von Fee und Vampir.» **schwarzes-leipzig.com**

DAS FESSELNDE DEBÜT

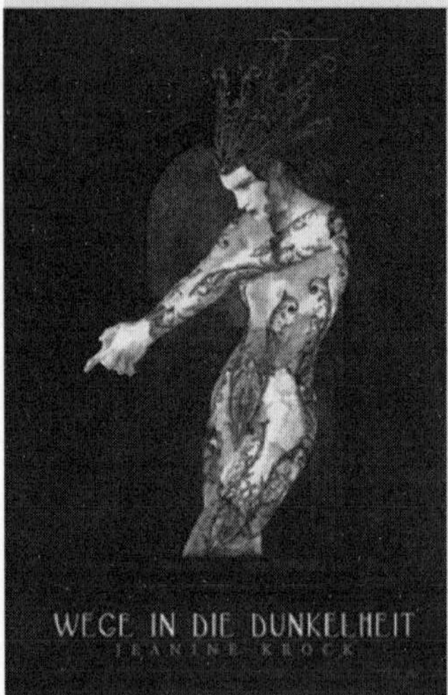

Jeanine Krock
Wege in die Dunkelheit
Vampire in der Gothic-Szene

erschienen 2003, 4. Auflage erhältlich
ISBN-10: 3-935798-07-5
ISBN-13: 978-3-935798-07-5

Taschenbuch
13,5 x 21 cm, 184 Seiten

VK: 12,95 Euro

WEGE IN DIE DUNKELHEIT

Shamina ist attraktiv und bissig. Seit gut 200 Jahren vagabundiert sie, ihren Durst nach Blut stillend, durch die Metropolen dieser Welt. Die Wunden ihrer unerfüllten Jugendliebe sind noch nicht verheilt, da verlangt ihr vampirischer Schöpfer nach ihr.
1982. Shamina erliegt schon bei ihren ersten Gehversuchen in der neuen Zeit dem Charme ihres Opfers. Verwirrt verschont sie den attraktiven Sterblichen und taucht an seiner Seite ein in die energiegeladene, faszinierende, junge Gothic-Szene ein.
Doch im Hintergrund lauert der Feind. Sterbliche und Vampire, verunsichert durch die beängstigende Bedrohung, schließen einen Pakt, um das Unheil abzuwenden. Doch keiner hat mit den Opfern gerechnet, die das Aufbegehren gegen die alten Mächte fordert ...

«Eine Liebeserklärung an die unsterbliche Leichtigkeit des sinnlich süßen Vampirismus!» **sanktuarium.de**

«Ein Muss für jeden Liebhaber vampirischer Literatur! Das Buch strahlt eine große Intensität aus, die den Leser in der Welt der Vampire gefangen hält.» **gothicparadise.de**

«Packend!» **M&E**

«Ein packendes Buch von Anfang bis Schluss!» **media-mania.de**

VAMPIR-SACHBUCH

Michael Ranft / Nicolaus Equiamicus
Das Traktat vom Kauen und Schmatzen der Toten in Gräbern

erschienen September 2006
ISBN-10: 3-86608-015-8
ISBN-13: 978-3-86608-015-7

Taschenbuch
13,5 x 21 cm, 168 Seiten

VK: 18,90 Euro

DAS TRAKTAT VOM KAUEN & SCHMATZEN

... der Toten in Gräbern. In einer Bearbeitung durch Nicolaus Equiamicus.
Wer sich mit dem Thema «Vampirismus» ernsthaft beschäftigt, wird mit Sicherheit auf den Namen Michael Ranft stoßen. Sein 1734 erstmals in kompletter Form erschienenes Traktat gilt noch heute als eine der wichtigsten Schriften zum Thema, wenngleich es bislang keine Neuauflage erfuhr.
Kein anderer Gelehrter der damaligen Zeit setzte sich derart akribisch und vorurteilsfrei mit dem Thema auseinander. Er studierte die aktuellen Fälle von Vampirismus genauso wie die verfügbaren Schriften und bewertete alle Fakten sauber und nachvollziehbar. Damit schuf er die erste wissenschaftliche Abhandlung zum Thema Vampire und nach wie vor eine der umfassendsten. Ranft trennte Wahrheit von Fiktion, protokollierte und wertete forensische Beweise aus.

«Literaturtipp!» **WDR Planet Wissen**

«Dieses Standardwerk der Vampirliteratur gehört in jedes Regal eines echten Vampirfans!» **Sonic Seducer**

«Ein ganz klares Lesemuss für alle, die sich für die Themenbereiche Vampir, Vampirismus und deren Geschichte interessieren und darüber hinaus ein echter Geheimtipp für Historiker und Sozialwissenschaftler.» **gothicparadise.de**

«Das Traktat kann ich jedem empfehlen, der sich für das Thema Vampire interessiert oder sich ernsthaft mit Vampirismus beschäftigt.» **schwarzes-leipzig.com**

VAMPIR-SACHBUCH

Britta Radkowski
Moderne Vampyre
Von der Wirklichkeit des Mythos

erschienen 2005, 3. Auflage erhältlich
ISBN-10: 3-86608-006-9
ISBN-13: 978-3-86608-006-5

Taschenbuch
11 x 19 cm, 106 Seiten

VK: 9,90 Euro

MODERNE VAMPYRE

«Vampire können eine herrliche Schrulle sein – oder aber rasierklingenscharfe Wirklichkeit. Denn nicht immer verbergen sich hinter diesem Begriff Nachtzehrer oder Shapeshifter aus Literatur und Film. Häufig genug sind es Menschen aus Fleisch und Blut, die den untoten Mythos als Teil von sich begreifen und deshalb leben.
Diese Entwicklung – reale Charaktere, entstanden aus einer Idee, die sich erst aus Legenden, Märchen und Gerüchten speiste und dann Buch und Leinwand eroberte – vollzieht Britta Radkowsky in ihrer Studienarbeit ‚Moderne Vampyre – Mythos als Ausdruck von Persönlichkeit' nach. Sie behandelt alle wichtigen Gebiete des Mythos Vampir in den Beschreibungen der Zeit bedingten Ausformungen und lässt die lebenden Vampyre berichten, was ihrer Meinung nach Vampyrismus ausmacht. So ist das Buch ein Trab durch die Jahrhunderte, der alle überrascht, die dachten, es gäbe nichts Neues mehr über Vampire zu lernen und zu lesen.» **Dipl.-Biol. Dr. Mark Benecke, Kriminalbiologe & Präsident der Deutschen Sektion der Transylvanian Society of Dracula**

«Ein bemerkenswertes Buch!» **vampirgruft.com**

«Das Buch gibt einen guten Überblick über das Thema Vampirmythos und Vampyre, ist nicht nur für Vampirliebhaber interessant, sondern eignet sich auch zum Einstieg für diejenigen, die sich aus einer wissenschaftlichen Perspektive für diese Themengebiete interessieren.» **gothicparadise.de**

ANTI-POP

MEHR ALS 10.000 VERKAUFT!

Dirk Bernemann
Ich hab die Unschuld kotzen sehen
Bestseller, krasse Gesellschaftsstudie

Taschenbuch
12 x 18 cm, 120 Seiten
erschienen 2005, 5. Auflage erhältlich

ISBN-10: 3-937536-59-0
ISBN-13: 978-3-937536-59-0

VK: 9,95 Euro

→ **BUCH DES JAHRES 2006**
BEI DER ORKUS-LESERBEFRAGUNG

9 783937 536590

ICH HAB DIE UNSCHULD KOTZEN SEHEN

«Guten Tag, die Welt liegt in Trümmern», lautet die Begrüßung des Autors, bevo er einen hinabreißt in die Abgründe einer Welt, die in uns etwas zum Klingen bringt, denn sie ist uns sehr vertraut. Es ist unsere Welt!

Wenn man Bernemanns Buch liest, kommt es einem vor, als hätte man uns endlich die rosa Brille abgenommen, ja vom Kopf geprügelt. In einer poetischen Klarheit zelebriert er ein Massaker des Lebens, das fasziniert, um gleichzeitig abzustoßen.

Seine Protagonisten schickt er in emotionale Ausnahmezustände und mit makabrem Humor berichtet er von den Kollateralschäden in der Welt.

Gekonnt arbeitet er mit Sprache, die selbst Ausdruck der Zerrissenheit und Ambivalenz der Protagonisten wird.

Die einzelnen Episoden des Buches fügen sich am Ende zu einem Werk zusammen, das größer ist als die Summe seiner Teile. Wie in Quentin Tarantinos „Pulp Fiction" reihen sich scheinbar zufällige Ereignisse aneinander. Erst langsam kommt man dahinter, dass man den Charakter der zweiten Geschichte bereits in der ersten Geschichte kurz ‚gesehen' hat. So spinnt sich ein roter Faden durch die Gesellschaftsstudie – und es ist schnell klar, dass Blut den Faden so rot schimmern lässt.

«Faszinierend, eine interessante Gesellschaftsstudie ... Das Buch lässt niemanden unberührt. Garantiert!» **Schwäbische Zeitung, Blog**

«... sprachlich stark.» **Augsburger Allgemeine Zeitung**

«Genial gemacht!» **gothicparadise.de**

«Herr Bernemann hat es mit diesem kleinen Realitätsexkurs einfach auf den Punkt gebracht.» **Zuckerkick**

«Dirk Bernemann ist Bukowskis ehrenvoller Nachfolger!» **Sammlerecke, Uwe Lochmann**

«Lesenswert!» **jetzt.de**

«Sehr unterhaltsam und sehr richtig. Ein Buch in den Reihen derer, die ich jederzeit ohne zögern weiterempfehlen werde.» **tonguesofdestruction.com**

Ich hab die Unschuld KOTZEN sehen

Der meistverkaufte Titel aus dem Ubooks-Programm 2006

ANTI-POP

ICH HAB DIE UNSCHULD KOTZEN SEHEN 2

ERFOLGREICHER NACHFOLGER

Das Leben ist Krieg. Der Krieg hat uns alle leer gemenscht, kaputtgeKRIEGt.
Das Leben ist kein Krieg, sondern Sehnsucht, irgendwas zwischen Verachtung und Liebe!
Das Leben ist Krebs, er zieht Metastasenstraßen durch meinen Leib.
Das Leben ist Konzentrationsamok, ein Garten rot blühender Neurosen.
Und ich bin der Menschenkarton mit chemischem Inhalt.
All das geschrien, während Genitalien sich duellieren ...

Dirk Bernemanns zweiter Versuch, die Welt so zu erklären, wie sie wirklich ist. Wieder hat er das literarische Skalpell zur Hand genommen, seine Schnitte gehen tief, treffen zielsicher unseren Verstand und unser Bauchgefühl. Wir fühlen uns ertappt, betrogen und verletzt.
Und doch, unter all dem, was wir Leben nennen, ist auch Hoffnung ...
oder ist das nur Verfall de Luxe?

«Bernemann reißt die Wunden unserer Tage auf!» **Sonic Seducer**

«Sätze wie Peitschenhiebe pointiert zu Papier gebracht.» **Orkus**

«Ganz klar eine Pflichtlektüre für jedes Individuum, das sich der Spezies Mensch zugehörig fühlt. Wen dieses Buch nicht bewegt und zum Nachdenken anregt, dem ist wohl wirklich nicht mehr zu helfen!» **gothicparadise.de**

«Dirk Bernemann nimmt mit diesem Buch viel, gibt den Lesern – falls nicht vorhanden – als Gegenleistung den nötigen Blick für den Realismus zurück.» **tonguesofdestruction.com**

«Eine wirklich lesenswerte, schonungslose literarische Analyse der seelischen Krankheit des modernen Menschen - bei der aber zwischen den Zeilen auch mal ein Funken Hoffnung durchschimmert.» **Virus-Magazine**

Dirk Bernemann
Ich hab die Unschuld kotzen sehen 2
Und wir scheitern immer schöner

Taschenbuch
12 x 18 cm, 128 Seiten
erschienen 2007, 2. Auflage erhältlich

ISBN-10: 3-86608-054-9
ISBN-13: 978-3-86608-054-6

VK: 9,95 Euro

Dirk Bernemann, ein nicht näher bestimmter Jahrgang 1975, begann 1989 damit, seine Weltsicht und Befindlichkeiten einem Publikum mitzuteilen. Dies geschah meist mittels verschiedener musikalischer Projekte, angesiedelt zwischen experimentellen Klängen und rotzigem Drei-Akkord-Punkrock.
Kurz darauf folgten die ersten Veröffentlichungen seiner Texte in diversen Anthologien ohne akustische Untermalung. 2005 erschien sein Debüt bei Ubooks. Damit katapultierte sich Bernemann in die Öffentlichkeit. Lesungen, auch im offiziellen Programm der Leipziger Buchmesse oder im Rahmen des WGT. Innerhalb kürzester Zeit schaffte es Bernemann, vom Geheimtipp zum Kultautor zu reifen.

DIRK BERNEMANN

- Sein Debüt wurde von den Lesern des Orkus-Magazins zum «Buch des Jahres 2006 » gewählt, vor «Das Parfum» & «Sakrileg»!
- Seine erste Tour durch Deutschland war bestens besucht, zehn Termine u.a. in Berlin und Leipzig
- «Ich hab die Unschuld kotzen sehen» verkaufte sich bisher über 10.000 mal, der zweite Teil erreichte nach drei Monaten bereits 5.000 tverkaufte Einheiten

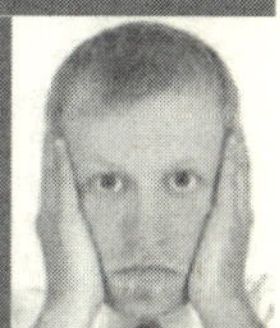

WWW.DIRKBERNEMANN.DE

ANTI-POP

DAS VERDAMMTE GLÜCK

SATIRE MIT AUGENZWINKERN

«Das Glück war fett, eine große Sau, es leuchtete strahlend ... und wir taumelten alle auf die Straße wie Idioten. Gehetzt sah es aus, wie auf der Flucht ...»

Wenn das Glück auf der Flucht ist, beginnt für uns die Jagdsaison. Jeder will schließlich etwas von ihm abhaben, und wenn's nur der Zipfel ist. Da darf man nicht allzu wählerisch sein. Doch was ist schon Glück?
Sicher ist es nicht der romantische Abend mit der Traumfrau, die nur in den Werbepausen eines uralten Spielfilms geküsst werden will. Oder die zweifelhafte Möglichkeit, ausgerechnet von einer Behörde ein besseres Leben geschenkt zu bekommen.
Dann schon lieber die fetten Träume der anderen vom Asphalt kratzen oder seinen Sorgen mal so richtig in den Hintern treten.

Andreas Kurz, bereits mehrfach mit Literaturpreisen ausgezeichneter Autor – unter anderem mit dem Eichborn Jubiläumspreis –, führt uns in seinen absurd komischen Geschichten an die Abgründe des Alltags und oft ein kleines bisschen weiter ...

«Mit 26 toll umgesetzten Ideen macht der Autor sein Publikum glücklich! Virtuos spielt Kurz mit der Sprache, jongliert mit einzelnen Worten oder Redewendungen, die dann die Erzählung pointieren ... und kommt dabei so treffend auf den Punkt, dass einem schier der Atem stockt.» **Orkus**

«Mit viel Ironie und beißendem Sarkasmus erzählt Kurz vom Glück und vom Pech, das des anderen Glück ist. Er benutzt Worte wie Billardbälle, die er meisterlich und zielsicher einlocht.» **Sonic Seducer**

«Von mir gibts für die gute Unterhaltung 5/5 Punkte.» **schwarzes-leipzig.com**

Andreas Kurz
Das verdammte Glück
Sarkastisch, humorvolle Geschichten

Taschenbuch
12 x 18 cm, 128 Seiten
erschienen Oktober 2006

ISBN-10: 3-86608-039-5
ISBN-13: 978-3-86608-039-3

VK: 9,95 Euro

9 783866 080393

ANDREAS KURZ

Jahrgang 57, Ausbildung zum Grafik-Designer in München an der Akademie für das grafische Gewerbe. Danach mehrere Jahre in Werbeagenturen, später selbständig als Grafiker, Illustrator und Texter. Viele Veröffentlichungen in Zeitschriften, auch Buchillustrationen.
Einige eigene Cartoon-Bücher und so genannte Geschenkbücher mit Texten und Fotografien. Immer wieder auch Drehbücher für Industrie und Fernsehen, Tätigkeit als Redakteur und Kameramann. Eigene Regiearbeiten und einige Jahre stellvertretender Chefredakteur und Redaktionsleiter eines Fernsehmagazins. Heute wieder freiberuflich als Zeichner und Autor.

- Gewinner des Eichborn Jubiläumspreises
- 1. Platz beim sinn-bar Schreibwettbewerb
- 1. Platz beim Menülesungswettbewerb
- 1. Platz Literaturwettbewerb Trier
- Für Lesungen wenden Sie sich bitte an Andreas Küglowitz, a.koeglowitz@ubooks.de

WWW.ANDREAS-KURZ.EU

ANTI-POP

SEELENFICKER

WERBESCHWERPUNKT

Ich habe mir immer gedacht, wenn ich Drogen nehme, dann können sie ruhig einen Körper ficken, dann sollen sie mit mir machen, was sie wollen. Denn ich asse meinen Körper, der ist so fett und hässlich und unförmig und sowieso habe ch es nicht besser verdient.
och in den Momenten, wenn die Drogen aufhören zu wirken, merke ich, dass die eute auch meine Seele ficken. Das tut weh, nein, mehr noch, das zerstört, ohne u zerstören, man bleibt übrig und weiß, dass man kaputt ist, unheilbar, und dass nan damit leben muss ...»

erade volljährig geworden, erzählt die Autorin von ihrer Kindheit im Heim, von en ersten Drogen mit zwölf und dem Drogenstrich, dem harten Leben zwischen reiern, Zuhältern und Dealern sowie dem Versuch, diesem Leben zu entkommen - auf die ein oder andere Weise.
ngeschönt, unerbittlich ehrlich zeigt sie uns, wie das Leben in Deutschland auch ussehen kann, fernab von Behaglichkeit und Familie, dafür staatlich subventioiert und zumindest geduldet.

Die moderne Christiane F.! Dieses Buch ist durch seine Aktualität so verstörend nd schmerzhaft!»

Natascha
Seelenficker
Tagebuchroman vom Drogenstrich

Taschenbuch
12 x 18 cm, 128 Seiten
1. Auflage ab September 2007

ISBN-10: 3-86608-068-9
ISBN-13: 978-3-86608-068-3

VK: 9,95 Euro

9 783866 080683

Der Roman basiert auf autobiographischen Erlebnissen der Autorin. Geboren 1988, wuchs sie irgendwo zwischen Heim, Mutter, Stiefvater und der Straße auf. Am zwölften Geburtstag begann ihre Drogenkarriere und damit kurze Zeit später auch die Beschaffungskriminalität.
Der Straßenstrich wurde zu ihrer Heimat. Einen Selbstmordversuch, zwei fehlgeschlagene Schwangerschaften und zahllose Freier hat sie in ihrem Tagebuch festgehalten. Das Leben in einer Paralellwelt, die nur einen kleinen Schritt von der unsrigen entfernt ist, zu nahe, um sie totzuschweigen oder zu ignorieren.

NATASCHA

- PR- und Werbeschwerpunkt zur Buchmesse Frankfurt 2007
- Anzeigenschaltung in allen wichtigen Medien
- Basierend auf wahren Begebenheiten

X

WWW.UBOOKS.DE

CELEBRITIES

JOHNNY DEPP – BIOGRAFIE

WERBESCHWERPUNKT

Die umfassende Biografie über den Schauspieler, der zum ‹Sexiest Man Alive› gekürt wurde, illustriert mit mehr als hundert großartigen Fotografien des Superstars!

Dieses Buch gewährt Einblick in das Leben eines komplizierten, jungen Mannes, dessen schwierige Kindheit und rebellische, drogenüberschattete Jugend alles andere als gute Voraussetzungen für ein Leben als berühmter Herzensbrecher darstellten. Auf seine ‹Bad Boy›-Allüren, seine romantischen Züge und eine Reihe vergänglicher Liebschaften wie beispielsweise die Liaisons mit Winona Ryder und Supermodel Kate Moss wird freilich ebenfalls gebührend eingegangen.
Diese Biografie beinhaltet alle bisherigen sowie kommenden Filme des grandiosen Schauspielers.

«... es macht Spaß und bringt Fakten ans Tageslicht, die normalerweise von Depps Agenten zensiert würden.» – **Independent on Sunday**

Brian J. Robb
Johnny Depp – Biografie eines Rebellen
Einzige deutsche Biografie, mit 110 Fotos

Taschenbuch
15 x 21 cm, 300 Seiten
1. Auflage ab Mai 2007

ISBN-10: 3-86608-087-5
ISBN-13: 978-3-86608-087-4

VK: 14,95 Euro

9 783866 080874

Brian J. Robb Studierte Film & TV Studies in Glasgow und Journalismus in Cardiff und schrieb bereits zahlreiche Biografien über verschiedene Schauspieler, darunter Brad Pitt, Keanu Reeves, River Phoenix, Leonardo DiCaprio und Nicholas Cage. Derzeit ist er der Chefredakteur bei Titan Magazines, wo er unter anderem die Magazine zu Serien wie Lost, Stargate, Smallville sowie das Star Wars Insider Magazine herausgibt.
Seit mehr als zwanzig Jahren ist Robb nun schon Journalist, wobei seine Liebe zum Film durch zahlreiche filmnahe Berufe und Berufungen deutlich werden. So arbeitete er für das British Film Institute, für die Filmfestivals von London, Edinburgh, war Filmkritiker für verschiedene Zeitungen und Radiostationen.

BRIAN J. ROBB – JOHNNY DEPP

- die aktuelle Biografie mit allen Filmen bis einschließlich 2008, inklusive den Filmen der «Fluch der Karibik»-Reihe!
- Absolut umfassend: Rund 300 Seiten mit unzähligen Anekdoten und Geschichten aus seinem Privatleben, inkl. seiner Liebschaften mit Kate Moss und Winona Ryder!
- Mehr als 100 Bilder, viele davon ganzseitig

WWW.UBOOKS.DE